Die Tutanchamun Falle
Der Traum von Leben nach dem Tod
Band 3

Nicole Gabrys

Die Tutanchamun Falle
Der Traum von Leben nach dem Tod
Band 3

Bibliografische Information der Deutschen Nationalbibliothek:

Die Deutsche Nationalbibliothek verzeichnet diese Publikation in der Deutschen Nationalbibliografie; detaillierte bibliografische Daten sind im Internet über http://dnb.dnb.de abrufbar.

Umschlaggestaltung, Verlag: BoD • Books on Demand GmbH,

In de Tarpen 42, 22848 Norderstedt

Druck: Libri Plureos GmbH, Friedensallee 273, 22763 Hamburg

Lektorat: Maya Shepherd

Korrektorat: Maya Shepherd

ISBN: 978-3-7597-6948-0

Inhaltsverzeichnis

Eine Ägyptologin meinte die Namen, die die Autorin ausgesucht hatte, sind nicht ägyptisch. Leider sind altägyptische Namen schwierig zu merken oder auszusprechen. Die Autorin fand die Namen auf der Online-Seite namen-namensbedeutung.de zwischen den Namen von Pharaonen und ägyptische Götter. Sie hofft, dass sie dem Leser trotzdem gefallen.

Ein Unfall?

In der Nähe von Memphis; Ägypten 1323 vor unserer Zeitrechnung

Am Morgen herrschten noch angenehme Temperaturen in der kleinen Oase, die sich Tutanchamun ausgesucht hatte, um dort zu übernachten. Ein warmer Wind drang durch den Spalt des hellen Zeltes und ließ den Vorhang seicht hin und her flattern, als Tutanchamun erwachte. Er strich sich über die braune Brust und lauschte. Im Zeltlager seiner Jagdgesellschaft war noch alles ruhig, nur unterbrochen von dem Wiehern der Pferde und einem leisen Klappern in seiner Nähe.

Meine Diener bereiten schon das Frühstück vor, dachte er lächelnd.

Ihm lief das Wasser im Mund zusammen.

Neben seiner Liege stand ein kleiner Tisch, auf dem der schwere mit Edelsteinen besetzte Kragen lag. Der junge Pharao streckte sich vorsichtig, um sich gegen die starken Schmerzen zu wappnen, die er jeden Morgen im Rücken verspürte. Absichtlich gähnte er lauter, als er es eigentlich tun würde. Sogleich wurde der Vorhang am Eingang des Zeltes zur Seite geschoben.

„Mein Pharao, habt ihr gut geruht?" Eine Dienerin in einem beigefarbenen Kleid kam herein und verbeugte sich. „Wollt Ihr schon aufstehen?"

Sie stellte eine Schüssel und einen Krug ab. Vorsichtig goss sie

Wasser in die Schale.

„Ja", sagte Tutanchamun und reichte ihr beide Hände, um sich aufhelfen zu lassen. „Ist Chaths schon wach?"

Wenn er morgens aufstand, fühlte sich sein Körper verspannt an und quittierte jede Bewegung mit Schmerzen.

„Ich glaube, ich habe ihn vorhin aus seinem Zelt gehen gesehen", antwortete die Dienerin und begann ihn, mit einem weichen Tuch, zu waschen. „Er wird wohl zu den Pferden gegangen sein, wie jeden Morgen."

Tutanchamun genoss seine Morgentoilette mit den sanften Berührungen der jungen Frau. Sie rasierte ihn vorsichtig. Niemand durfte nun stören, bis sie fertig war.

Die Dienerin ordnete seinen Rock und band ihm einen schweren Gürtel, mit prächtigen Edelsteinen verziert, um die Hüften. Die vielen, kleine Steine klirrten leise gegeneinander. Sie trat einen Schritt zurück, um ihr Werk zu begutachten.

„Habt Ihr noch Schmerzen?", fragte sie pflichtbewusst und legte ihm einen Kragen mit Halbedelsteinen um den Hals und auf die Schultern.

Dieser Schmuck lastete schwer auf dem schmalen Körper des Pharaos.

„Nicht mehr als sonst auch", antwortete Tutanchamun und nahm seinen Gehstock entgegen, den ihm die junge Frau reichte.

Zum Schluss wurde ihm noch die Kopfbedeckung aufgesetzt.

„Fertig", sagte sie zufrieden. „Jetzt könnte Ihr Euch Eurem Volk zeigen."

Vorsichtig belastete Tutanchamun das linke Bein. Trotzdem hatte er höllische Schmerzen im Mittelfuß.

Warum können meine Heiler nichts tun?, fragte er sich traurig. Die Schmerzen behindern mich doch sehr. Ich kann gar nicht richtig auftreten. Ich will und muss ein guter Kämpfer sein. Mein Volk wird andauernd von Feinden bedroht.

Vor der Dienerin humpelte er auf dem Stock gestützt aus dem Zelt. Er wusste, sie würde ihm in gebührendem Abstand folgen.

Eine weitere Bedienstete wartete vor dem Eingang und verbeugte sich, als Tutanchamun nach draußen trat.

„Euer Frühstück ist schon vorbereitet", sagte sie mit gesenktem Kopf. „Bitte, hier entlang."

Er folgte ihr und sah lächelnd auf ihren Hintern.

Wenn das Kleid nicht wäre, könnte ich ihre Rundungen viel besser betrachten, dachte Tutanchamun verschmitzt. Ob sie das Nacht-lager mit mir teilen würde? Was für ein absurder Gedanke! Natür-lich! Ich bin der Pharao. Keine Frau sagt nein zu mir.

Gern hätte er ihr an den Hintern gefasst, doch beherrschte er sich für den Moment. Er setzte sich an den reich gedeckten Tisch. Auf einem Teller lag geschmorter Fisch, dazu Brot und viel Obst. Er atmete den Geruch tief ein.

Die erste Dienerin brachte ihm eine Schüssel, damit er sich vor dem Essen nochmals die Hände und das Gesicht waschen konnte, wie es bei seinem Volk Brauch war.

Danach nahm er sich einen Apfel und biss hinein. Die Frucht war süß und schmeckte ihm vorzüglich.

Leichte Schritte näherten sich ihm.

„Sei gegrüßt, mein Pharao Tut." Chaths verbeugte sich grinsend. „Was hältst du von einem Wagenrennen vor dem Frühstück?"

„Mein Chaths." Tutanchamun stand unbeholfen auf und lachte. „Eine gute Idee! Wann sind die Streitwagen bereit?"

„Du kennst mich, deinen Chaths, doch." Der junge Mann erwiderte das Lachen. „Wie immer habe ich mich schon um alles gekümmert. Wir können also sofort losfahren, wenn es dein Wille ist."

„Gut, welchen Wagen hast du für mich ausgewählt?", wollte Tutanchamun wissen.

„Na, den schnelleren ohne Stuhl", sagte Chaths. „Oder willst du sitzen?"

„Nein! Das ist wunderbar!" Tutanchamun freute sich. Er biss noch einmal in den Apfel und legte ihn weg.

„Das Essen wird auf mich warten müssen." Er grinste und ging auf Chaths zu.

Er ist mein bester Freund, dachte er und klopfte ihm auf die Schulter.

„Du wirst meinen Staub schlucken, mein Chaths." Er lachte.

Humpelnd bewegte Tutanchamun sich zu seinem Streitwagen und streichelte seine Pferde.

„Hallo, meine Schönen", flüsterte er und drückte seinen Kopf an den großen Schädel, des rechten Tieres. „Mit euch kann ich für kurze Zeit vergessen, dass ich nicht richtig laufen kann."

Er küsste beide auf die Nüstern und streichelte sie ausgiebig.

Chaths stieg bereits auf den anderen Streitwagen. „Komm schon,

Tut! Lass uns keine Zeit verlieren. Das Leben ist zu kurz, um es zu vertrödeln."

Er lachte wieder und wickelte sich die Zügel um die Hüften.

Tutanchamun strich über den Rücken des linken Pferdes, als er zum Streitwagen ging. Er übergab einem Diener seinen Gehstock. Sorgfältig band er sich die Zügel, wie es auch Chaths getan hatte, um seine Taille.

Der Diener überprüfte gewissenhaft den Halt.

„Manchmal wünschte ich mir, du wärst nicht der Pharao", rief Chaths genervt. „Immer muss noch jemand sichergehen, ob auch alles richtig sitzt. Das dauert jedes Mal ewig! Dabei hatte ich deinen Wagen schon überprüft und auch die Zügel. Das müsste doch reichen oder vertraut man mir nicht?"

„Doch, das reicht!" Tutanchamun winkte den Diener zur Seite. „Ich vertraue dir vollkommen, mein Chaths."

Er hat ja so recht, dachte er. Die ganzen Vorsichtsmaßnahmen sind furchtbar lästig.

„Chaths, bis später! Ich werde wie immer siegen!", rief er übermütig.

„Sei dir da mal nicht so sicher, mein lieber Tut!" Chaths gab seinen Pferden ein Signal. „Ich fühle mich heute Morgen ausgezeichnet."

Auch Tutanchamun befahl: „Lauft los, meine Lieben!"

Er ließ die Zügel knallen.

Die Streitwagen fuhren rumpelnd los. Mit lauten Rufen trieben die beiden jungen Ägypter ihre Pferde an.

Ich habe die besseren Pferde, dachte Tutanchamun mit Stolz und beobachtete das Muskelspiel unter dem schimmernden Fell der

Tiere.

„Lauft, zeigt Chaths lahmen Gäulen, dass wir schneller sind!" Er genoss den Fahrtwind auf der Haut und jubelte. „Schnell wie der Wind!"

Die Streitwagen holperten durch das unebene Gelände. Die Räder wirbelten Staub und feinen Sand auf. Das Knacken im linken Rad ignorierend, ließ Tutanchamun seine Peitsche schnalzen.

Chaths hatte einen kleinen Vorsprung, doch Tutanchamun holte auf. Seine Pferde hatte sich endlich warmgelaufen und überholten Chaths' Streitwagen.

„Mein Chaths, wir sehen uns später beim Frühstück." Tutanchamun winkte und lachte.

Mit der anderen Hand hielt er sich an den Zügeln fest.

„Warte nur. Ich werde doch noch gewinnen", rief Chaths hinter ihm her.

„Lauft schneller, meine Lieben!" Tutanchamun ließ erneut die Peitsche knallen.

Manchmal tat es ihm leid, seine Pferde zu schlagen, doch nur so liefen sie noch schneller. Er blickte über seine Schulter und jubelte. Chaths' Streitwagen blieb hinter ihm zurück.

Ist er langsamer geworden?, fragte er sich. Das kann eigentlich nicht sein. Er legt doch sonst immer so viel Ehrgeiz an den Tag und ist stets knapp hinter mir.

Tutanchamun genoss die Geschwindigkeit. Er liebe es, wenn seine starken Pferde den Streitwagen schnell über das Gelände zogen.

Das ist meine Freiheit, dachte er glücklich und atmete tief ein.

Das Knacken wurde lauter.

Das ist jetzt aber seltsam, erkannte er beunruhigt.

Als er über einen flachen Stein fuhr, knackte es wieder. Dieses Mal war es auf der linken Seite überlaut. Einer der Zügel riss und der Streitwagen machte einen unkontrollierbaren Schlenker.

„Nein! Bei Amun!", schrie Tutanchamun erschrocken auf.

Das Rad splitterte und Teile flogen nach allen Seiten weg.

Der junge Pharao wollte sich noch festhalten und umfasste mit beiden Händen die Zügel, doch da rissen weitere Riemen. Die Pferde schrien angstvoll auf. Der Streitwagen schleuderte heftig zur Seite. Tutanchamun flog durch die Luft und landete unglücklich mit dem rechten Knie auf einem großen Felsen. Die Achse des Gefährts brach. Die Pferde schrien panisch.

Nein, euch darf nichts passieren!, dachte Tutanchamun erschrocken, bevor er das Bewusstsein wegen der Schmerzen verlor.

Er stöhnte, als er wieder zu sich kam.

Wo bleibt nur Chaths?, fragte er sich. Wie lange war ich bewusstlos?

Seine Beine schmerzten höllisch. Das rechte Knie war in die falsche Richtung gedreht.

Meine Beine sind gebrochen, stellte er entsetzt fest und starrte auf den Knochen, der aus seinem Bein ragte. Ich werde nie wieder laufen können. Ich werde hilflos sein. Eje wird mich vertreten, wie er es so oft tut, obwohl ich ihn nicht mehr regieren lassen möchte.

Vorsichtig berührte er die Wunde. Sein Blut sickerte in den Sand.

Ich sollte mich so wenig wie möglich bewegen, dachte er. Chaths wird bald hier sein. Er wird mir helfen.

„Chaths!", rief er heiser und hustete.

Er sah sich die Zügel an, die noch um seine Hüften geschlungen waren.

Das kann doch nicht wahr sein, hoffte er verzweifelt.

Mit seinen Fingerspitzen tastete er über die glatte Stelle im Leder. Jemand hatte die Zügel eingeschnitten.

Wer ist das gewesen?, fragte er sich. Ich sollte einen tödlichen Unfall haben, aber ich lebe noch. Ich werde den Täter finden und hinrichten lassen.

Wegen des umgekippten Streitwagens konnte er nur teilweise eines seiner Pferde sehen. Eines lag auf dem Boden und rührte sich nicht mehr.

Er wollte auf das große Tier zu kriechen, doch seine Schmerzen waren zu stark.

„Chaths", hauchte er kraftlos. „Hilf mir! Chaths, wo bist du?"

Endlich hörte er Chaths' Streitwagen näher kommen.

„Mein Chaths, hilf mir!", rief er seinem besten Freund zu. „Ich bin verletzt. Meine Beine sind gebrochen."

„Tut, bist du in Ordnung?" Chaths sprang von seinem Gefährt und holte ein Rad von seinem Wagen. „Es wäre besser für dich gewesen, wenn du bei diesem Unfall gestorben wärst. Jetzt wirst du einige Stunden leiden müssen, mein Freund."

Mit einem tiefen Bedauern kam er auf den jungen Pharao zu.

„Was soll das heißen?", fragte Tutanchamun.

Ihm wurde vor Angst heiß und kalt zur gleichen Zeit.

„Ich werde jetzt meine Spuren am Streitwagen beseitigen", sagte Chaths traurig und entfernte die Reste des zerbrochenen Rades. „Es tut mir leid."

„Du hast meine Zügel durchgeschnitten", warf Tutanchamun seinem Freund vor.

„Nein, nur eingeschnitten und mit ein bisschen Leim zusammengeklebt, damit es nicht sofort auffällt", korrigierte Chaths ihn mit einem bedauernden Lächeln. „Du hättest dich nicht gegen meinem Onkel Eje stellen dürfen. Das war ein Fehler! Ein großer Fehler!"

„Eje? Was hat dein Onkel damit zu tun? Ich bin der Pharao von Ober und Unter-Ägypten", erwiderte Tutanchamun, „und ich sollte die Macht haben, nicht ein Wesir oder Hohepriester wie Eje oder sonst wer."

„Warum nicht? Er ist doch ein guter Ratgeber", entgegnete Chaths und löste die Zügel von den Tieren. „Eines deiner Pferde ist tot."

„Was?" Tutanchamun unterdrückte seine Tränen, die ihm in den Augen brannten. „Nein!"

Tiefe Trauer um das herrliche Tier griff nach seiner Seele – zerriss ihm fast das Herz.

„Vielleicht bist du der erste, der mit seinem geliebten Pferd durch die Duat reist", meinte Chaths und lachte.

Vor Chaths werde ich niemals weinen, sagte sich Tutanchamun und wollte in Chaths Richtung kriechen, aber bereute die Bewegung seiner Beine sofort.

Die Schmerzen waren furchtbar. Er stöhnte und musste gegen

eine neue Ohnmacht ankämpfen, dann betastete er vorsichtig seinen linken Oberschenkel, in dem es wütend pochte. In seinem rechten Knie tobte eine kleine Hölle.

Chaths ist immer so stark, dachte er. Vor ihm werde ich keine Schwäche zeigen.

Als Pharao weint man niemals, hörte er die strenge Stimme seines Wesirs und Hohepriesters Eje.

Chaths kniete sich neben Tutanchamun hin. „Ich werde dich jetzt von den Zügeln befreien."

„Die schnüren mich doch sehr ein", sagte Tutanchamun und griff nach dem Arm seines Freundes, als er merkte, dass es nicht aus Freundlichkeit geschah.

„Tut, wir brauchen einen gesunden Pharao. Beide Ägypten brauchen einen gesunden Pharao", stieß Chaths hart hervor und wehrte Tutanchamuns Hand ab. „Seit Tagen muss ich darüber lachen, dass du mich immer mein Chaths nennst. Du hast Onkel Eje, doch erst auf diese Idee gebracht, die ich leider ausführen musste."

„Was?", entfuhr es Tutanchamun.

„Ich bin dein Chaths. Dein Ende!" Chaths lachte freudlos und wickelte die Zügel auf.

„Chaths, du bist ein elender Verräter!", stieß Tutanchamun hervor.

„Nein, ich rette Ober und Unter-Ägypten", widersprach Chaths. „Ich gebe unseren Ländern einen guten Pharao. Dein Vater hat zu viel zerstört."

„Ich habe aber keinen Thronfolger!", rief Tutanchamun, „und ich habe doch alles wieder in Ordnung gebracht."

„Ist das wirklich so?" Chaths grinste. „Onkel Eje wird dein Nachfolger werden. Er heiratet eine deiner Schwestern und kann den Thron besteigen."

„Man wird mich vermissen", rief Tutanchamun. „Sie werden mich suchen und finden. Ich werde dafür sorgen, dass du und dein Onkel hingerichtet werdet."

„Du erlaubst dir etwas zu oft, dich einfach so mit den Streitwagen zu entfernen", erklärte Chaths und warf die Zügel auf seinen Wagen. „Ich habe genug Zeit die Beweise verschwinden zu lassen, dann werde ich verwundert in unser Lager zurückkehren und ganz unschuldig fragen, wo du denn abgeblieben bist."

Tutanchamun lehnte sich zurück.

„Erst dann wird man nach mir suchen", entfuhr es ihm stöhnend.

„So ist es", bestätigte Chaths und legten den Pferden die Zügel an. Er befestigte das neue Rad am kaputten Streitwagen und drehte es zufrieden. „Ich hoffe, du bist bis dahin schon tot", meinte Chaths. „Ich wünsche dir keine Qualen."

„Du Verräter", stieß Tutanchamun hervor.

Ich will nicht sterben, dachte er. Ich will leben!

Er hörte, wie sein angeblicher Freund auf dessen Streitwagen stieg und davonfuhr.

„Chaths, ich verfluchte dich!", schrie er, so laut er konnte, hinter ihm her. „Ammit wird deine Seele fressen. Niemals wirst du das Binsengefilde betreten können! Niemals, hörst du!"

„Ich werde noch viele großartige Dinge vollbringen, Tut", rief Chaths, „die du leider nicht mehr miterleben kannst. Ich werde ein Hauptmann sein und eine Armee anführen."

Er trieb seine Pferde an.

Tutanchamun war schon im Delirium und am Rande einer weiteren Ohnmacht, als die Diener ihn endlich fanden. Ihm war heiß. Er hatte furchtbaren Dunst und Hunger. Tastende Finger untersuchten ihn. Er zuckte unter diesen Berührungen zusammen.

„Hier, mein Pharao, trinkt." Eine Dienerin hob leicht seinen Kopf an, um ihm beim Trinken zu helfen. Wasser lief an seinem Mund vorbei, trotzdem schluckte er gierig.

„Er darf nicht zu hastig und zu viel auf einmal trinken", warnte ein Mann. „Das wäre im Moment nicht gut für ihn."

Tutanchamun erkannte verschwommen ein Gesicht.

Einer meiner unfähigen Heiler, dachte er und schloss die brennenden Augen. Nur warum will er nicht, dass ich genug trinke? Ich habe doch so einen furchtbaren Durst.

Tutanchamun schluckte das erfrischende Wasser und öffnete seine Augen wieder. Er sah alles wie durch einen Schleier, den er erfolglos versuchte wegzuwischen.

„Chaths ist schuld", murmelte er mit rauer Stimme. „Er hat die Zügel durchgeschnitten."

„Er fantasiert", meinte der Heiler besorgt. „Aber ich sehe nach … nein, ich kann nichts entdecken. Eure Zügel sind alle unbeschädigt, mein Pharao."

„Vorsichtig! Seine Beine sind gebrochen. Ich sehe seinen Knochen", warnte ein anderer Heiler. „Das gefällt mir überhaupt nicht."

„Bedeckt sein Gesicht, um ihn vor der Hitze zu schützen", verkündete ein weiterer.

Eine Dienerin legte ein feuchtes Tuch über Tutanchamuns Gesicht. Es kühlte seine heißen Wangen.

Heiser schrie er auf, als er von mehreren Händen bewegt und hochgehoben wurde. Er hatte das Gefühl zu schweben. Die Ohnmacht griff wieder nach ihm und riss ihn in die Schwärze der Bewusstlosigkeit.

Er wurde von mehreren Männern langsam und vorsichtig vom Unfallort fortgetragen.

Zurück im Lager bettete sie Tutanchamun auf seiner Liege im Zelt. Der schwere Kragen und der Gürtel wurden ihm abgenommen.

Langsam kam er wieder zu sich.

„Wir hätten unseren Pharao eher finden sollen", sagte ein Heiler leise. „Er wird sterben. Sein Fieber ist zu hoch. Er glüht förmlich."

„Nein, du musst ihn retten", rief eine bekannte Stimme.

Das musste Chaths sein, dachte Tutanchamun. Verlogener Mistkerl! Ich werde dich hinrichten lassen, wenn es mir besser geht.

„Was denkst du über das, was der Pharao gesagt hat, als wir ihn gefunden haben?", fragte Chaths beunruhigt.

„Er war nicht bei klarem Verstand. Die Sonne und die Schmerzen haben ihm sehr zu gesetzt", erwiderte der Heiler beruhigend. „Da sagen die Leute oft Dinge, die nicht stimmen. Ich habe die Zügel doch untersucht. Sie waren alle in bester Ordnung. Du bist sein bester Freund, Chaths. Warum solltest du ihm so etwas antun?"

„Ja, da hast du recht. Ich bin sehr erleichtert, dass du das so siehst." Chaths atmete auf. „Ich bleibe gern bei ihm."

„Es ist gut, wenn ein Freund bei ihm ist", sagte der Heiler, der das Zelt verließ. „Ich sorge dafür, dass das Lager abgebrochen wird. Wir sollten uns schnell auf den Weg nach Hause machen."

„Gute Idee!", stimmte Chaths ihm zu. „Vielleicht schafft er den Weg."

„Mach dir nicht zu große Hoffnungen", meinte der Heiler draußen. „Unser junger Pharao stirbt. Der offene Bruch ist schwer zu heilen."

„Verstehe!" Chaths Stimme klang traurig.

Was für ein falscher Freund bist du?, dachte Tutanchamun. Er ist mein Mörder!

Er wollte es dem Heiler entgegen schreien, doch er konnte es nicht. Ihm fehlte die Kraft. Nur ein leises Krächzen drang über seine rissigen Lippen.

Chaths setzte sich mit einem Seufzer neben die Liege auf einen Stuhl. Er streckte die Beine aus.

„Ich bin wohl der Letzte, den du hier jetzt sehen willst, mein lieber Tut", begann Chaths leise, „aber ich muss meine Pflicht, als treuer Freund erfüllen. Das verstehst du doch sicher! Alles andere wäre verdächtig."

Jetzt muss ich ihm auch noch beim Sterben zu sehen, dachte er besorgt. Kann er denn nicht schneller in die Duat gehen?

Das schlechte Gewissen lastete schwer auf ihm.

„Onkel Eje hatte mich bedroht", erklärte Chaths leise sein Verhalten. „Er wollte dir sagen, dass ich dich hintergangen habe, wenn ich deinen Streitwagen nicht manipuliere. Du hättest mich unschuldig zum Tode verurteilen können."

Wovon spricht er denn überhaupt?, fragte sich Tutanchamun.

Hätte Eje irgendeine glaubhafte Lüge erfinden können? Er manipuliert jeden.

Sein Körper zitterte vor Schmerzen. Vor Fieber.

Jetzt bist du schuldig!, dachte er und sehnte sich nach einem Schluck Wasser.

Er stöhnte nur und wünschte sich, Chaths würde ihn allein lassen.

Schlaf ein, Pharao Tutanchamun!, flüsterte eine weibliche Stimme in seinem Kopf.

Wer bist du?, fragte Tutanchamun in Gedanken.

Ich bin Isis, die Göttin der Geburt und Wiedergeburt, erklärte die Stimme. Schlaf ein! Du wirst wieder erwachen in einer fernen Zukunft.

Herrin Isis werde Ihr mich retten?, bat Tutanchamun.

Nein, eine andere wird dir helfen, versprach Isis. Du wirst Wunder sehen, die sich heute noch niemand vorstellen kann.

Was wird mit Chaths geschehen?

Er wird seine gerechte Strafe erhalten, fuhr Isis fort. Ich werde dafür sorgen.

Das wäre schön! Tutanchamun lächelte.

Der Tod kam und erlöste ihn von den furchtbaren Schmerzen und dem Fieber der letzten Stunden.

„Mein Pharao!" Anubis reichte ihm die Hand, um ihn in die Duat zu führen. Der Schakalgott stützte ihn. Der graue Sand unter seinen Füßen war kalt.

Hoffentlich sieht es im Iaru besser aus als hier, dachte Tutanchamun besorgt.

Anubis grinste ihn an. „Es ist dort wunderschön. Du wirst es lieben."

Er führte ihn zu Osiris' Thron.

„Herzlich Willkommen Pharao Tutanchamun", rief die Göttin Isis.

Sie stand mit Nephthys hinter dem Thron. „Anubis, du brauchst sein Herz nicht zu wiegen, er bekommt einen besonderen Platz im Iaru."

„Bitte?", rief Anubis. „Auch ein Pharao muss sein Herz gegen die Feder der Wahrheit Ma'at wiegen lassen."

Osiris nickte und stand auf. „Komm, ich führe dich hin."

In seiner Hand erschien ein glänzender Gehstock. „Hier, damit du besser laufen kannst."

„Vielen Dank, Osiris." Tutanchamun umfasste das glatte Holz. „Ich werde ihn in Ehren halten."

Osiris lachte und machte eine einladende Geste.

Das goldene Tor öffnete sich und Tutanchamun betrat das helle Paradies der alten Ägypter. Er sah den Nil, der sich durch ein Tal mit fruchtbaren Feldern schlängelte. Viele Menschen begrüßten ihn.

„Ich begleite dich und zeige dir den Ort, wo du bis zu dem Tag bleiben wirst, an dem du wieder erwachen sollst", sagte Osiris. „Denn hier darfst du nicht verweilen."

„Ist es dort noch schöner?", wollte Tutanchamun wissen.

„Dort ist es genauso wie hier", erklärte Osiris lächelnd. „Du wirst sehen, die Zeit wird für dich wie im Flug vergehen."

Drei Tage später betrat Chaths den Tempel in Memphis. Langsam ging er auf die hagere Gestalt zu, die dort vor einer Amun-Statue kniete und betete.

„Onkel Eje." Er verbeugte sich und flüsterte: „Ich habe alle Spuren beseitigt."

„Das ist gut, Chaths." Eje lachte leise und drehte sich zu seinem Neffen um. „Bald werde ich mich mit einer von Tutanchamuns Schwestern vermählen, um dann den Thron von Ober und Unter-Ägypten besteigen zu können."

Er seufzte. „Leider sind diese dummen Weiber so tief in ihrer Trauer versunken, dass keine von ihnen mir jetzt schon das Ja-Wort geben will."

„Ja, diese Weiber." Chaths gluckste gezwungen. „Sie sind halt sehr feinfühlig."

„Wir müssen Tutanchamun, so schnell wie möglich, bestatten", sagte Eje eindringlich. „Aus den Augen, aus dem Sinn."

„Ich hoffe, Ihr, Onkel, werdet mich nicht vergessen." Chaths lächelte und flüsterte: „Ich habe schließlich einiges riskiert, um Euch auf den Thron zu setzen. Tut war noch bei Sinnen und sagte ich sei sein Mörder."

„Ja, davon habe ich auch schon gehört." Eje schmunzelte geheimnisvoll. „Hat man ihm geglaubt?"

„Nein, den Göttern sei Dank", stieß Chaths hervor. „Das hat keiner getan."

Eje legte einen Finger an die Lippen.

„Ja, die Götter waren auf deiner Seite. Komm Chaths …" Er zeigte auf eine Tür. „… gehen wir in den Garten. Dort gibt es weniger Ohren, die lauschen können."

Sein Lächeln hielt an.

„Wie Ihr wünscht, Onkel", sagte Chaths unterwürfig.

Ein süßer Geruch begrüßte die beiden Männer. Sie wanderten zwischen den Bäumen dahin.

„Und was für Pläne hast du für mich?", wollte Chaths nach langem Schweigen endlich wissen. „Du sagtest, dass ich dein Hauptmann werde."

Seine Augen leuchteten.

„Wie viele Leute wissen von dem Unfall?", fragte Eje. Eindringlich sah er seinen Neffen an.

„Wie meint Ihr das?" Chaths blieb verwirrt stehen. „Das ganze Volk weiß es, natürlich."

„Nun, lass mich anders fragen." Eje drehte sich Chaths zu. „Wer weiß, dass du für den Unfall verantwortlich bist?"

„Nur du und ich", antwortete Chaths leise. „So, wie du es gewollt hast."

Eje legte seine Hand auf die Schulter des Jüngeren.

„Das macht mich sehr glücklich. Ich bin zufrieden mit dir, Neffe." Er zeigte weiterhin dieses geheimnisvolle Lächeln. „Es ist sehr traurig, wenn junge Menschen sterben müssen, nicht wahr, Chaths."

Etwas blitzte in seiner Hand auf.

„Ja ... Ah." Chaths stöhnte und blickte auf seinem Bauch, in dem die Klinge eines Dolches steckte.

Wo hat er die Waffe so plötzlich her?, fragte sich Chaths und griff nach seinem Onkel. Jetzt weiß ich, wie sich Tut gefühlt hat. Verraten! Er hat mir vertraut. Ich habe Onkel Eje vertraut.

„Warum?", fragte er und wollte den Dolch aus der Wunde ziehen.

Eje wehrte die Hände ab. „Nein, mein Neffe, nicht doch!"

Chaths' Beine gaben nach. Eje ließ ihn zu Boden gleiten und hielt ihm den Mund zu. Er stach noch einmal zu.

„Nun, ich möchte nicht von dir erpresst werden, Neffe", erklärte Eje eindringlich und drehte die Waffe in Chaths' Eingeweiden.

Chaths konnte wegen Ejes Hand nicht schreien. Die jugendliche Kraft verließ ihn.

„Du warst doch sein bester Freund", sagte Eje. „Ich will ihn nicht allein in die Duat gehen lassen. Du sollst ihn begleiten."

Chaths wurde immer schwächer. Eje nahm die Hand von seinem Mund.

„Er weiß, dass ich für seinen Tod verantwortlich bin", stieß Chaths leise unter Schmerzen hervor, „und wird mich nicht sehen wollen."

„Beeil dich, mein Neffe!", sagte Eje, als hätte er Chaths' Worte nicht gehört. „Lauf zu ihm! Unser Geheimnis ist bei mir allein viel sicherer."

„Onkel ...", hauchte Chaths.

Sein Griff löste sich von Ejes Arm. Das Ka, die Lebenskraft, verließ seinen Körper.

Bevor Anubis sich Chaths annehmen konnte, war Isis da. Sie fing seine Ba, seine Charakterseele, die aussah wie ein Vogel mit menschlichem Kopf. Erschrocken flatterte sie mit den Flügeln.

„Du hast schwere Schuld auf dich geladen, Chaths", sagte sie anklagend. „Doch Ammit soll dich nicht bekommen."

„Dafür bin ich Euch sehr dankbar, Herrin Isis", beteuerte Chaths.

„Ob du mir dankbar sein wirst, mag ich zu bezweifeln", meinte Isis.

Er blickte auf seinen toten Körper und auf seinen Onkel. „Er hat mich ermordet!"

„Ich weiß", tröstete Isis ihn sanft. „War dir das nicht klar, als du seinen Plan in die Tat umsetzen solltest?"

Chaths schüttelte bedauernd den Kopf. „Nein, er hatte von einer glänzenden Zukunft gesprochen. Für uns alle."

„Ja, ein schmackhafter Köder für einen jungen Fisch." Isis seufzte. „Ich werde in der Duat dein Ka und Ba zusammenfügen und dich in eine Flasche sperren."

„Bitte, Herrin Isis habt Gnade", flehte Chaths.

„Dein Pharao wird in ferner Zukunft über dein Schicksal entscheiden", erklärte Isis.

„Oh, jetzt habe ich nicht nur unseren jungen Pharao verloren", sagte Eje und versuchte, tiefe Trauer in seine Stimme zu legen. „Sondern auch noch meinen geliebten Neffen. Ach, ich armer Mann. Ach, wie furchtbar."

Innerlich freute er sich und wusch sich die blutverschmierten Hände an einem Brunnen, der in der Nähe stand.

Bald werde ich den Thron von Ober- und Unter-Ägypten besteigen, dachte er zufrieden. Ich werde die Reste von Echnatons Glauben an Aton vernichten. Tutanchamun hat nur den Anfang gemacht. Man wird Loblieder auf mich singen. Ich bin Eje, der Retter unseres Glaubens, der Retter von beider Ägypten. Ich, der Pharao und Hohepriester von Amun.

Eine Falle stellen

Vor fünf Wochen in Kairo

Ein Tag später, nachdem Okpara Gaffarel in die Duat verbannt hatte, war sich der junge Amun-Priester nicht sicher, ob er einen Schatten aus dem Dimensionsriss hatte fliegen sehen. Leider hatte er sich nicht geirrt!

Doktor Mustafa Naser, der Leiter des Ägyptischen Museum in Kairo, hatte denselben dunklen, menschlichen Schemen bemerkt, als er am Vormittag seinen Rundgang durch die zahlreichen Gänge des Gebäudes gemacht hatte.

Am Abend nach der Schließung des Museums wanderte er noch einmal durch die Ausstellungsräume, in denen die Objekte untergebracht waren, die aus Tutanchamuns Grab stammten. Der dunkle Marmorboden war frisch geputzt. Der Duft von Zitrone hing noch in der Luft.

Seine Schritte hallten von den hellen Wänden wieder. Er hoffte, den Geist oder was es auch war, schnell zu finden.

Was will er nur hier?, fragte er sich und hatte eine Vermutung.

„Pharao Echnaton", rief er auf Altägyptisch. „Wo seid Ihr? Kommt heraus! Ich weiß, dass Ihr hier seid."

Das Lachen eines Mannes hallte durch den menschenleeren Saal. Der Schatten huschte an den Vitrinen vorbei.

Was soll das nur?, fragte Naser und versuchte, die Angst zu unterdrücken. Eilig folgte er dem Schemen.

Echnaton ist mir doch schon mal begegnet, dachte er verwirrt. Also, gibt es für ihn keinen Grund, sich vor mir zu verstecken.

„Hoheit, zeigt Euch!", forderte er den Geist auf. „Ich kenne Euch doch."

Wieder hörte er das Lachen. Der Schatten verschwand aus der Tür.

Jetzt wird das hier zu einer Verfolgungsjagd, dachte Naser seufzend.

Langsam schritt er in den Raum, in dem seit Kurzem die Mumie des Goldenen Pharaos Tutanchamun ausgestellt wurde. In den Vitrinen lag viel Schmuck aus der Grabkammer, die Howard Carter 1922 entdeckt hatte.

Wegen dieses ganzen Reichtums war Tutanchamun berühmt geworden. Nur weil er in einer unberührten Grabkammer gelegen hatte, dachte Naser lächelnd. Vergessen! Jetzt bringt er uns Touristen.

„Pharao Echnaton?", versuchte er es noch einmal. „Bitte zeigt Euch!"

Wieder hallte das Lachen von den Wänden.

Naser war unbehaglich zu Mute. Eine unheimliche Stille lag in der Luft, die nur ab und zu von dem Lachen unterbrochen wurde.

Hat Echnaton seine Sandsoldaten mitgebracht?, fragte sich Naser besorgt. Will er mich angreifen? Will er mich töten lassen, weil sein Sohn im Moment hier ist?

„Ich bin nicht dieser Trottel, von einem Ketzer-Pharao", rief jemand auf Ägyptisch-Arabisch. „Wir können uns in deiner Sprache unterhalten. Ich bin sie gewohnt. Meine Diener sprechen sie schließlich auch."

Gern hätte Naser aufgeatmet, doch er wurde das Gefühl, belauert zu werden, nicht los.

Wer ist dieser Geist, wenn es nicht Echnaton ist?, fragte er sich.

„Wer seid Ihr, Herr, wenn ich Euch das fragen darf?"

„Du darfst!", verkündete die körperlose Stimme.

Die Worte hallten schaurig von den Wänden wieder und schienen von überall herzukommen. Naser drehte sich um die eigene Achse.

„Ich bin jemand, der dir ein unglaubliches Angebot unterbreiten möchte", erklärte die Stimme. „Ich habe es direkt von den Göttern aus der Duat erfahren."

„Aus der Duat?", hakte Naser schockiert nach. „Allah, steh mir bei! Was planen die alten Götter?"

Der Schatten huschte über die Wände. Wieder lachte er. „Nichts, sie reden nur sehr viel."

„Was wollt Ihr mir anbieten, Herr? Kennt Ihr eine Grabkammer, die noch nicht entdeckt wurde?"

„Was wollt Ihr mit einer Grabkammer?"

Wieder sah Naser nicht mehr als einen menschlichen Schemen, der seinen Standort wechselte.

„Ich würde zu ihrem Entdecker und berühmt, wie einst Howard Carter", erklärte er. „Viele Ägyptologen würden vor Neid erblassen."

Sein Blick wanderte durch den Raum, um dem Schatten zu folgen, der viel zu schnell für seine Augen war.

„Eine Grabkammer kenne ich nicht, aber einen guten, vielleicht sogar besseren Ersatz für Okpara, diese lebenden Mumie", erklärte die Stimme verächtlich. „Seid Ihr an so etwas interessiert?"

Der Schatten wuchs an einer Wand in die Höhe.

„Oh ja, sehr sogar", rief Naser aufgeregt und beobachtete die zuckenden Umrisse. „Wer soll dieser Ersatz sein? Wo kann ich ihn finden?"

„Kannst du es dir nicht denken?", wollte die Stimme wissen.

Wieder ertönte das Lachen. Es war überall um Naser herum und jagte ihm einen Schauer, nach dem anderen, über den Rücken.

„Er ist doch hier!" Der Schatten erschien neben der Vitrine, in der Tutanchamun ruhte. „Euer Goldener Pharao."

„Er le-lebt a-a-aber nicht", stotterte Naser.

„Noch nicht, mein Freund", erwiderte der Schatten amüsiert, „aber du weiß ganz genau, wie du ihn erwecken könntest."

„Ja!", hauchte Naser und faltete seine Hände. „Durch dieses Weib, diese Deutsche, Larissa Engelhardt, oder so."

Der Schatten schien zu nicken.

„Wie soll das gehen?", wollte Naser wissen. „Nachdem ich versucht habe Okpara hier im Museum einzusperren, wird sie nicht nach Ägypten kommen."

Der Schatten nahm mehr Konturen an und schritt langsam auf den Direktor des Ägyptischen Museums zu, der mit klopfendem Herz dastand und nur nervös schlucken konnte. Gern wäre der Ägyptologe geflohen, doch seine Beine gehorchten ihm nicht. Er blickte in die dunklen Augen des Schattens.

Er hat mich gebannt, dachte Naser panisch. Allah, stehe mir bei.

„Weißt du, wer ich bin?", fragte der Geist.

„Ja, Ihr seid Runihura!", hauchte er, als er ihn endlich erkannte.

„Ihr hattet meinen Vortrag über Okpara und die Sphinx unterbrochen."

Hektisch blickte er sich um, weil er mit einigen dunklen Mumien rechnete.

„So ist es!", gab der Geister-Hohepriester lächelnd zu.

„Aber ... aber Okpara hatte Euch doch in die Duat verbannt", stotterte Naser.

„Ja, das hat er", bestätigte Runihura, „aber ich konnte fliehen, als er einen anderen dorthin schickte." Triumphierend lächelte er.

„Wieso seid Ihr wieder hier?" Naser schluckte nervös.

„Ich liebe dieses Land", antwortete Runihura und näherte sich dem Ägyptologen. „Es ist meine Heimat."

„Verstehe", sagte Naser leise.

Er wagte nicht, sich zu bewegen.

„Du wirst einfach eine nette Einladung aussprechen", erklärte Runihura, „und dich für die schlechte Behandlung, die du Okpara angedacht hast, entschuldigen."

„Ihr glaubt, dass das so einfach ist", bezweifelte Naser.

„Ja, mein Diener wird alles Weitere erledigen", versicherte Runihura. „Am Ende hast du zwei Pharaonen und ich die Frau."

„Zwei?", fragte Doktor Naser verwirrt. „Wen denn noch?"

„Echnaton natürlich." Runihura lachte laut. „Ich habe mich erkundigt. Ich werde diesem dummen Geister-Pharao eine Falle stellen. Er wird, wie Tutanchamun, dein Gefangener sein."

„Was ist mit der Frau?", wollte Naser wissen.

„Sie gehört mir!" Runihura sagte dies so hart, dass Naser erschrocken zusammenzuckte und ängstlich zurückwich.

Was will ein Geist mit einer Frau?, fragte er sich besorgt. Moment, er wollte sie vor ein paar Monaten opfern. Will er das immer noch? Allah, steh uns bei!

„Vielleicht bekommst du auch noch diese widerliche Sphinx", sagte Runihura milder. „Na, wie gefällt dir das?"

Zwei Pharaonen und eine lebendige Sphinx! Naser dachte über das Angebot nach und rieb sich erfreut die Hände. Was wäre das für eine Sensation! Die anderen Museen könnten einpacken. Hier würde die Kasse klingeln. Er würde reich und berühmt.

„Was ist mit Okpara?", wollte er wissen und wünschte sich, seine Stimme wäre fester.

„Nicht so gierig, mein lieber Mustafa", tadelte Runihura ihn. „Auch Okpara ist mein. Ich brauche ihn. Echnaton, dieser elende Hund, hat schließlich meinen Körper zerstören lassen. Okparas Körper eignet sich hervorragend als Ersatz. Er war jung, als er starb und hatte eine Menge Magie in seinen Adern. Ich wäre noch mächtiger."

„Ich verstehe! Wie wollt Ihr einen Geist wie Echnaton gefangenhalten?", hakte Doktor Naser nach. „Er kann schließlich durch Wände gehen!"

„Durch eine Geistersperre, natürlich. Hinter Glas, an den Wänden und an der Tür", erklärte Runihura. „Auch Tutanchamun werde ich eine magische Fessel anlegen. Der Goldene Pharao wird niemals in der Lage sein, dieses Gebäude zu verlassen."

„Das so etwas möglich ist", wunderte sich Naser.

„Was lernt Ihr heutzutage?", fragte Runihura verärgert. „Ihr wisst ja gar nichts mehr über unsere Magie!"

In seiner durchsichtigen Hand erschien eine schäbige Visitenkarte. Die Ecken waren zerknickt. „Hier, da steht drauf, wo du meinen ergebenen Diener Ali finden kannst. Stell ihn vorübergehend, als deinen ... wie würdest du ihn bezeichnen?"

„Assistenten?", half Naser leise aus.

Runihura nickte. „Assistenten. Ja, ja, das ist gut. Wie schnell kannst du einen Raum oder Bereich, für den Goldenen Pharao herrichten?"

„So in zwei, drei vielleicht vier Wochen", überlegte Naser. „Da wir diesbezüglich, ja schon Pläne für Okpara vorbereitet hatten, müssen wir sie nur für einen Pharao, wie Tutanchamun, etwas verändern. Königlicher machen."

„Wunderbar." Runihura freute sich. „Flieg persönlich nach ... ähm, wie heißt das Land, in dem sich Okpara jetzt befindet?"

„Deutschland", half Naser wieder aus.

„Ja, fliege nach Deutschland und lade dieses lächerliche Mumienteam ein", wies Runihura ihn an. „Du willst dir auch gern die neuen Mumien ansehen und erklärst ihnen, dass du eine weitere Mumie zum Erwecken zur Verfügung stellen kannst."

„Wie viele Mumien haben sie bis jetzt geweckt?"

„Zwei sehr wundersame Männer", antwortete Runihura. „Sie sind wie zwei lebende Schätze. Kristallmumien!"

„Ach ja, das kam in den News aus aller Welt", sagte Naser. „Ich wusste nur nicht, dass diese Deutsche etwas damit zu tun hatte."

Überraschungen am runden Tisch

Auf dem Anwesen von Ritterhain

Okpara betrat die Eingangshalle, der großen Villa, durch die Terrassentür. Er fror nicht nur, weil der Winter vor der Tür stand. Die kühlen Oktobertage war er nicht gewohnt. Langsam spürte er seine zu niedrige Körpertemperatur und das setzte ihm zusätzlich zu.

Die Baustelle, die man auf dem Anwesen abgesteckt hatte, interessierte ihn. Ein Tempel sollte dort gebaut werden. Nach dem Vorbild des Alten Ägypten, aber auch moderne Elemente würden in das Gebäude einfließen.

Okpara freute sich, dass es für ihn bald einen Ort geben würde, wo er zu seinen Göttern beten konnte.

Alexander hatte etwas von Führungen gesagt, die der junge Amun-Priester machen sollte.

Es wird auch ein kleines Museum geben, dachte Okpara und lächelte. In Zukunft werden wir viele Artefakte haben. Ob ich sie benutzen darf?

Die anderen aus dem Mumienteam warteten schon in der Halle. Alexander hatte vor Freude strahlende Augen.

„Wo ist Larissa?", fragte er ungeduldig. Er konnte kaum ruhig stehen. „Ich habe eine supertolle Überraschung für euch. Für uns! Okpara, geh und hol sie doch bitte hierher!"

„Ich denken ... ich denke, sie sein Zuhause und arbeiten an Geschichte für Schreibung aus", erklärte Okpara. „Sie vergessen Zeit, Essen und Trinken. Ich dauern in Sorge um sie."

Manchmal erlebte er Larissas Geschichten gedanklich mit. Nur im Moment nicht.

„Du erinnerst sie doch immer daran, oder?", wollte Jochen wissen und runzelte die Stirn.

„Ja, immer, ich fühle, wenn sie vergessen", bestätigte Okpara. „Ich gehen ... ich gehe sie holen."

Er zog sich zurück, doch vorher strich er Sagira, die Schlangensphinx, durch das hellbraune Fell.

Sagira schnurrte wohlig. Die blauen Schnuppen an ihrem Kopf glänzten im Licht der vielen Strahler.

„Beeil dich!", rief sie ihm hinterher. „Ich bin zu neugierig, um dich jetzt zu begleiten."

Okpara schloss die Tür zum Gästehaus hinter sich und lauschte. Er hörte das Tippen.

„Larissa!", rief er laut. „Larissa? Wo du sein?"

Als er die Bibliothek betrat, bemerkteer gedämpfte Musik. Larissa saß auf dem Boden und wippte leicht mit dem Fuß. Ihr Notebook lag auf ihren Oberschenkeln. Sie schrieb an ihrer Geschichte und starrte konzentriert auf den Bildschirm. Sie runzelte die Stirn.

Sie hat mal wieder einen Fehler gemacht oder entdeckt, dachte Okpara.

Behutsam legte er ihr eine Hand auf die Schulter, damit sie zu ihm aufsah. Trotzdem zuckte sie erschrocken zusammen.

„Larissa", sprach Okpara sie mit einem leisen Vorwurf in der

Stimme an. „Du sollen lange bei Meeting sein!"

„Was?" Larissa nahm die Kopfhörer ab. „Tut mir leid, ich habe laut Musik gehört. Oh Mann, ich habe mich schon wieder verschrieben!" Verärgert korrigierte sie ihren Text.

Okpara sah sie verwirrt an. „Ich hören … höre nur leise Musik. Wie du meinen das?"

Larissa stellte amüsiert das Notebook zur Seite und stand auf. Sie stülpte ihm die Kopfhörer über die Ohren.

Okpara erschrak im ersten Moment, weil es so laut war, doch die Musik gefiel ihm und er sah, wie sich Larissas Lippen bewegten.

Ich höre sie tatsächlich nicht besonders gut, erkannte er und nahm die Kopfhörer ab.

„Du haben Meeting vergessen!", fuhr er unbeirrt fort. „Nicht gut! Ich hier um dir zu holen!"

„Oh ja." Larissa schaltete die Musik ab und speicherte ihr Dokument ab. „Komm, wir gehen!"

Sie nahm seine Hand, nachdem sie ihr Notebook auf den Schreibtisch abgestellt hatte.

Gemeinsam verließen sie ihr neues Zuhause und schlenderten über den kurzen gepflasterten Weg zur großen Villa. Links und rechts des Wegs wuchs Gras. Auf der Wiese blühten noch vereinzelt Gänseblümchen.

Okpara öffnete Larissa galant mit einer leichten Verbeugung die Tür. Er hatte es vor einigen Tagen von Thomas gelernt.

„Lady frest", sagte er.

Larissa kicherte und knickste. „Vielen Dank, der Herr! Aber es heißt: Ladys frist."

Ich habe es wieder falsch ausgesprochen, stöhnte er innerlich.

„Na, endlich!", rief Alexander. „Was hast du solange getrieben?"

„Sorry, ich war in meiner Geschichte vertieft", entschuldigte Larissa sich, „und habe total die Zeit vergessen."

„Wie immer!", kommentierte Sagira und schüttelte den Kopf.

„Hoffentlich wird sie gut", meinte Alexander und wandte sich an alle. „Nun endlich, zu meiner supertollen Überraschung."

Feierlich ging er auf eine Tür zu und öffnete sie. „Tada, ... was sagt ihr dazu?"

Er schritt in den dahinterliegenden Raum, der für die Meetings des Mumienteams eingerichtet worden war.

„Ein runder Tisch?", wunderte sich Daniel, der Alexander auf dem Fuß gefolgt war.

Echnaton staunte über die Größe und lief geradewegs durch die Tischplatte, dabei strich er mit den Fingern über das glänzende Holz.

„Gut, der Tisch hat den Geistertest nun also auch bestanden", meinte Alexander grinsend. „Nichts für ungut, Echnaton."

Der Geister-Pharao lächelte zurück. „Es macht mir nichts aus. Ich bin, wie würdest du es sagen Larissa ... ähm ah ja feinstofflich."

Larissa nickte amüsiert.

„Eine Tafelrunde, wie bei König Artus", erklärte Alexander stolz. „Der gepolsterte Schemel dort ... ist für dich, Sagira, und der Holzstuhl ist für, entschuldige Tom, aber alles andere würdest du im Moment noch zerstören."

„Ist schon gut", erwiderte Thomas mit seiner Jenseitsstimme. „Ich hoffe, dass ich irgendwann eine normale Haut haben werde."

Er war eine Kristallmumie aus dem 18. Jahrhundert. Sein Körper war bis auf seine linke Wange und seine Handknöchel mit einer dicken Kristallschicht überzogen. Die freie Gesichtspartie schimmerte, als hätte ein kleines Mädchen ihm Glitzerpulver auf seine Haut gestreut. Verlegen rieb er über jene Stelle.

„Ich finde die Idee mit der Tafelrunde super." Larissa zog Okpara zu den beiden Stühlen, die zwischen dem großen Schemel und dem Holzstuhl standen. „Es sind aber mehr Stühle vorhanden als unser Team groß ist, warum?"

Daniel setzte sich neben Thomas, da ihn die Kristallstruktur auch weiterhin faszinierte. Er legte sein Notebook vor sich ab, klappte den Monitor auf und schaltete es ein. Jochen setzt sich zu Daniel, damit die beiden wissenschaftlichen Mitarbeiter zusammensaßen.

„Ich möchte unser Team mit der Zeit noch vergrößern", kündigte Alexander an, nachdem er sich gesetzt hatte. „Ich habe darüber auch schon mit Jochen gesprochen. Da er, wie Larissa, der Meinung ist, dass wir auch eine psychologische Betreuung für unsere speziellen Freunde brauchen könnten."

„Männlich oder weiblich?", wollte Larissa wissen.

„Nun, wir denken eine Frau wäre besser, da wir schon genug Männer in unserem Team haben", fand Alexander und lachte. „Auch haben Frauen meistens ein besseres Einfühlungsvermögen, als wie Kerle."

„Finde ich nicht", warf Thomas gekränkt ein.

„Wer weiß, was für Mumien du noch wecken wirst, Larissa", konterte Jochen. „Tom braucht jemanden, der ihm bei der Trauerbewältigung hilft."

„Ja, das wäre gut, danke." Versöhnlich blickte Thomas in die Runde. „Larissa hat es mir schon erklärt."

Wie immer empfand Larissa Thomas' Traurigkeit sehr deutlich und konnte sich kaum dagegen wappnen. Manchmal wollte sie ihn einfach nur umarmen, doch wegen der Kristallschicht ging es nicht. Sie würde sich nur verletzen.

„Dann kann ich jetzt wohl loslegen!", rief Daniel aufgeregt. „Ich habe einige interessante Neuigkeiten."

„Ja, ja nur zu. Ich bin gespannt wie ein Flitzebogen, was du herausgefunden hast", meinte Alexander und beugte sich vor. „Du sagtest, es sei sensationell."

„Und wie! Wie ihr alle wisst, habe ich Okpara und auch Sagira DNA entnommen", begann Daniel mit leuchteten Augen.

Er machte eine Kunstpause. „Sagira hat die DNA von drei verschiedenen Spezies."

„Was sein DNA?", fragte Okpara verwirrt.

„Das sind erbliche Informationen, die zum Bespiel für die Augen-, Haut- und auch Haarfarbe verantwortlich sind", erklärte Daniel. „Auch die Körpergröße und andere körperliche Merkmale sind in der DNA gespeichert."

Okpara machte große Augen.

Okpara legte eine Hand auf Sagiras Schultern und streichelte sie.

„Sphinxen, oder besser, unsere liebe Schlangensphinx, ist eine Chimäre", warf Larissa ein.

Sie war blass geworden.

Nun war es Daniel, der sie verwirrt anblickte. „Das musst du jetzt aber genauer erklären."

„Chimären sind Kreaturen, die aus mehreren Wesen bestehen und durch Magie geboren worden", erklärte Larissa. „Der Mantikor, zum Beispiel, hat den Körper eines Löwen, den Schwanz eines Skorpions und das Gesicht eines Menschen. Manchmal auch noch die Flügel einer Fledermaus oder eines Flughundes."

„Es tun mir sehr leid", flüsterte Okpara Sagira zu und streichelte sie weiter. „Du nicht ein Wesen, allein."

„Schon gut", meinte Sagira lächelnd. „Ich kenne doch gar nichts anderes. Ich habe hier Freunde und dich, großer Bruder. Was brauche ich schon mehr?"

„Larissa, wir sollten uns mal über die verschiedenen Chimären unterhalten", sagte Daniel. „Ich wette, du kennst noch mehr."

„Du willst doch hoffentlich keine erschaffen", argwöhnte Larissa schmunzelnd. „Diese Wesen verfallen meistens dem Wahnsinn und sind blutrünstige Ungeheuer, weil sie wieder der Natur sind."

Alle blickten Sagira an.

„Das ist sehr beunruhigen", warf Alexander ein, „und ich dachte kurz, wir könnten weitere Sphinxen erschaffen."

„Davon rate ich ab", konterte Larissa streng. „Es könnte für alle gefährlich werden."

„Nun, hier geht es um unsere liebe, allwissende Sagira", berichtete Daniel weiter und grinste Sagira bei dem Wort allwissende an. „Also ihre DNA ist die von einer Löwin, einer Schlange, aber von einer die schon lange ausgestorben ist, und natürlich von einer Frau."

„Und was ist daran so interessant?", hakte Alexander nach. „Das war wohl nun allen klar, als du sagtest drei Arten."

„Ja, schon, aber das Erbgut der Frau", erklärte Daniel und machte noch eine Kunstpause, um den Satz wirken zu lassen. „Sagiras menschliche DNA gehört eindeutig zu Okparas Schwester."

Sagira versuchte, so gut wie möglich zu übersetzen, damit Okpara auch alles verstand.

„Mein Schwester?", rief er überrascht.

Seine Seele schien für einen Moment zu gefrieren.

Das kann doch nicht möglich sein, dachte er erschrocken.

Larissa legte sanft eine Hand auf seinem Oberarm. „Okpara, hattest du eine Schwester?"

Okpara schüttelte den Kopf und blickte traurig auf die glänzende Tischplatte. „Ich habe immer Bruder oder Schwester gewünschen."

„Ich war doch schon immer deine Schwester, Okpara, und eine Sphinx." Sagira berührte mit ihrer Pfote seinen Oberschenkel. „Also ist es nicht schlimm. Wir sind wie Geschwister ausgewachsen. Du warst, bist und wirst immer mein großer Bruder bleiben. Jetzt wissen wir es genau."

Okpara umarmte Sagira und schluchzte.

„Mein klein Schwester", murmelte er in ihr Fell und streichelte sie wieder.

„Die Schlange könnte eine Uräus-Schlange gewesen sein", warf Larissa ein. „Wegen der blauen Schuppen auf Sagiras Kopf. Diese

Schlangen konnten sogar Feuer speien."

„Oh, Sagira, mach das bloß nicht im Haus", bat Alexander. „Nicht das, das Haus in Flammen aufgeht."

„Ich weiß doch gar nicht wie das geht", murrte Sagira. „aber es ist sehr interessant. Vielleicht kann ich es erlernen."

Sie lächelte sphinxhaft.

Alexander sah sie entgeistert an.

„Es gibt noch mehr Neuigkeiten", fuhr Daniel fort, „aber die sind nicht ganz so toll."

Okpara sah ihn ängstlich an. „Nein, bitte nicht!"

„Es hat nichts mit dir oder Sagira zu tun", beruhigte Daniel ihn und lächelte ihn aufmunternd an. „Sondern mit Tom. Auch deine DNA habe ich genau untersucht."

Er rieb sich verlegen über den Nacken. „Die Flüssigkeit, die dir dieser Johann Dippel zu trinken gegeben hatte, hat dein Erbgut zerstört, verändert oder teilweise ersetzt."

„Sein Information nicht mehr gut sein?", hakte Okpara nach.

„Nun, Tom ist ... kein richtiger Mensch mehr", erklärte Daniel und versuchte, sachlich zu bleiben, „aber wie wir wissen, ist er nicht böse."

Doch ein Lächeln stahl sich immer wieder auf seine Lippen. Auch das Blitzen in seinen Augen verriet sein Interesse Thomas näher zu erforschen.

„Nicht, du würdest dich nur verletzen", warnte Thomas Larissa, als sie ihm tröstend eine Hand auf seinem Arm legen wollte. „Ich habe Freunde und Larissa ist meine neue Familie. Ich hoffe, dass meine

Arbeitskollegen mich so akzeptieren, wie ich bin."

Trotzdem fühlte Larissa seine tiefe Traurigkeit.

„Ich werde hart durchgreifen, wenn dich jemand mobben sollte", brummte Alexander. „Einen so guten Finanzbuchhalter gibt es nur selten. Du stehst unter meinen persönlichen Schutz."

„Danke!" Verlegen fuhr Thomas sich über den Kopf, wobei die Kristalle herunter rieselten. „Aber das ist wirklich nicht nötig. Was ist eigentlich mobben?"

„Im übertragenen Sinn Hänseln und unschöne Dinge über dich herumerzählen." Larissa streichelte mit ihren Fingerspitzen liebevoll über seine linke Wange. „Hier kann ich dich berühren, ohne mich nicht zu verletzen."

Thomas linker Mundwinkel verzog sich zu einem Lächeln. „Danke. Für mich bist du wie eine Schwester."

„Ich hoffe, dass niemand dich verletzen wird", sagte Larissa, „wenn es doch mal passieren sollte, komm zu uns. Wir helfen dir."

Alle nickten zustimmend.

„Wir werden trotzdem versuchen, dass Tom wieder atmen kann", erklärte Jochen. „Wir sind dabei seine Atemwege frei zu bohren. Dann kann Larissa es mit ihrem Yoga versuchen, wie sie es bei Okpara gemacht hat. Ich bin sehr gespannt, wie das ist. Beim ersten Mal war ich ja nicht dabei."

Okpara drückte Larissas Hand und lächelte sie verliebt an.

„Kein Problem", meinte Larissa und erwiderte Okparas Lächeln. „Du hast doch nichts dagegen, oder?"

„Nein, ich mögen … mag Tom helfen auch", versicherte Okpara ihr. „Vielleicht mit Magie."

„Nein!", widersprach Thomas erschrocken. „Bitte, kein Teufels-handwerk!"

„Tom, Magie kann auch Gutes tun", warf Larissa ein und unter-drückte ein Lachen. „Weiße Magie ist zum Heilen da und hat nichts mit dem Teufel zu tun."

Sagira nickte. „Wir sollten aber Toms Angst respektieren."

„Danke, aber es ist keine Angst!" Thomas schüttelte nachdrücklich den Kopf. „Es ist mein Glaube an Jesus Christus und unseren Herrn."

„Ich dachte, du hast einen Ein-Gott-Glauben", wunderte Sagira sich. „Aber dein Herrgott und Jesus sind schon zwei, wenn ich mich da nicht verzählt habe."

„Dann gibt es da auch noch diese Jungfrau Maria, die keine ist", fügt Echnaton hinzu und schüttelte lachend den Kopf.

„Sagira! Echnaton!" Thomas stand auf. „Haltet ein mit eurem ket-zerischen Gerede! Ihr seid schwere Gotteslästerer!"

Seine Augen glühten tiefrot auf.

„Tom, bitte beruhige dich!", bat Larissa beschwichtigend. „Sie ken-nen deinen Glauben nicht gut und verstehen ihn nicht."

„Ich sollte sie bekehren", murmelte Thomas und bekreuzigte sich, bevor er sich wieder niederließ.

„Mein Gott ist Aton", verkündete Echnaton stolz.

„Mein Netjer ... Götter helfen", warf Okpara ein.

Auf dem Tisch piepste die Freisprechanlage. Alexander drückte auf einen Knopf an der Konsole, die in der Tischplatte eingelassen war. „Ja, was gibt es?"

„Hier ist Frank", meldete sich Alexanders Chauffeur. „Ich bin gerade mit Doktor Mustafa Naser vor dem Eingang angekommen."

„Gut, bring ihn bitte in den neuen Meeting-Raum für das Mumienteam", wies Alexander ihn an.

„Mach ich, Chef!"

„Doktor Naser?", entfuhr es Larissa bestürzt und sie griff nach Okparas Hand. „Was will der denn hier?"

Okpara erwiderte den Druck.

„Na, was wohl, Okpara natürlich", warf Daniel verärgert ein. „Er wird wohl auch von Tom gehört haben."

Larissa rutschte mit ihrem Stuhl näher an Okpara heran. Sie lehnte sich an ihn.

„Niemand wird dich von hier wegholen", flüsterte sie ihm zu und umarmte ihn. „Das lasse ich nicht zu!"

„Wir! Larissa!", fügte Daniel hinzu.

„Was soll das heißen?", wollte Thomas wissen und blickte zu Okpara.

„Dieser Doktor ...", begann Daniel und wurde durch das Klopfen an der Tür unterbrochen.

„Das erklären wir dir später!", entschied Alexander. „Herein!"

Larissa blickte mit ungutem Gefühl zur Tür.

Was will dieser Kerl hier?, fragte sie sich und sah Naser argwöhnisch an, als dieser den Raum betrat.

Der Ägypter trug wie immer einen Anzug. Sein Bart war gepflegt.

„*Good morning*, Doktor Naser." Alexander war aufgestanden und ging dem Ägyptologen entgegen. „*Welcome in Germany!*"

Er schüttelte dem Ankömmling die Hand.

„Thank you very much!", zeigte Naser sich erkenntlich.

Er stockte, als er Thomas erblickte. Seine Augen weiteten sich.

Er hat vor Tom Angst, bemerkte Larissa mit einem zufriedenen Lächeln.

„Where is Okpara?", fragte Naser und blickte sich um.

„He is here", verkündete Larissa amüsiert und schmiegte sich an ihren Freund.

Naser blieb mit offenem Mund stehen. *„This ... this is really the mummy Okpara?"*

„He isn't a mummy", fuhr Larissa ihn verärgert an.

„Take a seat", bot Alexander dem Ägyptologen an. *„Tom and Okpara can't speak english. We will traslate   ot he m."*

„Alex sagte, dass ihr beide kein Englisch sprecht", übersetzte Larissa leise. „Ich werde für euch übersetzen."

„Auch ich werde übersetzen", rief Daniel und grinste.

„I see", sagte Doktor Naser und setzte sich Okpara gegenüber. Bewunderung lag in seinem Blick.

„Wie ist es dir ergangen?", fragte Naser auf Altägyptisch.

Was will er von mir?, wunderte Okpara sich.

„Ich habe ein schönes Zuhause", antwortete Okpara in der gleichen Sprache, „und lebe mit Sagira und Larissa zusammen."

Dieses Mal übersetzte Echnaton und wurde von Naser irritiert angesehen.

„Hast du was dagegen, dass ich das Altägyptische ins Deutsche übersetzte?", fragte Echnaton abweisend und verschränkte die

Arme vor der Brust.

„Wie ich sehe, haben Sie ja jetzt eine weitere Mumie", sagte Naser auf Englisch, „aber ich hatte gehört es wären zwei."

Larissa übersetzte leise für Okpara und Thomas.

„Okpara zerstörte die zweite", erzählte Jochen, „weil sie Larissa schwer verletzt hatte."

„Was soll die Frage?", warf Daniel argwöhnisch ein, nachdem er Larissa Zeit gegeben hatte zu übersetzen. „Sollen wir jetzt Okpara herausgeben, weil wir eine andere Mumie haben?"

„*No, no*, bestimmt nicht." Naser hob abwehrend die Hände und winkte rasch ab. „Wegen Okpara bin ich nicht hier."

„Ach, warum dann?", hakte Daniel misstrauisch nach.

„Ich weiß aus sicherer Quelle, dass Frau Engelhardt auch Tutanchamun aufwecken kann", erklärte Doktor Naser schnell und lächelte dabei. „Stellen Sie sich vor, der Goldene Pharao würde lebendig werden."

„Das ist … wirklich … sehr … interessant", meinte Alexander und lehnte sich zurück. „Wie stellen Sie sich das genau vor? Larissa fliegt nach Kairo, weckt den Goldenen Pharao und geht dann wieder nach Hause? So funktioniert das nicht!"

„*No, no.* Ich würde Doktor Schmidtke bitte, die Untersuchungen an dem erwachten Pharao zu übernehmen", erklärte Naser.

„Ich bin kein Arzt und der liebe Tut wurde schon von so vielen Wissenschaftlern untersucht", meinte Daniel und runzelte die Stirn. „Das ist für mich uninteressant. Ich helfe bei Problemlösungen, die unsere Ex-Mumien so mit sich bringen, wie blockierte Atemwege, oder ausgetrocknetes Gewerbe, so etwas in der Richtung."

„Oh, an einen Arzt hatte noch gar nicht gedacht, Doktor Schmidtke", sagte Naser. „Vielen Dank, dass Sie mich darauf aufmerksam gemacht haben."

Ich glaube ihm kein Wort, dachte Okpara und sah, wie Larissa ihm zunickte.

Er hatte ihr den Gedanken wohl telepathisch übermittelt.

„Larissa, ich werde dich begleiten", murmelte Thomas. „Auch wenn ich im Moment andere Aufgaben und andere Probleme habe. Ich lasse dich nicht allein in ein fremdes Land reisen!"

„Ich kann dir auch in Ägypten die Handhabung des Computers erklären." Wieder wollte Larissa ihn berühren, doch sie ließ es dann bleiben, weil Thomas heftig den Kopf schüttelte.

„Seine Stimme ist wie Okparas früher", bemerkte Naser überrascht. „Dann ist diese Jenseitsstimme anscheinend normal."

„Tom will mitkommen." Daniel hatte das Übersetzen übernommen.

„Nun, Sie sind natürlich herzlich Willkommen, Herr ...", sagte Naser.

„His name is Thomas Kühn", stellte Larissa ihn vor.

„Ich würde Ihnen sogar unser schönes Museum zeigen und Ihnen viel über Okparas vergangener Kultur erzählen." Naser lächelte verkrampft. „Sie werden sich bestimmt nicht langweilen."

„Auch ich werde Larissa begleiten", entschied Okpara bestimmt.

Er traute dem Ägyptologen nicht.

Echnaton legte dem jungen Altägypter eine Hand auf die Schulter.

„Keiner von uns wird Larissa allein gehen lassen und es geht hier schließlich um meinen Sohn Tutanchaton*.“

Er wusste, dass sein Sohn sich von Aton abgewandt hatte und sich Tutanchamun nannte, um das Volk zu besänftigen.

„Also, so wie es aussieht, kommen wir alle mit“, entschied Alexander, „oder hat jemand etwas dagegen?“

„Ich wecke Tutanchamun nur unter einer Bedingung“, warf Larissa plötzlich ein.

„Und die wäre?“, fragte Naser.

„Ich wecke ihn nur, wenn er nicht als Gefangener endet!“ Herausfordernd suchte sie den Blick des Ägyptologen. „So wie Sie es mit Okpara versucht haben.“

Erschrocken zuckte Echnaton zusammen.

„Das sollten Sie sich auf keinen Fall wagen.“ Er ging wieder durch den Tisch und baute sich bedrohlich vor Naser auf. „Ich werde zu verhindern wissen, dass Sie meinem Sohn Tutanchaton Schaden zufügen!“

Naser sah den Geister-Pharao, der vor ihm in der Tischplatte stand, ängstlich an.

„Ich hege keine Absicht Tutanchamun einzusperren.“ Naser schluckte schwer und wich mit dem Stuhl etwas zurück.

„Gut, dann lasse ich von meiner Sekretärin die Zimmer reservieren“, erklärte Alexander und drückte wieder einen der Knöpfe. „Hallo Corinna, …“

Er gab seine Wünsche für die Reise des Teams nach Ägypten durch.

---

* Tutanchaton ist Tutanchamuns Geburtsname

„Ich schätzte die Sitzung ist hiermit beendet", meinte Daniel.

Alexander nickte und sprach weiter mit seiner Sekretärin. „Ja, ich hätte auch gern einen Bus vor Ort. Wir müssen schließlich mobil bleiben."

Naser stand auf und umrundete den Tisch. Er blieb vor Okpara stehen.

„Du hast dich sehr verändert", sagte er zu Okpara auf Altägyptisch.

„Ja, jetzt hat niemand mehr Angst vor mir", erklärte Okpara fröhlich. „Die Leute sahen in mir ein Ungeheuer oder hielten mich für böse."

„Deshalb wollte ich dich beschützen", sagte Naser und legte eine Hand auf seine Brust.

„Wers glaubt", brummte Echnaton und übersetzte für die anderen Anwesenden.

Die meisten schüttelten nur den Kopf.

Sie glauben es genauso wenig wie ich, dachte Okpara.

„Darf ich mir ansehen, wie und wo du hier lebst?", bat Naser. „Ich möchte gern einen Eindruck davon gewinnen."

„Schon, aber nur, wenn Larissa und Sagira nichts dagegen haben", erwiderte Okpara.

„Was hat dieses ...", begann Naser wütend, besann sich jedoch schnell. „Warum bestimmt diese Frau über dich?"

„Es ist auch ihr Zuhause", erklärte Okpara. Er übersetzte für Larissa den Wortwechsel, die durch ein Nicken ihre Einwilligung gab.

„Dann kommen Sie." Okpara stand auf und machte eine einladende Geste Richtung Tür.

„Ich werde euch begleiten", bestimmte Echnaton schroff und sah Naser streng an. „Komm, Larissa bloß nicht zu nahe!"

Sie betraten das Gästehaus. Naser war sehr neugierig und überrascht, wie schnell sich Okpara angepasst hatte.

Im Wohnzimmer hingen die beiden Schwerter, die Echnaton von Gaffarel erbeutet hatte. Der Geister-Pharao war sehr stolz auf diese Waffen.

„Sind das Antiquitäten?", wollte Naser wissen.

„Nicht anfassen!", brüllte Echnaton. „Sie gehören mir! Sie sind das Zeichen, dass ich Larissa beschützen werde."

Naser zog die Hand schnell wieder zurück.

„Das sind Höllenschwerter", erklärte Larissa. „Man sollte sie besser nicht berühren. Setzen Sie sich."

Sagira übersetze leise für Okpara, da er kein Englisch verstand.

„Das meinen Sie doch nicht ernst, oder?", fragte Naser und lachte nervös. „Die Hölle gibt es nicht. Sie ist doch nur eine Metafer."

„Das jemand Mumien wieder ins Leben zurückholen kann, gibt es wohl auch nicht", spottete Larissa.

„Und Geister gibt es anscheinend auch nicht." Echnaton grinste. „Ich bin eine Fatamorgana."

Naser räusperte sich. „Wie sind sie in deinen Besitz gelangt?"

„Okpara und ich haben gegen einen Dämon gekämpft", weihte Echnaton ihn stolz ein.

„Möchten Sie einen Tee?", bot Larissa höflich an. „Kaffee haben wir leider nicht, aber ich könnte Corinna fragen, wenn Sie den lieber haben."

„Nein, Tee wäre wunderbar", erwiderte Naser mit einem Lächeln. „Machen Sie sich wegen mir bitte keine Umstände."

Larissa ging nach einigem Zögern in die Küche.

Echnaton stellte sich in die Tür, so könnte er nicht nur ins Wohnzimmer blicken, sondern auch einen Teil der Küche einsehen. Er verschränkte die Arme vor der Brust.

Okpara hatte das Gefühl, das der Direktor des Ägyptischen Museums Larissa nicht in seiner Nähe haben wollte.

„Hier sieht alles so, naja..." Naser suchte nach den richtigen Worten. „So westlich aus."

„Westlich?", wiederholte Okpara verständnislos.

„Er meint europäisch", kam Sagira ihm leise zu Hilfe.

Naser nickte. „Warum ist nichts aus unserer Kultur hier zu sehen?"

„Ich gehöre nicht zu Ihrer Kultur", stellte Okpara richtig. „Wir haben etwas aus dem Alten Ägypten hier."

Er zeigte auf eine kleine mit Goldfarbe bemalte Totenmaske aus Ton. Larissa besaß sogar eine schwarze Mini-Büste der Nofretete, der damaligen Gemahlin von Echnaton. Manchmal seufzte der Geister-Pharao, wenn er sie ansah.

„Wo ist der Dolch?", wollte Naser wissen.

Okpara und Echnaton hatten die ganze Zeit auf diese Frage gewartet.

Sagira sah ihn an und schüttelte den Kopf.

„Das geht Sie nichts an! Er ist gut verwahrt", zischte sie.

Naser zuckte erschrocken zurück.

Echnaton lächelte amüsiert. Er ließ den Ägyptologen nicht aus den Augen.

Tutanchamun erwacht

Vier Tage später war alles für die Reise nach Ägypten vorbereitet. Alexanders Privatjet hatte eine Starterlaubnis. Okpara blickte zu Echnaton, um zu sehen, ob der Geister-Pharao etwas dagegen hatte, dass er neben Larissa Platz nahm.

Doch Echnaton war zu Nasers Schatten geworden. Sobald der Ägyptologe seinen Fuß auf den Boden des Anwesens setzte, ließ Echnaton ihn nicht mehr aus den Augen.

Er traut dem Ägyptologen genauso wenig wie ich, dachte Okpara beruhigt und nickte dem Geister-Pharao zu, als er ihn im Flugzeug sah. Das ist sehr gut. Geister brauchen keinen Schlaf. Naser schon.

„Nicht in Frau Engelhardt Nähe", wies Echnaton ihn barsch an. „Setz dich hierhin."

Okpara umarmte Larissa amüsiert.

Larissa machte es sich in ihrem Sitz bequem. Sie holte einen großen, bunten Knäuel Wolle aus ihrer Handtasche und begann zu stricken.

Daniel sah ihr eine Weile zu.

„Was kannst du eigentlich nicht?", fragte er schließlich.

„Sticken und Kaffee trinken", antwortete Larissa mit einem schiefen Grinsen.

Sagira legte sich auf zwei Sitze und ließ sich von Alexander anschnallen. Thomas beobachtete ihn dabei.

„Wir haben ein Metallnetz. Vielleicht werden so die Polster verschont." Alexander zeigte auf den Sitz.

„Das hoffe ich auch", sagte Thomas.

Das Flugzeug setzte sich langsam in Bewegung und rollte auf die Startbahn. Okpara drückte Larissa fester an sich, als der Jet beschleunigte.

Du hast immer noch Angst vor dem Fliegen, dachte Larissa und legte beruhigend ihre Hand auf seine.

Okpara nickte nur.

„Du kannst echt keinen Kaffee trinken?", hakte Daniel belustigt nach. „Wie ist das möglich? Du musst doch nur schlucken."

„Es ist als würde ich versuchen einen Golfball herunterzuschlucken", erklärte Larissa.

„So etwas habe ich noch nie gehört", rief Alexander und lachte. „Wie kannst du überhaupt den ganzen Tag über ohne Kaffee funktionieren?"

„Wie kannst du mit so viel Koffein im Bauch überhaupt nachts einschlafen?"

„Oh, haha, gut gekontert. Ich denke es ist Gewohnheit." Alexander lachte und sah sich das Foto von Larissas Anleitung an. „Für wen machst du das? Ich hoffe doch nicht für Okpara. Es ist doch für eine Frau."

Okpara blickte auch auf das Foto. Es zeigte eine Frau, die ein Dreieckstuch trug.

„Das ist für mich", erklärte Larissa und hielt ihr Werk hoch. „Es wird langsam Winter."

Sie strickte die Spitze des Dreiecktuches in verschiedenen Blautönen.

„Aber in Ägypten wirst du es nicht brauchen", warf Daniel grinsend ein. „Dort ist es viel zu warm für soetwas."

„Ich kann es doch dort fertig machen", erwiderte Larissa und arbeitete weiter. „Dann habe ich es, wenn wir zurück sind."

„Ich würde tragen", versicherte Okpara ihr.

„Oho, du bist sehr verliebt, mein Lieber", neckte Daniel ihn.

„Er hat aber recht", verteidigte Larissa ihren Freund. „Das Tuch ist unisex."

Die Wärme in Ägypten war angenehmer als der kalte Wind in Deutschland. Die Gruppe war ausgestiegen und wartete am Privatjet. Larissa hob ihr Gesicht mit geschlossenen Augen der Sonne entgegen und ließ sich von ihren Strahlen streicheln. Okpara sah sie verwundert an.

„Mach schon!" Daniel stieß ihn leicht an. „Los!"

„Was?", flüsterte Okpara verwirrt zurück.

„Küss sie!", forderte Daniel ihn leise auf und schob ihn in Larissas Richtung. „Los!"

„Jetzt? Hier?", wollte Okpara wissen.

Daniel nickte und stieß ihn an. „Mach schon!"

Immer wieder zu Daniel blickend, ging Okpara zu Larissa und streichelte zaghaft ihre Wangen. Sie öffnete die Augen und sah ihn verwundert an. Innerlich gab er sich einen Ruck und küsste sie sanft. Sofort schlang sie ihre Arme um seinen Hals und lächelte ihn an. Sein Herz schlug schneller und verursachte leichte Schmerzen. Es war ihm egal. Er genoss ihre Nähe. Ihre Zärtlichkeit.

„Was denkst du über Tutanchamuns Erweckung?", flüsterte sie.

„Ich hoffe, dass Mumie dies jung Pharao nicht sehr kaputt sein", sagte Okpara leise, „und er nett sein, wenn du ihn wecken."

„Ja, das hoffe ich auch." Larissa seufzte und drückte sich an ihn. „Echnaton ist ganz schön aufgeregt, weil es sich um seinen einzigen Sohn handelt."

„Du wissen mehr über Zeit von mein Volk nach mein Tod als ich." Seine Miene war von Trauer getrübt.

„Ich sollte dir bei Gelegenheit alles erzählen, was ich so über die Geschichte deines Volkes weiß", sagte Larissa, „aber das ist nicht besonders viel. Du solltest Judith fragen."

Sie bezogen dieselbe Suite, wie beim ersten Mal, als sie in Kairo gewesen waren. Okpara betrat den Hauptraum, der wie ein großes Wohnzimmer eingerichtet war, als es an der Tür klopfte.

Wer könnte das sein?, wunderte er sich und ging öffnen. Alex hatte nichts von einem Besuch erwähnt.

„Judith", rief er überrascht, nachdem er geöffnet hatte. „Komm herein!"

„Kennen wir uns?", fragte die amerikanische Ägyptologin erstaunt.

„Ja, ich bin Okpara." Der junge Altägypter lächelte.

„Was?" Judith lachte und umarmte ihn herzlich. „Okpara, du siehst … ja … also. Du siehst wirklich gut aus."

Er versteifte sich kurz. Ihm waren die Berührungen von anderen Frauen immer noch unangenehm, obwohl er wusste, dass Judith ihm nichts tun würde.

„Danke!" Okpara machte eine einladende Handbewegung. „Du

auch. Wie geht es dir?"

„Gut, deine Aussprache ist besser geworden." Judith betrat die Suite und entdeckte den Geister-Pharao, der pflichtbewusst vor einer Tür stand.

„Danke, ich übe viel." Stolz schwang in Okparas Stimme mit.

„Ist das Larissas Zimmer?", fragte Judith leise.

Okpara nickte.

„Echnaton, warum bist du eines Morgens, ohne ein Wort zu sagen, verschwunden?", hakte Judith auf Englisch nach.

„Aton sagte, ich soll auf Larissa aufpassen", antwortete Echnaton auf Deutsch. „Deshalb musste ich sofort gehen."

„Hast du auf die gleiche Weise Deutsch gelernt wie Englisch?", bemerkte Judith erstaunt. „Wenn wir nur alle so lernen könnten. Nicht wahr, Okpara?"

Der junge Altägypter nickte stumm.

Es wäre so viel leichter, dachte er. Ich könnte mich ohne Probleme mit Larissa unterhalten. Wir könnten allein sein. Sagira müsste nicht dauernd übersetzen.

„Wie ich gehört habe, gibt es weitere geweckte Mumien", fuhr Judith fort und verriet dadurch den Grund für ihre Anwesenheit. „Mich treibt also vor allem meine unersättliche Neugierde her."

Echnaton lachte.

„Was du wollen trinken?", erkundigte Okpara sich höflich. „Du können setzen, bitte."

Judith nahm auf der Couch Platz und lächelte. „Schön zu sehen, wie gut du dich im 21. Jahrhundert schon zurechtfindest. Ich hätte gern einen Orangensaft."

„Jeden Tag ich sehe neu Wunder", beteuerte Okpara und schüttete den Saft in ein Glas. „Bittesehr!"

„Hi Judith", begrüßte Daniel, der soeben sein Zimmer verlassen hatte, die Ägyptologin. „Wohnst du auch hier im Hotel?"

„Ja, eigentlich wollte ich wissen, warum ihr Okpara in Deutschland gelassen habt", Judith lachte, „aber hier ist er und sieht wie ein normaler Mensch aus."

„Ja, er hat sich in kürzester Zeit sehr verändert", bestätigt Daniel. „Was mumifizierte Haut so alles ausmacht, oder?"

Hinter ihm trat Thomas aus dem Zimmer.

„Oh." Judith zuckte überrascht zurück.

„Tom Judith, Judith Tom", stellte Daniel die beiden einander vor und ließ Thomas an sich vorbei.

„Es ist mir eine große Ehre Euch kennenzulernen, meine Dame", grüßte Thomas galant und setzte zu einer Verneigung an, Wie immer knackte und splitterte die kristallene Oberfläche laut. „Verzeiht, dass ich Euch nicht mit einem Handkuss begrüße, aber ich möchte Euch nicht verletzen."

„Oh my god, was war das?", entfuhr es Judith erschrocken.

„Bei Tom brechen immer wieder mal ein paar Kristalle ab", erklärte Daniel und hob begeistert ein größeres Bruchstück vorsichtig auf. Grinsend verstaute er es in einen Plastikbeutel, um es später weiteren Untersuchungen zu unterziehen.

„Aus welchem Jahrhundert stammst du, Tom?", wollte Judith fasziniert wissen. „Wenn ich fragen darf."

„Ihr dürft. Aus dem 18. Jahrhundert, werte Dame", antwortete Thomas.

„Tom, du kannst Judith ruhig duzen." Daniel lachte. „Wir sind Freunde."

„Aber Judith ist eine Dame in einem würdevollen Alter", erklärte Thomas. „Da muss man respektvoll sein."

„O-okay", meinte Daniel amüsiert und blickte Judith an. „Dann genieße seine galante Art. Ich werde dich weiter duzen."

Judith lachte und klatschte in die Hände. „Vielleicht sollte ich mich mal wieder mit dem 18. Jahrhundert beschäftigen. Würdest du mir bei Gelegenheit einige Fragen beantworten, Tom?"

„Sehr gern, gnädige Frau", antwortete Thomas mit einer weiteren Verneigung und nahm auf dem Holzstuhl, den Alexander bestellt hatte, Platz.

„Dan, von Tom kannst du dir eine Scheibe abschneiden", feixte Judith. „Sein Benehmen ist sehr angenehm."

„Nee, danke. Ich würde die Hälfte dieser überhöflichen Benimmregeln bestimmt schnell vergessen", sagte Daniel. „Mich interessiert eher das hier." Er hob die Tüte mit dem Bruchstück ins Licht.

„Ich bin schon auf morgen gespannt", gestand Judith. „Seid ihr euch sicher, dass Larissa Tutanchamun aufwecken kann? Das wäre eine unglaubliche Sensation!"

„Doktor Naser hat es aus sicherer Quelle", erklärte Daniel und setzte sich in einem Sessel ihr gegenüber. Er legte den Kristallsplitter vorsichtig auf den Tisch „Für mich ist Tom viel interessanter als dieser Tut, der schon zig Mal von verschiedenen Wissenschaftlern untersucht worden ist."

Judith nickte. „Ja, den Goldenen Pharao lässt man nicht in Ruhe, aber die Wissenschaftler finden immer wieder etwas Neues über ihn heraus."

„Sollen doch andere den Rest herausfinden", murrte Daniel und winkte ab. „Es war interessant Okpara zu untersuchen und auch Thomas."

„Wusstet ihr, dass Doktor Naser die Erweckung von Tutanchamun groß inszenieren wird?", fragte Judith. „Wie bei dem Vortrag über Okpara, oder vielleicht sogar noch größer."

„Das hat uns noch gefehlt. Wir ahnten es aber schon." Er seufzte laut. „Ich sollte Tutanchamun untersuchen, habe aber abgelehnt."

„Was? Wie kannst du nur?", rief Judith empört. „Dan, das ist eine große Ehre!"

Daniel zuckte gleichgültig mit den Schultern.

„Warum bist du dann hier?", fragte Judith weiter.

„Weil Tom hier ist", erwiderte Daniel trocken. „Ich begleitete ihn sehr gern. Hoffentlich haben die hier ein gutbestücktes Labor."

„Hm, da du, Larissa mal gesagt hast, dass du sie liebst", meinte Judith schmunzelnd. „Jetzt kommt es mir vor du bist in deine Arbeit verliebt."

„Aber naturlich!" Daniel grinste.

„Du haben Larissa sagen, du lieben ihr?" Okparas Augen glühten kurz rot auf.

„Ich würde dir niemals die Freundin ausspannen", wehrte Daniel ab, „aber sie bringt mir aus anderen Dimensionen unglaublich tolle Dinge mit, dafür könnte ich sie manchmal wirklich küssen."

Das Rot in Okparas Augen wurde intensiver.

„He, du bist ja eifersüchtig. Ich meine es doch nicht ernst", verteidigte Daniel sich. „Ganz ehrlich! Wenn du nicht willst, dass ich sie küsse, tue ich es auch nicht, Kumpel."

„Es ist seine erste große Liebe." Echnaton blickte Okpara amüsiert an.

Judith lachte. „Da hast du recht."

„Daniel ist Mumien- und Jenseitsverrückt", fügte Echnaton hinzu und grinste.

Daniel lachte. „Das stimmt wohl."

Am Morgen blieb Larissa vor der Tür zum großen Saal stehen, in dem schon die Ägyptologen und Journalisten auf Tutanchamuns Erweckung warteten. Sie umarmte Okpara und genoss, wie so oft, seine beruhigende Nähe. Er blickte sie verliebt an.

„Ich habe ein ungutes Gefühl", flüsterte sie, „aber nur ein ganz leichtes. Ich denke es wird niemand sterben." Verkrampft lächelte sie.

Wo ist Echnaton?, fragte Okpara sich und spürte, wie Larissa zitterte. Oder Sagira? Du solltest hier nicht allein bleiben!

„Ich weiß", flüsterte Larissa. „Mach dir bitte keine Sorgen um mich, okay?"

Er nickte und blickte misstrauisch zu dem schlaksigen Assistenten von Naser, der ihn unverhohlen anstarrte.

„Können ich dir mit dies Kerl allein lassen?", flüsterte er.

„Ja, natürlich!" Larissa lachte leise. „Ich habe mich schon mit einem Dämon geprügelt, da ist dieser Kerl doch ein Klacks!"

„Ich ansehe mir Tutanchamun. Ich müsse sehen wie er sein!", sagte Okpara. „Dann du kann kommen rein, gut?"

„Ist okay, danke." Larissa drückte sich noch einmal an ihn und küsste ihn. „Bis gleich, mein Schatz."

Okpara sah sie mit einem schiefen Lächeln an, bevor er den Saal mit leichten Schritten betrat. Sein Herz hüpfte vor Freude und schmerzte zugleich.

Sie hat mich Schatz genannt, dachte er glücklich und glaubte zu schweben. Das ist doch schön, oder?

Er betrat den Hörsaal. Die Sitze stiegen in einem Halbkreis an. Sofort entdeckte er Thomas, der neben Daniel saß und von Reportern fotografiert wurde. Auch um Sagira standen sie herum. Die Sphinx fauchte wütend, weil sie die Blitzlichter nervten.

„Aufhören!", rief sie und zeigte ihre Fangzähne. „Lasst mich endlich in Ruhe!"

Die Reporter wichen ängstlich vor ihr zurück.

Okpara sah ihre Augen, die gelb leuchteten.

Gleich spannt sie ihr Schlangenschild auf, dachte er bestürzt. Soll ich sie beruhigen?

„Sagira", rief er und schüttelte den Kopf.

Die Sphinx blickte zu ihm und lächelte. Ihre Haltung entspannte sich.

Schon wurde Okpara fotografiert und etwas auf Englisch gefragt, das er nicht verstand. Er ging zum Untersuchungstisch. Unter einem Tuch lag die Mumie des Tutanchamuns.

Echnaton stand unruhig neben Naser und blickte nervös auf das Tuch.

„Sie fragen, warum die Sphinx dir gehorcht", übersetzte Naser auf Altägyptisch.

„Dann sagen Sie diesen Leute, bitte, dass wir Geschwister sind", antwortete Okpara.

„Geschwister?", wiederholte Naser ungläubig.

Was ist mit Echnaton los?, fragte Okpara sich. Schade, dass ich mich nicht gedanklich mit ihm verständigen kann. Vielleicht sollten wir das mal üben. Er war ja schon ein paarmal in mir.

„Meine werten Gäste, dieser junge Mann, hier, ist der Amun-Priester Okpara", rief Naser auf Englisch und ging erfreut Okpara entgegen. „Er war die erste Mumie, die von Miss Engelhardt geweckt wurde und wie Sie sehen können, geht es ihm ganz hervorragend. Man kann ihn kaum noch von einem normalen Menschen unterscheiden."

Er lachte, schüttelte Okpara übertrieben freundlich die Hand und achtete darauf, dass die Fotografen gute Bilder von ihm mit Okpara aufnehmen konnten.

„Komm noch ein Stück hierherüber ..." Naser zog ihn zur Seite. „Das Licht ist hier viel besser und lächeln."

Okpara fand das Verhalten von Naser verwirrend.

Das Publikum klatschte.

„Winken und lächeln", raunte Naser Okpara eindringlich zu und lachte übertrieben. „Die Leute erwarten das."

Okpara blieb neben Naser stehen und forderte auf Altägyptisch: „Ich will die Mumie sehen, bevor Larissa hereinkommt!"

„Okpara, hüte dich! Es steht dir nicht zu, so mit mir zu sprechen", warnte Naser leise, „aber gut, du sollst den Goldenen Pharao sehen."

Er führte Okpara hinter den Tisch, damit die Gäste den Goldenen

Pharao gut betrachten konnten, zog das Tuch weg und gab den Blick auf die Mumie frei. Okpara schnappte erschrocken nach Luft. Hilfesuchend blickte er zu Thomas und Daniel.

Larissa betrachtete die geschlossene Tür, hinter der Okpara verschwunden war.

Ich kann Okpara gut verstehen, dachte sie. Er will sich den Goldenen Pharao ansehen. Auf dem Foto von 1922 sah der Goldene Pharao doch gut aus.

Ihr Herz schlug schneller, als sie kurz zu Nasers Assistent blickte.

Dieser Ali gefällt mir nicht, dachte sie und musterte den hageren Mann misstrauisch.

Lächelnd trat er auf sie zu und zückte ein Messer.

„Time to awake up the golden pharaoh, angel heart", sagte er in schlechtem Englisch und lachte amüsiert. „Go!"

Er zeigte auf die Tür und drängte sie vor sich her.

Larissa wusste nicht, was sie tun sollte. Sie spürte plötzlich Okparas Entsetzen.

Was ist los?, fragte sie telepathisch.

Ihm fehlen viele Knochen, dachte Okpara entsetzt. Was ist mit seinem Kopf?

Er beugte sich vor.

Bei unserem Herrn Amun, sein Kopf ist ja gar nicht mit dem Körper verbunden, bemerkte er. Was ist wohl noch an seinem Körper kaputt?

Tutanchamuns Brustkorb war offen und graues Füllmaterial drang hervor. Irgendjemand hatte die Rippen und das Brustbein unsauber entfernt. Die Haut schien abzublättern und war an manchem Stellen zu dunkel. Die Augen waren zwei Löcher. Die Lider waren nicht mehr vorhanden. Die Schlüsselbeine lagen frei. Auch die verschränkten Arme waren schwer beschädigt. Die Speichen und Ellen waren zu sehen.

Echnaton stieß einen Entsetzenlaut aus.

„Wer war das? Was hat man mit meinem Sohn angestellt?", verlangte er schockiert zu erfahren.

Sein Astralkörper wurde durchsichtiger.

„Diese Mumie sollte Larissa auf keinen Fall wecken", fand Okpara. „Tom beansprucht noch zu viel Energie von ihrer Seele. Ich will nicht, dass sie wieder in ein Koma fällt."

„Dann trenne sie von dieser Kristallmumie", forderte Naser leise. „Tutanchamun ist für die Ägyptologie sehr wertvoll."

„Nein, ich werde niemanden opfern", widersprach Okpara, „nur weil Sie eine Sensation brauchen."

Sein Herz begann schmerzhaft zu rasen. Er griff sich an die Brust.

„Okpara, ist alles in Ordnung?", fragte Echnaton besorgt.

„Geht schon!", beschwichtigte er ihn leise.

Er wollte auf die Tür zueilen, um Larissa am Eintreten zu hindern.

„Nein! Nicht! Sie muss den Goldenen Pharao wecken!" Naser griff nach seinem Arm, als auch schon die Tür aufging. „Sie muss, verstehst du!"

Larissa ist blasser als sonst, dachte Okpara besorgt. Ihm entging nicht die Angst in ihren Augen. Was hast du?, fragte er sie gedanklich.

Der schlaksige Ali ging direkt hinter ihr und schien sie vor sich herzuschieben.

Messer!, kam die panische Antwort. Er hält mir ein Messer in den Rücken.

Okparas Augen glühten rot auf.

Wenn er dich verletzt, töte ich ihn!, schwor er ihr und sich selbst und ballte seine Hände zu Fäusten.

Nein, tu das bloß nicht, erwiderte Larissa. Man sieht in dir immer noch eine Mumie. Du wärst dann ein Monster.

„Haha, da ist sie ja schon", rief Naser und ging eilig auf sie zu. „Begrüßen Sie mit mir die Mumienweckerin Larissa Engelhardt. Herzlich Willkommen, meine Liebe!"

Das Publikum applaudierte wieder. Manche standen sogar auf, um einen besseren Blick auf Larissa zu haben.

Okparas wollte sich auf den Kerl stürzen, doch Larissa schüttelte den Kopf.

„Er bedroht Larissa mit einem Messer", zischte Okpara Echnaton auf Altägyptisch zu.

Auch Thomas war aufgestanden und ging nun auf Larissa zu. Seine Augen leuchteten ebenfalls tiefrot.

„Benimm dich!", raunte der Direktor des Ägyptischen Museums Okpara zu und stellte sich ihm in den Weg. „Ich habe keine Angst vor diesen dämonischen Augen. Wie halte ich dieses Kristallding auf?"

„Gar nicht!", erwiderte Okpara. „Tom will und wird Larissa genauso beschützen, wie ich und Echnaton."

Der Geister-Pharao trat näher.

Naser nahm Larissa am Arm. „Kommen Sie, Tutanchamun wartet schon sehr lange auf jemanden wie Sie."

Larissa versuchte sich zu widersetzen. „Sie tun mir weh!"

„Sie müssen Tutanchamun unbedingt wecken", raunte Naser ihr zu, „und Okpara und diese Kristallmumie werden das nicht verhindern. Ist das klar?"

„Es ist nicht gut für Larissa", erwiderte Okpara leise auf Altägyptisch.

Er blieb in ihre Nähe.

„Was schert mich dieses dumme Weib?", zischte Naser und ging mit Larissa weiter. „Hier geht es um so viel mehr!"

Ali blieb dicht hinter ihnen.

Echnaton griff nach dem Assistenten und verdreht ihm den Arm.

Ali schrie schmerzvoll auf und rief etwas verzweifelt auf Ägyptisch-Arabisch.

Aus dem Publikum kam ein Raunen.

„Halt dein Schandmaul", rief Echnaton.

„Echnaton, lass ihn los!", befahl Naser auf Altägyptisch.

Der Geister-Pharao schüttelte den Kopf.

Ali stöhnte und jammerte. Er betete leise.

Larissa verstand den Namen Allah.

Thomas hatte Larissa schon fast erreicht, als die leeren Augenhöhlen von Tutanchamun blau aufleuchteten.

„Nein!", rief Okpara entsetzt. „Das ist nicht gut!"

Larissa taumelte. Sie konnte sich nicht gegen den Kontakt wehren.

Ihre Seele hatte die von Tutanchamun aus dem Binsengefilde geholt.

Ali ließ schnell das Messer fallen.

Larissa brach bewusstlos zusammen. Da niemand sie auffing, landete sie hart auf den Boden.

Tutanchamun begann im selben Moment zu sprechen, als Okpara sich neben Larissa kniete und sie sanft an sich drückte.

„Mein arm Engel", sagte er leise und hilflos. „Was kann ich nur für dich tun?"

Er strich ihr einige Haarsträhnen aus dem Gesicht und küsste sie sanft auf die Wange.

Die Reporter machten wie wild Fotos.

„*Kiss her again*", forderte einer.

„*On the mouth*", rief ein anderer.

Wegen den Blitzlichtern bekam Okpara Kopfschmerzen.

„Ich habe furchtbare Schmerzen in meinen Beinen", rief der Goldene Pharao mit seiner Jenseitsstimme auf Altägyptisch. „Chaths, du verdammter Verräter, verflucht sollst du sein, auf immer und ewig. Ammit soll deine Seele fressen. Dein Körper soll vom Wind zu Staub zermahlen werden."

Wie kann er etwas spüren?, fragte sich Okpara. Sein Kopf ist doch gar nicht mit seinem Körper verbunden.

Ein Schauer lief über seinen Rücken. Larissa hatte ihm mal von dem Fluch des Tutanchamun erzählt und hatte gesagt, es gebe keinen, den hätten sich ein paar windige Journalisten damals ausgedacht.

Nun, hörte er doch von einem. Auch die Ägyptologen die Altägyptisch verstanden, stießen erschrockene Laute aus und begannen erregt miteinander zu reden.

Okpara bettete Larissas Kopf in seinem Schoß. Ihn interessierte Tutanchamun nicht.

„Was ist mit meiner Brust? Ich habe ein riesiges Loch in meiner Brust! Warum kann ich nicht atmen?", klagte Tutanchamun laut. „Helft mir, bitte! Ich bin tot und lebe trotzdem!"

„Okpara, tu doch etwas?", forderte Echnaton ihn auf. „Ich bin nur ein Geist. Geh du zu meinem Sohn und beruhige ihn, sofort!"

„Aber Larissa", erwiderte Okpara und küsste Larissa auf die Stirn. „Ich kann sie hier nicht einfach liegen lassen."

Jochen kniete sich schon neben Larissa und prüfte ihren Puls.

„Jochen, kümmere dich bitte um Larissa", entschied Echnaton. „Okpara muss meinem Sohn helfen."

„Ja, ist gut. Das mache ich." Der Arzt hob Larissa hoch. „Keine Sorge, Okpara. Ich werde bei ihr bleiben. Komm, Tom, du begleitest mich besser! Die Leute gaffen mir hier zu sehr."

Er wandte sich auf Englisch an Ali: „*Show me a room for Ms Engelhardt.*"

Der Assistent nickte und zeigte auf die Tür.

„Danke viel, Jochen", murmelte Okpara traurig und strich Larissa noch mal über das Haar. „Vielleicht Larissa verletzt. Sie sagen von Messer."

„Du beruhigst jetzt erst einmal Tutanchamun, los", trug Jochen ihm eindringlich auf. „Mach schon! Alles wird gut."

Okpara nickte und beobachtete, wie der Arzt dem schlaksigen

Assistenten folgte.

„Warum kann ich mich überhaupt nicht bewegen?", wiederholte Tutanchamun. „Helft mir!"

„Okpara!", rief Echnaton. „Los! Tu doch was!"

Okpara ging auf den Untersuchungstisch zu.

„Mein Pharao", sagte er leise auf Altägyptisch und verbeugte sich leicht. „Ich wünschte, ich könnte Euch helfen. Ich kenne Eure Verwirrung. Ich musste das Gleiche durchmachen."

„Wer bist du?", fragte Tutanchamun.

„Ich bin Okpara, ein Amun-Priester aus Theben", erklärte Okpara nervös. „Wenn Ihr wollt, können wir miteinander beten. Die Götter hören mir zu und werden vielleicht helfen."

Eine leichte Röte erschien auf seinen Wangen. Mit seinen Gedanken war er eher bei Larissa.

„Hast du mich geweckt?", fragte Tutanchamun. „Warum hast du das getan?"

„Nein, ich war es nicht. Wenn Ihr in Euch hineinlauscht, entdeckt Ihr eine seelische Verbindung zu einer Frau", versuchte Okpara ihn zu beruhigen und fügte stolz hinzu: „Zu meiner Gefährtin Larissa. Sie hätte Euch nicht geweckt, wenn man sie nicht gezwungen hätte."

„Wer hat sie gezwungen?", wollte Tutanchamun wissen.

Okpara zeigte auf Naser. „Er und sein Gehilfe Ali."

In den leeren Augenhöhlen glühte es tiefrot auf.

Die Götter erscheinen

Ein helles, silbriges Schimmern erschien hinter Okparas Rücken. Eine weibliche Gestalt schälte sich aus diesem Licht. Es war niemand andere als die Göttin Isis. Sie legte sanft eine Hand auf seine Schulter. Er zuckte erschrocken zusammen und drehte sich zu ihr um.

„Herrin Isis", rief er erstaunt und neigte den Kopf.

„Okpara, wir brauchen deine Hilfe!" Die Göttin trug ein weißes langes Gewand und die Geierhaube mit den Kuhhörnern, in deren Mitte sich eine Sonnenscheibe befand. Die Fotografen schossen wie verrückt ihre Bilder.

„Was soll das hier?", fragte Isis.

„Das 21. Jahrhundert", murmelte Okpara.

Isis lachte. „Oh ja, du hast recht."

Die Gäste im Publikum raunten sich ehrfürchtig etwas zu. Eine Ägyptische Göttin hätte niemand erwartet.

„Das ist ja unglaublich!", flüsterte jemand.

„Das ist Isis!" Sie staunten über die Anwesenheit der Göttin der Wiedergeburt. „Die Königin der ägyptischen Götter."

„Was für eine Sensation!", rief ein Reporter.

„Warum ist sie hier?", wollte eine Frau wissen.

Manche zuckten mit den Achseln und warteten, was als Nächstes passieren würde.

„Was macht Ihr hier?", wollte Okpara wissen. Darf ich eine Göttin so etwas überhaupt fragen?

Das Publikum klatschte.

„Okpara, du musst dich als Mittler zwischen uns Göttern und Pharao Tutanchamun zur Verfügung stellen", sagte sie eindringlich. „Es ist wichtig, dass wir ihm so schnell wie möglich helfen. Für deine Larissa!"

Wissend lächelte sie.

Okparas Herz schlug schmerzhaft, als sie Larissas Namen erwähnte. Er krallte seine Finger in die Brust und atmete keuchend ein.

„Ich sehe, dass es dir immer noch nicht gut geht", erkannte Isis bedauernd und strich sanft über seine Wange. „Wir versuchen dir nicht all zu viel abzuverlangen."

Für Larissa würde ich alles tun, dachte Okpara und blickte zur Tür, hinter der Jochen mit ihr verschwunden war.

„Bleib ganz ruhig", tröstete Isis ihn und schloss ihn in ihre Arme.

Sie streichelte ihm über den Rücken. „Ihr geht es soweit gut. Ich passe auf sie auf." Verschwörerisch zwinkerte sie ihm zu.

„Herrin Isis ..." Okpara spürte eine angenehme Wärme von ihr in seinen Körper fließen.

Die Schmerzen in seinem Herzen verschwanden. Das Atmen fiel ihm wieder leichter.

„Ich danke Euch, Herr Isis", sagte er. „Ihr könnt Euch auf mich verlassen."

„Komm, hilf uns!" Isis nahm seine Hand und zog ihn zu seinem Platz in der Mitte des Untersuchungstischs.

Er blickte vor sich auf Tutanchamuns Bauch. Auf seiner linken Seite erschien Nephthys. Sie nahm lächelnd seine andere Hand. Sie trug eine weiße Säule auf dem Kopf. Ihr Kleid hatte einen orangebraunen Farbton.

„Herrin Nephthys." Er verbeugte sich auch vor der Göttin des Lebens.

Ich stehe zwischen der Königin der Götter und ihrer Schwester, dachte Okpara aufgeregt und nervös zugleich.

Als wäre das nicht genug, gesellte sich auch noch Selket neben Nephthys.

„Mach dir keine Sorgen um Larissa." Sie trug wie immer ein goldgelbes Gewand und ein Skorpion krönte ihren Kopf. „Jochen und dieser andere Mann, Tom war sein Name, werden sich gut um sie kümmern. Ich sagte ihnen, sie sollen auf deinen Engel aufpassen."

„Das Wort Engel gefällt mir", sagte Nepthys leise. „Ich habe schon welche getroffen."

Ihre Stimme war nur ein Wispern und hätte sie nicht direkt neben Okpara gestanden, hätte er kein Wort verstanden.

Die anwesenden Ägyptologen und Reporter unterhielten sich lauter.

„Dein Engel." Sie nickte wohlwollend. „Pass gut auf sie auf, mein lieber Okpara!"

„Das werde ich, Herrin Nepthys", versprach Okpara verlegen. „Sie ist mein Ein und Alles, wie Sagira."

Nepthys blickte sich zu der Sphinx um, die nervös vor den Sitzen hin und her lief.

„Mach dir keine Sorgen, Hüterin der Pharaonen", flüsterte sie.

„Ich beschütze Okpara", erwiderte Sagira. „Keinen Pharao."

Nepthys nickte.

Wie aus einem Blitz geboren, stand plötzlich Horus neben Isis und nahm ihre Hand. „Habe ich etwas verpasst, Mutter?"

„Nein, mein Sohn", versicherte Isis ihm. „Du kommst immer zur rechten Zeit."

„Wir haben schon alle Engel gesehen." Horus blickte mit einem Falkenkopf Tutanchamun ins Gesicht. „ich bin oft im Himmel zu Gast."

Im Himmel?, fragte sich Okpara. War das nicht das Paradies der Christen? Was macht der ägyptische Himmelsgott bei den Engeln?

„Pharao Tutanchamun seid gegrüßt", sagte Horus mit einer seidenweichen Stimme und verbeugte sich leicht.

„Horus, warum bist du hier?", fragte Tutanchamun.

„Meine Mutter Isis befahl es mir", erwiderte Horus und bedeutete mit dem Kopf zur Seite.

„Isis, Nepthys", rief Tutanchamun.

Die Göttinnen lächelten.

„Dir wird es bald besser gehen", versprach Isis.

Am Kopfende erschien der Schemen eines großen Vogels, bevor Toth seinen menschlichen Körper annahm. Er war der ägyptische Gott der Weisheit und der Schrift – sein Zeichen war ein Ibiskopf. Respektvoll verneigte er sich vor Tutanchamun.

„Hoheit", sagte er zu Tutanchamun. „Wir werden uns Eurer Schmerzen annehmen. Es wird Euch bald besser gehen."

Horus reichte ihm die Hand. „Jeder folge dem Ruf meiner Mutter."

„So ist es", stimmte Toth zu und blickte Okpara an. „Er ist schwach. Wollt ihr wirklich ihn für diese schwere Aufgabe auserwählen?"

„Es gibt keinen anderen, Toth", erklärte Isis. „Er wird auch nicht allein sein."

Auf der anderen Seite des Tisches begann es zu nun ebenfalls zu schimmern. Anubis' Schakalkopf löste sich aus dem Licht. Der Gott der Totenriten stellte sich Okpara gegenüber auf. Er blickte den jungen Altägypter mit seinen rotglühenden Augen an und nickte ihm freundlich zu.

Neben ihm erschienen vier weitere Götter, die Sternengötter. Die Söhne des Horus Hapi, der Gott mit dem Paviankopf stellte an das Kopfende wie Horus. Zwischen ihm und Anubis blieb Amset, der Gott mit einem menschlichen Antlitz stehen. Duamutef, mit einem Schakalkopf nahm Anubis andere Hand. Der Letzte in der Reihe war Kebehsnuf ein Gott, der wie Horus einen Falkenkopf hatte.

Am Fußende erschien Hathor, die Göttin mit dem Kuhkopf. Sie schloss den Kreis.

„Hathor?", rief Horus erstaunt. „Was machst du denn hier?"

„Das gleiche wie du, mein Lieber Horus", säuselte sie und wandte sich an Okpara. Sie zwinkerte ihm zu. „Hallo, mein süßer Amun-Priester, was macht die Liebe?"

Okpara war die Frage unangenehm, aber auch froh, dass Larissa nicht dabei war.

Ich liebe Larissa, mahnte er sich im Stillen.

„Hathor, das gehört jetzt nicht hierher", tadelte Isis streng. „Du weißt, warum du hier bist! Lenk Okpara jetzt nicht ab."

„Oh, ja! Natürlich!" Hathor kicherte, „aber darf ich denn nicht mit dem süßen Mittler flirten?"

„Nein, Hathor, Okpara gehört mir!", rief jemand hinter dem jungen Altägypter.

Okpara erschauerte.

„Ich erlaube euch seinen schönen Gebeten zu lauschen", fuhr die Stimme herrisch fort, „weil es kaum noch andere anständige Priester gibt, die so wundervollen Worte finden wie er."

Okpara drehte sich etwas zur Seite, um den Gott sehen zu können, der hinter ihm stand und ihn sofort an den Busch aus Federn den er auf den Kopf, erkannte.

„Herr ... Herr Amun ... Amun-Ra." Er wollte sich umdrehen und vor seinem Gott niederknien, doch Isis und Nephthys hielten seine Hände fest.

„Nein, bleib so!" Amun drückte gegen Okparas Schultern, bis Okpara wieder auf den Untersuchungstisch sah.

„Na, na, wir brauchen deine Hilfe, mein Hohepriester Okpara", raunte er bestimmt.

„Hohepriester, ich?", entfuhr es Okpara, „aber diese Ehre stehet mir doch noch gar nicht zu."

„Es ist schon lange her, dass wir einen Priestermagier hatten, den wir als Mittler einsetzen konnten", fuhr Amun fort. „Ich weiß, was Runihura deinen Eltern erzählt hat. Er hat sie schändlich belogen! Jemand wie du sollte Magie praktizieren."

Isis drückte Okparas Hand. „Wir freuen uns sehr."

„Ja, auch mich trafen seine Worte hart", pflichtete Selket bei.

Amun lächelte. „Enttäusche uns nicht, Kind der Sonne!"

„Ich … ich werde mein aller Bestes geben", stammelte Okpara und neigte seinen Kopf. „Ich weiß nur nicht, ob es reichen wird. Ich bin noch sehr schwach."

„Das wissen wir alle", sagte Amun, „aber so schwach bist du nicht."

Alle Götter nickten.

„Wir spüren es", meinte Horus.

„Es ist schön, wenn jemand zu uns betet", sagte Isis und blickte ins Publikum. „Doch keiner von denen da glaubt an uns."

„Du solltest auch lieben, mein guter Okpara", säuselte Hathor. „Das stärkt dich."

„Hathor, du lenkst ihn schon wieder ab!", mahnte Amun die Liebesgöttin streng.

„Tutanchamun, bleib, bitte, ganz ruhig", wandte sich Isis an den Goldenen Pharao. „Schlaf ein! Wenn du erwachst, wird es dir besser gehen."

„Pass bitte auf die Frau auf, die dir in der Duat begegnen wird", fügte Anubis hinzu und grinste Okpara wölfisch an. „Irgend so ein Tunichtgut hat vor Kurzem einen Dämon dorthin verbannt und nebenbei auch noch den bösen Geist Runihura freigelassen."

„Ein Dämon?", fragte Tutanchamun, „aber in der Duat gibt es doch viele von ihnen. Ich kenne sie alle beim Namen."

„Schon, aber diesen nicht", widersprach Anubis, „und er ist sehr lästig.“

Erschrocken blickte Okpara den Gott der Totenriten an.

Larissa, dachte er entsetzt und starrte auf den Untersuchungstisch. Ich habe sie in furchtbare Gefahr gebracht!

Er konnte Anubis nicht mehr in die Augen sehen.

„Anubis, hier ist jetzt weder die richtige Zeit, noch der richtige Ort für so etwas“, tadelte Isis. „Du hättest besser auf Runihura aufpassen müssen. Du hast doch sonst nichts zu tun.“

Nephthys nickte zustimmend.

„Tutanchamun, schlaf jetzt!“, wiederholte Isis noch einmal.

Das blaue Licht in den leeren Augenhöhlen erlosch.

„Fasst euch an den Händen!“, sagte sie zu den Göttern. „Wir wollen anfangen!“

„Mutter, das tun wir schon die ganze Zeit“, erwiderte Horus genervt. „Wir wissen, was zu tun ist!“

„Okpara weiß es aber noch nicht“, konterte Isis verärgert, „und das Zeremoniell sollte seinen geregelten Gang nehmen.“

Horus seufzte übertrieben laut. „Immer das gleiche.“

„Wir habe es auch lange nicht mehr gemacht“, fügte Selket hinzu.

Okparas Herz schlug wieder schmerzhaft gegen seine Rippen. Er spürte die Macht, die von den beiden Göttinnen neben sich ausging.

Ich stehe zwischen den Göttern, dachte er ehrfurchtsvoll.

„Okpara, bleib ganz ruhig und schließe deine Augen. Konzentriere dich auf den Leib vor dir!“, wies Isis ihn an. „Spüre unsere Kraft! Wir brauchen deinen tiefen Glauben an uns.“

„Wir brauchen deine unglaubliche Magie", fügte Selket hinzu.

„Und den Glauben deines Vaters, meinem Hohepriester Donkor", knurrte Anubis.

Von meinem Vater?, fragte sich Okpara traurig und sah Anubis erstaunt an. Ich habe schon lange nicht mehr an ihn gedacht.

Schuldgefühle durchströmten ihn. Er spürte, wie jemand in ihn eindrang.

Echnaton?, fragte er.

Nein, mein Sohn. Ich bin es, erwiderte eine geisterhafte Stimme in seinem Kopf. Ich bin nun bei dir. Ich bin so stolz auf dich.

„Ich gebe dir meinen Segen." Amun legte von hinten seine Hände auf Okparas hagere Schultern. „Du brauchst auch meine Kraft."

Die Wärme und die gewaltige Macht, die von dem Sonnengott ausgingen, erfüllten Okpara.

Die Kraft, die ihn durchströmte, erinnerte ihn an die, die Echnaton immer ausstrahlte. Der Geister-Pharao stand außerhalb des Götter-kreises und verhielt sich ganz ruhig.

Vater?, fragte Okpara gedanklich.

Ja, mein Junge. Ich bin bei dir, antwortete Donkor. Ich gebe dir meine Kraft und meinen Glauben, damit du noch stärker bist.

Danke, Vater!

Seine Augen brannten. Die Präsenz seines toten Vaters machte ihn traurig und tröstete ihn gleichzeitig.

„Dann sollten wir jetzt wirklich anfangen", entschied Isis. „Da sind zwei Menschen, die im Moment sehr leiden."

Die anderen Götter nickten stumm.

Die Besucher blickten gespannt auf das ungewöhnliche Geschehen. Niemand wagte zu sprechen. Manchmal blitzte das Licht einer Kamera auf.

„Ich bin Isis, die Gemahlin und Schwester des Osiris. Ich bin die Königin der Götter. Horus ist mein Sohn. Ich bin die Göttin der Geburt und Wiedergeburt. Als Licht stehe ich neben dem Mittler."

Sie hob Okparas Hand. Zwischen den Handflächen leuchtete es hell auf.

„Ich bin Nephthys", sprach nun Isis' Schwester mit leiser Stimme. „Ich bin die Mutter des Anubis und Gemahlin des Seth. Ich bin die Göttin des Unsichtbaren, der Zukunft und des Lebens. Isis ist meine Schwester. Wir sind unzertrennbar und sind die Bindeglieder zwischen den Göttern und dem magischen Mittler Okpara. Ich bin die Dunkelheit."

Sie hob Okparas andere Hand. Dunkelheit schien zwischen ihren Handflächen hervorzuquellen.

Beide Göttinnen neigten leicht den Kopf.

Okpara spürte, wie göttliche Kräfte durch ihn flossen und in ihm anstiegen. Er stöhnte leise auf.

Wird diese Macht mich zerreißen?, sorgte er sich.

Nein, das wird sie nicht, mein Sohn, beruhigte Donkor ihn. Ich werde sie kontrollieren. Deshalb bin ich bei dir, obwohl deine Mutter es viel besser könnte als ich.

Danke, Vater! Ich vermisse euch beide sehr.

„Ganz ruhig, Okpara", flüsterte Isis. „Lass die Magie langsam in Tutanchamuns Körper fließen."

Sie und auch ihre Schwester legten ihm die Hände auf die Schultern.

Okpara hielt seine Hände über Tutanchamuns Körper.

„So ist es gut", sagte Isis. „Du machst das ganz wunderbar."

In Okparas Armen kribbelte es.

Das ist noch neu für mich, dachte er besorgt. Hoffentlich mache ich alles richtig.

Als hättest du das schon hundertmal gemacht, lobte Donkor.

„Ich bin Selket", hob die Skorpiongöttin ihre Stimme. „Ich bin die Göttin der Heiler, der Magier und der Zaubersprüche. Ich werde Tutanchamun beistehen. Seine Knochenbrüche werden durch meine Macht heilen."

Die gebrochenen Stellen am linken Oberschenkel, am rechten Knie und im rechten Unterschenkel glühten auf. Mit einem Knacken fügten sich die Knochen. Harz lief aus der einstigen Wunde und tropfte auf den Untersuchungstisch.

In Okparas Körper begann es zu pulsieren. Er spürte Kräfte, die in ihm strömten und ihn auch wieder verließen.

„Knochen fügt euch zusammen!", rief Selket. „Wachst zusammen, damit der junge Pharao wieder laufen kann! Hüftknochen, bilde dich neu!"

In der Mumie glühte es auf.

Ich tue das für Larissa, redete Okpara sich gut zu. Ob ich diese Zeremonie durchhalten kann?

„Die Knochenbrüche sind verheilt", verkündete Selket und verneigte sich. „Das Becken ist wieder komplett."

Ob so etwas schmerzhaft ist?, fragte sich Okpara.

Er spürt nichts, beruhigte ihn Donkor. Sein Geist ist in der Duat.

Aber ich hatte Schmerzen, als mein Geist in der Duat war und mein Körper hier im Diesseits, Vater.

Oh! Es betrübt mich, dass du Qualen erleiden musstest, erwiderte Donkor. Die Götter passen auf, dass es nicht zu schlimm für den jungen Pharao wird. Der Kopf ist noch nicht mit dem Körper verbunden.

Vater, erinnere mich doch nicht daran! Ich will diesen furchtbaren Anblick vergessen.

Der Gott mit dem Ibiskopf berührte sanft seine Hände auf den kahlen Schädel des Tutanchamun. Horus und der Gott mit dem Paviankopf legten ihre freien Hände auf Toths Schultern.

„Ich bin Toth, Gott der Weisheit, der Schreibkunst und des Wissens. Ich gebe dem Pharao ein neues Gehirn, möge er es weise gebrauchen."

Er hob die Arme. Zwischen seinen Händen funkelte es. Eine kleine goldene Truhe erschien. Vorsichtig entnahm Toth das leuchtende, graue Gehirn heraus und ließ es durch den Schädelknochen in den Kopf dringen.

Ein Raunen ging durch das Publikum. Niemand traute sich, zu klatschen.

„Dies soll mein Geschenk an ihn sein." Noch einmal legte er dem Pharao die Hände auf die Stirn. „Die Sprache der Frau, die ihn geweckt hat."

Die hätte ich auch gern gehabt, dachte Okpara im selben Moment und blickte zu Toth, der ihm leicht zunickte.

Schnell schloss Okpara wieder die Augen. Ein Stich der Eifersucht bohrte sich in sein Herz.

Tutanchamun wird sich ohne Probleme mit Larissa unterhalten können. Ob ihr ein Pharao dann besser gefallen wird als ich?, sorgte Okpara sich.

Deine Mutter hat in ihr Herz gesehen, versuchte Donkor ihn zu beschwichtigen. Sie ist eine treue Seele und wird sich nicht von dir abwenden, nur weil da jetzt ein Pharao ist.

„Ich bin Horus, der Sonnengott", sprach der Gott mit dem Falkenkopf, der neben Toth am Kopfende stand und hob die Arme. „Ich bin der Sohn des Orisis und sein Erbe. Mir wurde, durch Seth, das Augenlicht genommen. Toth gab es mir einst zurück. Nun werde ich Tutanchamuns Augenhöhlen füllen."

Auch bei ihm erschien ein Kästchen zwischen den Händen, das sich öffnete, und zwei blaue leuchtete Lichter schwebten heraus. Langsam senkten sie sich in den leeren Höhlen. Horus legte seine linke Hand auf Tutanchamuns Gesicht, als wollte er dem Goldenen Pharao die Augen zuhalten. Unter seiner Berührung glühte es blau auf. Als er seine Hand wegnahm, waren geschlossene Augenlider zu erkennen.

„Nun, kann er wieder normal sehen und auch schlafen", endete Horus und verbeugte sich.

„Und träumen", fügte Isis mit einem Lächeln hinzu.

Träumen?, fragte sich Okpara. Mit Larissa?

Damit der junge Pharao nicht wieder in die Duat zurückkehren muss, erklärte Donkor. Du weißt doch, wenn er einschläft, würde seine Seele dorthin reisen und Larissas mitnehmen.

Ja, ich weiß, gab Okpara zu. Ich habe Larissa zu oft in die Duat gezogen.

„Das Füllmaterial muss verschwinden", befahl Selket.

Auf ihr Wort flogen die alten Leinentücher über Okparas Kopf hinweg und landeten auf dem Boden – wie durch Wunderhand. Die Gäste schrien entsetzt auf.

„Das ist besser", bemerkte Selket zufrieden.

„Ich hätte es auch gemacht", raunte Isis. „Nur nicht so dramatisch."

„Entschuldigung! Das kommt davon wenn man so viele Zuschauer hat", verteidigte sich Selket.

„Ich bin Hapi", stellte der Gott mit dem Paviankopf, der Horus gegenüberstand, sich vor. „Ich bin der Sternengott, den mein Vater Horus nach Norden sandte. Bei der Mumifizierung wird mir die Lunge des Verstorbenen anvertraut."

Eine goldene Kanope erschien. Ihr Deckel war mit einem Paviankopf versehen, der sich öffnete. Die Lunge leuchtete in einem strahlenden hellen Rot. Sie schwebte langsam heraus und verschwand in Tutanchamuns offenem Brustkorb.

Hapi verneigte sich. „Die Lunge ist wieder an ihrem Platz. Eine neue Luftröhre bildet sich und verbindet die Lunge mit dem Mund. Der Pharao wird bald seinen ersten Atemzug tun."

„Ich bin Amset", sprach nun der Gott zwischen Hapi und Anubis. „Ich bin der Sternengott, den mein Vater Horus nach Süden sandte. Bei der Mumifizierung wird mir die Leber anvertraut."

Eine weitere Kanope erschien. Ihr Deckel hatte einen normalen Menschenkopf, der sich öffnete und die dunkle Leber schwebte vorsichtig heraus. Langsam folgte das Organ der Lunge im Brustkorb. Auch Amset verbeugte sich. „Die Leber ist wieder an ihrem Platz. Die Leber wird sich mit den anderen Organen verbinden."

„Ich bin Duamutef", sagte der Gott mit dem Schakalkopf neben Anubis. „Ich bin der Sternengott, den mein Vater Horus nach Osten sandte. Bei der Mumifizierung wird mir der Magen anvertraut."

Die Kanope mit einem Schakalkopf erschien und öffnete sich. Nach dem Öffnen schwebte der Magen heraus und gesellte sich zu den anderen Organen in den Brustkorb. Auch Duamutef verneigte sich vor dem Pharao. „Der Magen ist wieder an seinem Platz. Eine neue Speiseröhre bildet sich und verbindet sich mit dem Magen und dem Mund. Ich wünsche dem Pharao einen gesegneten Appetit."

„Ich bin Kebehsnuf", sagte der Gott mit dem Falkenkopf neben Duamutef. „Ich bin der Sternengott, den mein Vater Horus nach Westen sandte. Bei der Mumifizierung werden mir die Gedärme anvertraut."

Die letzte Kanope erschien mit einem Falkenkopf auf dem Deckel und öffnete sich. Wie eine Schlange schwebten die Gedärme aus der Öffnung. Auch sie verschwanden im offenen Brustkorb. Kebehsnuf verbeugte sich. „Die Gedärme sind wieder an ihrem

Platz. Die Blase bildet sich. Ich wünsche dem Pharao eine gute Verdauung." Leise kicherte er.

„Wir, die Sternengötter haben unsere Pflicht erfüllt", sprachen sie wie ein Mann und traten einen Schritt zurück. Sie verbeugten sich ein zweites Mal.

„Ich wünsche dem Pharao viel Glück", sagte Amset.

„Ich wünsche dem Pharao sehr viel Spaß." Hapi grinste.

„Ich wünsche dem Pharao viele köstliche Mahlzeiten", schloss Duamutef sich an.

„Jedes Mal das Gleich." Kebehsnuf sah seine Brüder verärgert an und seufzte. „Soll ich ihm ein fröhliches Kacken wünschen?"

Im Publikum wurde verhalten gelacht.

„Kebehsnuf!", mahnte Isis. „Bitte!"

„Tut mir leid, Großmutter", entschuldigte Kebehsnuf sich reumütig.

Der Sternengott mit dem Falkenkopf seufzte. „Ich wünsche dem Pharao …"

„Was ist mit einer schönen Frau", half Hathor ihm aus.

„Hathor, du bist die Größte", rief Kebehsnuf begeistert. „Am liebsten würde ich dich jetzt umarmen."

„Du weißt, wie du dich erkenntlich zeigen kannst, mein Lieber", säuselte Hathor.

„Hathor!", rief Isis entsetzt. „Bitte nicht hier!"

„Das habe ich auch gar nicht erwartet", erwiderte Hathor trocken und lächelte Kebehsnuf verführerisch an.

„Ich wünsche ihm eine wunderschöne Frau für die schönen Stunden", vollendete Kebehsnuf die Segenswünsche.

„Ich bin Anub", erhob Anubis seine Stimme. „Ich bin der Gott der Totenriten und überwache die Mumifizierung. Ich führe die Verstorbenen durch die Duat. Dort wiege ich ihr Herz auf der Waage, gegen die Feder der Ma'at auf und halte Gericht über sie."

Vor Anubis erschien eine runde Dose, die sich öffnete. Ein strahlendes, dunkles Herz schwebte heraus und verschwand im Brustkorb.

Auch Anubis trat einen Schritt zurück und verbeugte sich. „Das Herz ist wieder an seinem Platz."

„Möge er sich oft verlieben", warf Hathor ein.

Anubis sah sie verärgert an.

„Vielen Dank. Ihr solltet dem Mittler nicht noch mehr anstrengen", meinte Isis, „auch wenn dies nun gegen die Regeln dieses Ritual verstößt."

„Ich spüre seine Schwäche", flüsterte Nephthys, „und er ist ungeübt in diesen Dingen."

Die fünf Götter auf der anderen Seite verbeugten sich in Okparas Richtung und traten zurück. Dem jungen Altägypter war das Ganze sehr unangenehm.

Wegen mir wird das Ritual verändert, dachte er besorgt. Wird es Pharao Tutanchamun nicht schaden?

Ich denke nicht, beschwichtigte Donkor ihn. Wir halten nur gern an unserem Zeremoniell fest.

Ich weiß, Vater.

Hathor nahm würdevoll Anubis' Platz ein. Sie lächelte Okpara an und legte ihre Hände über Tutanchamuns Schritt. Unter ihren Finger leuchtete es auf und Anubis breitete schnell ein Tuch über die Hüften des Pharaos aus.

„Seine Männlichkeit ist wieder vorhanden", gurrte sie. „Ich wünsche Pharao Tutanchamun Nächte voller Leidenschaft und dir auch, mein lieber Amun-Priester."

Sie zwinkerte Okpara zu.

„Hathor, was soll das?", fragte Amun streng. „Das gehört nicht hierher!"

Hathor warf Okpara noch eine Kusshand zu und verschwand. Sie ließ einen betörenden Duft zurück.

„Sie tut es immer wieder", beschwerte sich Amun verärgert.

„Leider brauchten wir sie dieses Mal", sagte Isis. „Beim nächsten Mal kannst du wieder den Platz am Fußende einnehmen."

„Ja, da gehöre ich auch hin", meinte Amun. „Nicht jede Mumie ist so beschädigt wie der junge Pharao."

Toth trat vom Tisch zurück und verneigte sich.

„Jetzt wird es noch einmal anstrengen für dich, Okpara." Selket umrundete den Tisch und reichte Isis und Nephthys die Hände.

„Der Brustkorb muss noch geschlossen werden und soweit wie es geht müssen alle Beschädigungen verschwinden", erklärte Selket ihm und musterte ihn besorgt. „Okpara, hältst du das noch durch?"

Der junge Amun-Priester nickte stumm. Er traute sich nicht zu sprechen.

„Die Halswirbel wachsen wieder zusammen", sagte Isis.

Okpara spürte, wie ihm viel Kraft entzogen wurde.

„Nun wird der Brustkorb wiederhergestellt", rief Selket feierlich,

„und der Kopf wieder mit dem Körper verbunden."

Sie hielt ihre Hände über die noch freiliegenden Organe. Isis und Nephthys berührten Selkets Arme.

Neue Rippen entstanden und wuchsen in der Mitte zusammen. Ein Brustbein formte sich heraus. Muskeln schwollen an und umhüllten die Knochen.

Okpara verließ die Kraft. Er spürte, wie Donkor ihn hielt. Amun griff unter Okparas Arme.

„Soll ich auch helfen?", fragte Echnaton.

„Nein, Aton hat hiermit nichts zu tun", erwiderte Amun streng.

Der Geister-Pharao trat mit gesenktem Kopf zurück.

Okpara begann zu zittern.

Zum Schluss überzog eine hellbraune Haut, das rosige Fleisch und Brustwarzen bildeten sich auf Tutanchamuns Oberkörper.

Dieser Vorgang entzog Okpara eine Menge Kraft. Der junge Amun-Priester bekam höllischen Durst.

Als würde mich der Pharao aussaugen, dachte er.

Sein Körper ist ausgetrocknet, erklärte Donkor. Das ist vollkommen normal. Halte durch, mein Sohn! Es ist bald vorbei.

„Okpara, du hast es geschafft." Selket klatschte in die Hände.

Sie hüpfte wie ein junges Mädchen von einem Bein auf das andere.

„Noch nie haben wir es mit einem derart angeschlagenen Priester gewagt und dann auch noch bei einer so stark beschädigten Mumie", räumte Isis ein. „Okpara, du bist wirklich mächtig!"

Okpara stützte sich am Untersuchungstisch ab.

„Vielen Dank", murmelte er erschöpft.

Er konnte sich kaum noch auf den Beinen halten.

Das Publikum stand auf und ein unglaublicher Beifall erhob sich. Amun ließ Okpara los und trat zurück.

„Das ist mein Hohepriester Okpara. Ich bin so stolz auf dich. Noch nie hatte ich so einen Priester wie dich", rief er laut und stimmte in den Applaus mit ein. „Runihura ist der Würde eines Priesters nicht wert."

„Dein Vater ist auch stolz auf dich", knurrte Anubis.

Da hat er recht, mein Sohn, hörte Okpara Donkors Stimme. Ich bin unglaublich stolz.

Okpara taumelte und stürzte. Zwei Hände fingen ihn rasch auf. Okpara blickte in das Gesicht über ihm.

„Echnaton?", rief er erschrocken und wollte aufstehen, doch er fühlte sich zu schwach.

„Bleib liegen! Ich danke dir sehr für deinen Dienst an meinen Sohn Tutanchaton, mein lieber Freund Okpara." Echnaton lächelte und hielt ihn fest. „Du hast ihm ein neues Leben geschenkt."

„Nein, das war Larissa", widersprach Okpara. „Ich war nur der Mittler und habe versucht mein Bestes zu geben."

„Ja, auch Larissa hat das Ihrige dazu beigetragen." Echnaton nickte ergeben. „Du bist zu bescheiden, mein guter Freund."

Erst nennt mich Larissa ihren Schatz, dachte Okpara gerührt. Und jetzt bezeichnet mich Echnaton als seinen lieben Freund. Wenn ich nicht so erledigt wäre, würde ich laut jubeln.

Er spürte, wie sein Vater ihn verließ.

Nein, geh nicht weg, Vater!, flehte er gedanklich.

Ich bleibe noch, aber nicht in deinem Körper, versprach Donkor.

Toth schritt auf Okpara zu und kniete sich neben dem jungen Altägypter nieder. „Ich habe ein Geschenk für dich, Hohepriester Okpara."

Der Ibiskopf verschwand und der Gott der Weisheit lächelte ihn mit seinem normalen Gesicht an. Er legte ihm die linke Hand auf die Stirn.

Okpara wurde schwindelig. Wörter, Sätze, Fragen – alles wirbelte in seinem Kopf durcheinander. Die Deutsche und die Altägyptische Sprache verschwammen miteinander.

„Ich habe deine Eifersucht und deinen Neid gespürt, aber auch deine tiefe Sehnsucht zu dieser Frau", erklärte Toth. „Nun, ist dein Wunsch erfüllt. Ab sofort kannst du dich problemlos mit deiner Liebsten unterhalten."

„Ich danke Euch, mein Herr Toth", wisperte Okpara andächtig. „Ich werde zu Euch beten. In beiden Sprachen, wenn Ihr wollt."

Er musste sich sehr auf die Worte konzentrieren. Eine Träne rollte über seine Wange.

„Das würde mir sehr gefallen, Hohepriester Okpara." Toth lachte. „Sieh dort!" Er zeigte auf eine Wand hinter dem Untersuchungstisch. „Ein Geschenk von Anubis."

Wie aus dem Nichts schritt Donkor in den Raum und lächelte

Okpara an.

„Vater", rief Okpara überrascht. Schwach streckte er seine Hand nach ihm aus.

„Ich wollte, dass du mich kurz siehst, mein Junge", sagte Donkor, „aber ich gehöre nicht mehr in diese Welt. Du schon. Lebe, mein Sohn und sei glücklich!"

„Ja, das werde ich tun, Vater", erwiderte Okpara und wollte nach Donkor greifen. „Sag Mutter, dass ich sie vermisse."

„Das werde ich, mein Sohn", versprach Donkor.

Okpara beobachtete, wie sein Vater winkte und wieder verblasste.

„Vater?", rief er. „Bitte, bleib noch!"

Wieder in der Duat

Unglaublich! Ich hätte nie gedacht, dass ich mich mal so über den grauen Sand und den ebenso grauen Horizont der Duat freuen würde. Nach meinen Erlebnissen im Fegefeuer war die Duat für mich wie ein Paradies, dem leider ein bisschen Farbe fehlte. Hier gab es kein Feuer und auch keine Dämonen.

Ich war so erleichtert, dass ich beinahe einen Sandengel gemacht hätte. Dadurch wäre aber viel zu viel Duatsand durch meine Kleidung ins Diesseits gelangt. Dan würde mir vor Okpara einen nicht ernst gemeinten Heiratsantrag machen. Das wollte ich meinem süßen Amun-Priester auf keinen Fall zumuten.

Auf einmal färbte sich der düstere Himmel rötlich.

Hier gab es also doch Feuer. Als ich wegen Okpara hier gewesen war, hatte ich keines gesehen. Ich bekam Angst. Wie weit mochte es von mir entfernt sein?

Das alles war nur passiert, weil Okpara mich mit diesem nach Knoblauch stinkenden Ali, diesem widerlichen Assistenten von Doktor Naser, allein gelassen hatte. Von seinem aufdringlichen Mundgeruch war mir regelrecht übel geworden. Hatte er das Zeug pur gegessen?

Nicht, dass ich etwas gegen Knoblauch hätte, aber doch nur in Maßen.

Gab es in Ägypten Vampire oder so was in der Art? Hoffentlich nicht!

Dieser verdammte Mistkerl hatte mir die Spitze eines Messers in den Rücken gebohrt. Ich tastete die Stelle ab. Ja, ein winziger Schnitt war vorhanden. Ich fühlte getrocknetes Blut auf der Haut.

Verdammter Mistkerl!

Ein ungutes Gefühl stieß in mir hoch.

Nur warum? Wieso dachte ich jetzt auf einmal an Dämonen? Die gab es doch nur im Fegefeuer, nicht hier in der Duat! Oder übersah ich etwas?

Ich setzte meinen Weg fort, entgegen des Leuchtens am Himmel.

War ich hier wirklich allein? Wo waren Anubis oder Tutanchamun?

Da fiel es mir siedend heiß ein. Runihura lief hier irgendwo herum. Mein Herz schien zu stoppen, um dann wie verrückt zu klopfen.

Ich erinnerte mich an die Opferszene. An das Messer mit dem Ka. Nicht nur Angst ließ mich plötzlich zittern. Mir war kalt.

Wie sollte ich mich gegenüber Runihura verhalten? Könnte er mich auch hier opfern?

Da hörte ich ein hohes Kichern hinter mir. Ein gemeines, böses Lachen, das mir sehr bekannt vorkam. Das war nicht der Geister-Hohepriester. Das war …

Mir lief ein Schauer über den Rücken, als würde ich von jemand belauert.

„Hallo, mein Engelchen", raunte eine bekannte Stimme hinter mir.

Langsam drehte ich mich zu ihm um. Gaffarel stand da und grinste breit. Diesen Dämon hatte ich total vergessen.

Okpara und Echnaton hatten mir doch davon erzählt.

„Gaffarel, was machst du denn hier?", fragte ich ihn mit einem verkrampften Lächeln. „Müsstest du nicht im Fegefeuer schmoren?"

„Dein komischer Zauberheld, Opack, oder wie du ihn auch nennen magst, ist schuld, dass ich hier verrotte!" Er kam näher und leckte sich über seine dunklen Lippen, „und ich habe verdammt großen Hunger. Da es hier außer riesige Käfer nichts zu essen gibt."

Große Käfer hatte ich hier noch nie gesehen. War das hier überhaupt die Duat?

„Du wirst mir jetzt besonders gut munden, Engelchen", fügte Gaffarel hinzu und öffnete den Mund.

Ich sah seine spitzen Zähne und schluckte. Seine roten Augen glühten stärker als sonst.

Meine Angst verwandelte sich in Panik. Ich atmete schneller. Was sollte ich nur tun? Hektisch sah ich mich um.

„Weißt du, was das Gute daran ist?", fragte er mich mit schief gelegtem Kopf.

Er griff nach mir und umfasste meinen Oberarm mit seinen langen Fingern. Seine Krallen bohrten sich schmerzhaft in meine Haut.

Ich schüttelte nur den Kopf.

„Ich brauche mit niemanden zuteilen", hauchte er nah an meinem Ohr. „Diese Kraft gehört jetzt mir allein."

Er kicherte und schnupperte an mir. Eine Gänsehaut bildete sich auf meinem ganzen Körper.

Hätte Ammit ihn nicht fressen können?

„Die ägyptischen Götter werden bestimmt etwas dagegen haben und dich erbarmungslos jagen", drohte ich ihm.

„Oho, jetzt habe ich aber Angst", säuselte Gaffarel und lachte. „Deine Seele wird mir eine unglaubliche Macht verleihen. Ich werde unbesiegbar!"

Plötzlich schob sich von rechts ein Stock zwischen mein und sein Gesicht.

„Lass sie sofort in Ruhe!", befahl jemand neben uns, „und nimm einen gebührenden Abstand zu ihr ein!"

Gaffarel blickte zuerst zu dem Sprecher.

Sollte ich mich trauen, den Dämon aus den Augen zu lassen?

„Verschwinde! Du ... du", zischte Gaffarel. „Bevor du noch zu meiner Vorspeise wirst."

„Ich habe dir befohlen, sie los zu lassen!", forderte die männliche Stimme ihn auf. „Jeder muss meinem Befehl folge leisten, ist das klar?"

Ich ertrug die Neugier nicht länger und wandte mich dem Sprecher zu. Er trug einen hellen Rock mit einem, mit Juwelen besetzten, Gürtel und Sandalen. Um seinen Hals lag der typische Kragen mit bunten Edelsteinen der alten Ägypter. Eine blaue Kopfbedeckung zierte seinen Kopf wie eine Krone, mit der Tutanchamun oft abgebildet wurde.

War der junge Mann vor mir wirklich der Goldene Pharao?

Gaffarel runzelte die Stirn. „Was hast du gesagt?"

„Du hast anscheinend etwas an den Ohren!", erwiderte Tutanchamun lauter. „Lass sie sofort los! Ich wiederhole mich nur ungern!"

„Schon wieder jemand mit einem Stock, um dich zu retten, Engelchen", rief Gaffarel und wandte sich an den jungen Altägypter: „Aber du bist kein Gott! Du bist nicht mächtig! Geh einfach weg! Du nervst mich! Ich werde deine Seele sonst zuerst verspeisen."

Er grinste und entblößte seine stiftartigen Zähne.

„Glaub mir, ich kann mit dem Stock sehr gut umgehen", drohte Tutanchamun streng. „Herrin Isis und Herr Anub sagten mir, ich soll auf diese Frau aufpassen und das werde ich auch tun."

Mit einem Knurren schlug Gaffarel den Stock nach unten und wollte sich auf mich stürzen. Tutanchamun hieb mit dem Stock von hinten auf den Rücken des Dämons.

Gaffarel schrie verwundert auf.

„Hast du sie nicht mehr alle?", fauchte er zornig. „Ihr zwei seid nur zwei normale Sterbliche. Ihr dürft euch nicht wehren! Ist das jetzt für euch klar?"

Ich sah erst Tutanchamun, dann Gaffarel an.

„Wer sagt das eigentlich?", warf ich ein.

„Was?", fragte Gaffarel verwirrt.

„Dass wir uns nicht wehren dürfen?"

„Genau", pflichtete der junge Altägypter mir bei. „Ich bin Tutanchamun! Also alles andere als ein Normalsterblicher. Ich bin ein lebender Gott."

„Was ist ein Pharao oder ein Tutantmut?", wollte Gaffarel wissen.

Dämonen waren noch dümmer, als ich gedacht hatte.

Ich schüttelte nur den Kopf.

„Tutanchamun ist mein Name", erklärte der junge Altägypter, „und ich regiere über beide Ägypten."

„Was? Es gibt zwei davon?" Gaffarel blickte von Tutanchamun zu mir. „Wo ist das zweite?"

„Er spricht von Ober- und Unterägypten", merkte ich an. „Du hast wohl in Geschichte nicht aufgepasst."

„Ich muss nichts lernen!", höhnte Gaffarel. „Ich bin ein Dämon. Ich bin das absolute Böse. Geboren um Tod und Leid über die Menschen zubringen. Dumme Menschen haben mehr Angst als die schlauen."

Er kicherte.

„Das absolute Böse ist doch Luzifer", provozierte ich ihn, „und Tutanchamun und ich sind Wissende."

Tutanchamun griff nach meinem Arm und zog mich hinter sich. Er stand leicht nach vorne gebeugt und belastete das linke Bein nicht so stark. Hoffentlich fiel es Gaffarel nicht auf. Das war Tutanchamuns Schwachpunkt.

Gaffarel wollte wieder angreifen, doch der junge Altägypter schlug gekonnt auf den Dämon ein.

Gab es bei den alten Ägyptern so etwas wie Kung-Fu?

Okay, der Goldene Pharao beeindruckte mich trotz seines Handicaps sehr.

Gaffarel jaulte auf und schützte den Kopf mit seinen Armen.

„Bitte, aufhören!", rief er verzweifelt.

„Sei vorsichtig", warnte ich Tutanchamun. „Dämonen sind hinterhältig."

„Ich weiß", sagte Tutanchamun. „Hier gibt es viele."

Auch das noch?

„Ach, Frauen sind auch hinterhältig", zischte Gaffarel und verstummte, weil Tutanchamun drohend seinen Stock hob.

„Es gibt auch Männer, die einer Frau alles versprechen und dann doch nur ihr Geld wollen", konterte ich, „aber Dämonen sind weder das eine, noch das andere. Sie sind viel schlimmer, weil sie Seelen fressen wollen."

„Echt? Wie Ammit?" Tutanchamun sah mich erschrocken an und war abgelenkt.

Gaffarel schien nur auf so eine Gelegenheit gewartet zu haben und riss an Tutanchamuns Stock.

Der junge Pharao fiel hin und stöhnte. „Ah, verdammt, mein rechtes Knie."

Er rieb über sein Gelenk.

„Haha, jetzt bin ich dran!" Gaffarel hob triumphierend den Stock und wollte auf den jungen Pharao einschlagen.

Eine ungeheure Wut überkam mich. Vielleicht lag es an der seelischen Verbindung, die ich nun zu dem Goldenen Pharao hatte. Vielleicht war es aber auch schlicht der Tatsache geschuldet, dass Tutanchamun dem Dämon körperlich unterlegen war. Ich wollte ihn beschützen, dabei hatte Gaffarel ein schlagendes Argument in der Hand. Niemand durfte jemanden schlagen, den ich von den Toten erweckt hatte! Auch kein Dämon mit einem Stock.

Ich ballte die Hände zu Fäusten. Meine Fingernägel bohrten sich in meine Handflächen. Tutanchamun rappelte sich stöhnend wieder auf. Ich riss ihn aus dem Weg. Dabei landete er auf seinem Hintern.

„Das kannst du nicht mit mir machen", beschwerte sich Tutanchamun laut. „Einen Pharao wirft man nicht in den Sand. Dafür könnte ich dich auspeitschen lassen!"

Ich würde mich später bei ihm entschuldigen. Mein Ziel war

Gaffarel. Mit wenigen Schritten war ich bei ihm.

„Oh, schon wieder so wütend?", feixte der Dämon. „Doch dieses Mal sind wir in einem Totenreich. Da habe ich mehr Vorteile als du."

Er lachte und schlug nach meinem Bein.

Eigentlich hätte es höllisch weh tun müssen, aber der Zorn schien alle anderen Empfindungen zu schlucken, wie Lava floss er durch meine Adern.

„He, du bist eine Frau und müsstest jetzt vor Schmerzen aufschreien", bemerkte Gaffarel.

„Stimmt!", knurrte ich undeutlich. „Frauen! Ich bin so sauer, dass ich mich im Moment eher wie eine Furie fühle."

„Furie?" Gaffarel trat einen Schritt zurück. „Guter Witz, Engelchen!"

Ich schlug zu. Meine Faust traf. Sein Kopf flog nach hinten.

Vor Schreck ließ der Dämon den Stock fallen und hielt sich geschockt sein Gesicht.

„Du bist ja verrückt!", rief Gaffarel. „Schon wieder!"

„Was ist eine Furie?", wollte Tutanchamun wissen.

Ich konnte nicht antworten. Meine Wut schnitt mir die Worte ab. Für Erklärungen hatte ich im Moment keine Zeit.

Mit dem Dämon war ich noch lange nicht fertig. Ich wärmte mich gerade erst auf und benutzte ihn als Sandsack.

Dabei achtete ich nicht auf Tutanchamun, der über den Boden kroch und nach seinem Stock griff. Auch hörte ich nicht, was er zu mir sagte, oder fragte er mich etwas?

Seine Stimme ging in dem Blutrauschen in meinen Ohren unter. Für mich gab es nur noch Gaffarel, dem ich eine ordentliche Tracht Prügel verpassen wollte, von der man selbst in der Hölle sprechen würde.

Ich schlug solange auf den Dämon ein, bis dieser in den Sand fiel und sich wimmernd zusammenkrümmte. Er kroch von mir weg.

„Ich sagte schon, dass es mir reicht", jammerte er. „Bitte, schlag mich nicht mehr, Herrin."

So viel dazu, dass er hier Vorteile hätte. Ich fühlte mich ausgepowert und schwankte.

Meine Fäuste wurden schwer. Ich ließ die Arme sinken.

Langsam drang mir ins Bewusstsein, dass ich mich mal wieder mit einem Dämonen angelegt hatte. Schweratmend stand ich über Gaffarel und sah mir meine Fingerknöchel an. Sie waren aufgeplatzt und bluteten. In meinen Handflächen sah ich vier blutige Halbmonde von meinen Fingernägeln.

Na, toll! Wieso drehte ich jedes Mal in Gaffarels Anwesenheit durch?

In mir tobte immer noch der Zorn. Warum nur?

„Weib, du bist ja total irre!", stieß Gaffarel wütend hervor.

Er sprang geschmeidig auf die Füße. Ein normaler Mann wäre nicht so leicht auf die Beine gekommen.

„Nenn mich nicht Weib, du ...", rief ich knurrend und hob die Fäuste wieder. „Sonst mache ich weiter und weiter!"

Die Wut war noch nicht ganz verraucht.

Tutanchamun tippte Gaffarel mit dem Stock an.

„Es kommt einem Frevel gleich, eine Tochter der Göttin Isis, als Weib zu bezeichnen", tadelte er den Dämon, „entschuldige dich sofort bei der Dame, oder ich bringe dir Manieren bei!"

Was? Ich sah den Goldenen Pharao erstaunt an.

Ach ja, so hatte mich damals auch Okpara genannt. Tochter der Göttin Isis. Damals? So lange war das gar nicht her, nicht einmal ein halbes Jahr.

Das war im Juni gewesen, jetzt hatten wir Anfang November. Es war noch gar nicht so lange her, dass ich Gaffarel, das erste Mal verprügelt hatte. Wurde das schon zu einem Hobby? Hoffentlich nicht. Ich konnte mich zornig selbst nicht leiden.

Eigentlich schrieb ich lieber Kurzgeschichten und prügelte mich nicht. Warum macht mich dieser Dämon jedes Mal so unglaublich wütend?

Ich seufzte und hätte mich gern irgendwo angelehnt, so schwach fühlte ich mich plötzlich.

Hoffentlich merkt Gaffarel nichts davon.

„Du solltest uns nicht noch einmal unter die Augen treten", sagte Tutanchamun streng. „Ich kenne zwar keine Furien, aber ich rate dir, dich von dieser Tochter der Göttin Isis fernzuhalten!"

Gaffarel stand in gebeugter Haltung vor uns. „Du konntest nur siegen, weil ich vor Hunger geschwächt bin, W..."

Tutanchamun hob seinen Stock.

„Das ist alles!", rief Gaffarel. „Beim nächsten Mal sieht es anderes aus, das verspreche ich dir!"

„Nicht, wenn du hier in der Duat bleiben musst", entgegnete ich und konnte mir ein schwaches Lächeln nicht verkneifen.

Gaffarel knurrte.

„Eines Tages schaffe ich es und werde von hier entkommen! Ich komme dann sofort zu dir, mein Engelchen!"

„Du drohst ihr!" Tutanchamun schlug zu. „Geh und lass uns allein! Wir wollen dich hier nicht mehr sehen!"

Gaffarel drehte sich geschlagen um und schleppte sich davon. Trotzdem blickte er immer wieder über seiner Schulter zu uns zurück.

Ich atmete auf.

„Eigentlich soll ich dich beschützen", meinte Tutanchamun und grinste schief, „und nicht du mich. Ich bin der Mann hier, aber ich habe noch nie eine Frau so kämpfen gesehen. Du verdienst meinen größten Respekt!"

Er verbeugte sich.

„Ich glaube, ich habe da wohl ein paar Berserkergene, die sich einschalten, wenn man die bedroht, die ich erweckt habe. Vielleicht reagieren sie auch nur extrem auf Dämonen."

„Was sind Berserkergene?", hakte Tutanchamun verwirrt nach.

Das Fragezeichen schien unsichtbar in seinem Gesicht zu stehen.

Ich musste lachen.

„Entschuldigung!" Ein Grinsen konnte ich nicht unterdrücken. „Nun, ich stamme aus Europa und zu der Zeit, zu der du gelebt hattest, waren es wohl Germanen, Alemannen, Sachsen, Franken und so weiter. Naja, vielleicht auch erst etwas später."

„Aha", sagte Tutanchamun. „Wo genau?"

Ich kniete mich hin, glättete den Sand und zeichnete mit dem Finger eine sehr grobe Karte mit Afrika und Europa.

„Hier ist dein Ägypten." Ich tippte auf eine Stelle. „und hier ist das heutige Deutschland."

Ich wünschte, ich hätte einen Atlas, um es ihm besser zeigen zu können, wovon ich sprach. Das würden wir später nachholen müssen. Was würde Tutanchamun zu einem Globus sagen? Für ihn war die Welt noch eine Scheibe. Erst die Griechen fanden heraus, dass die Erde rund ist.

Er beugte sich vor.

„Hier gab es einmal Männer, die in eine Art Blutrausch fielen, wenn sie während des Kampfes verletzt wurden, oder so ähnlich", erklärte ich. „Sie spürten dann keine Schmerzen mehr und kämpfen wie von Sinnen, bis zum letzten Blutstropfen."

„Wirklich? Solche Krieger hätte ich gern gehabt, um die Nubier zu schlagen", meinte Tutanchamun. „Diese Krieger wären unbesiegbar. Wenn ihre weiblichen Nachfahren schon solche Kämpferinnen sind."

In meinen Wangen stieg eine verräterische Hitze empor. Verlegen senkte ich das Gesicht. „Sie waren bestimmt nicht unbesiegbar."

„Wie oft verfällst du in diesen Blutrausch?", wollte er wissen.

„Eigentlich gar nicht", erwiderte ich und konnte ihn nur kurz ansehen. „Wir leben schließlich im 21. Jahrhundert. Nur bei Gaffarel ist mir das jetzt schon zum zweiten Mal passiert."

„21. Jahrhundert? Das geht nicht!" Tutanchamun schwieg schockiert. „Wie kann das nur möglich sein?"

„Wir haben eine andere Zeitrechnung, als du sie kennst", erklärte ich. „Als du starbst hatten wir 1323 vor Christi Geburt. Das heißt, du warst über 3.300 Jahre tot."

Tutanchamun blieb der Mund offenstehen.

„Ich verstehe das nicht." Er hielt sich verkrampft an seinem Stock fest. „Ich hatte einen Unfall. Mein bester Freund … hatte meinen Streitwagen manipuliert. War ich wirklich so lange tot?", hauchte er traurig.

„Ja, es tut mir sehr leid." Sein Schmerz wütete in meiner Brust und brachte mich dazu, ihm diesen um alles in der Welt nehmen zu wollen. Tröstend legte ich meine Arme um ihn – mehr konnte ich nicht tun.

Er drückte mich fest an sich. Ich spürte seine warme Haut durch mein T-Shirt.

„Ich hatte schon lange keine Frau mehr gehabt, über 3.300 Jahre", wisperte er grinsend, „und wir sind hier ganz allein!"

Oh nein, er ist wie sein Vater, schoss mir bestürzt durch den Kopf und ich löste mich abrupt aus der Umarmung.

„Ich habe einen Freund", erklärte ich. „Ich ... meine einen Gefährten!"

„Du musst dich von ihm lösen", beharrte er ungeniert. „Ich, der Pharao, kann jede Frau haben, die ich will!"

„Dazu gehören immer noch zwei", fauchte ich verärgert. „Ich bin mit Okpara sehr glücklich."

„Du trägst seltsame Kleidung", wechselte er unbeeindruckt das Thema und ließ seinen Blick an mir auf und ab schweifen.

„Auch du wirst bald solche Sachen tragen", sagte ich mit einem Lächeln und erschrak dann. „Hier ist bestimmt noch jemand, der es nicht gut mit uns meinen könnte. Er wollte mich vor einigen Wochen opfern."

„Wer tut denn so etwas frevelhaftes?", fragte Tutanchamun wütend. „Noch so ein Dämon, der nicht weiß, wie man sich gegenüber einer Tochter der Göttin Isis verhält?"

„Nein, ein Hohepriester von Amun." Ich sah mich aufmerksam um.

Tutanchamun lachte. „Nein, nein sie opfern keine Menschen. Du brauchst also keine Angst vor ihm zu haben."

„Mh, du kennst Runihura nicht", brummte ich. „Er wollte ... er will ein Gott werden. Er versuchte mich Anubis oder wem auch immer in einem Ritual zu opfern."

„Was? Ein Amun-Priester würde niemals einem Menschen irgendeinem anderen Gott opfern", rief Tutanchamun aufgebracht. „Das ist ein furchtbarer Frevel. Eine Tochter der Göttin Isis sollte sowieso niemals geopfert, geschweige denn verletzt werden."

„Hat er aber! Ich wäre beinahe verblutet."

Gern hätte ich mich mit ihm irgendwo hingesetzt, doch sah ich nur den grauen Sand. Okpara würde sich hier gut auskennen. Er war viel zu lange hier gewesen.

„Nenn mich doch Tut", bot er mir an. „So nennen ... nannten mich ..."

Er seufzte und verstummte. Verschiedene Gefühle gingen von ihm aus, wie tiefe Trauer, aber auch brennender Zorn.

Auf wen war er so wütend?

„Dir wird das 21. Jahrhundert gefallen", versuchte ich ihn aufzuheitern. „Vielleicht kann man dich sogar operieren, dann kannst du normal laufen."

„Wirklich?" Er blickte mich hoffnungsvoll an.

Ein Lächeln huschte über sein trauriges Gesicht.

Seine wachen Augen weiteten sich plötzlich. War das Angst? Erstaunen? Wer war da hinter mir?

„Herr Anub!" Er verbeugte sich.

Oh, nein, dachte ich. Nicht schon wieder dieser Gott.

Mein Herz, das sich gerade erst beruhigt hatte, begann erneut zu rasen. Langsam drehte ich mich zu dem ägyptischen Gott der Totenriten um. Seine roten Augen waren auf mich gerichtet.

„Hey Anubis, ich ... ich wollte eigentlich keine weiteren ägyptische Mumien wecken", beteuerte ich verängstigt.

„Ich weiß", knurrte der Schakalgott. „ich habe dich in den letzten Wochen beobachtet. Du hast zwei seltsame Mumien geweckt, die nicht zu unserem Glauben gehören."

Er spricht ja Deutsch mit mir, erkannte ich beeindruckt. Einfach so. Wow, ein Wunder?

„Seltsam?", fragte Tut. „War es so ein komischer Kristalldingmensch?"

Ich nickte. Mein Herz beruhige sich wieder. Anubis machte keine Anstalten mich anzugreifen oder zu packen.

„Aber nenn ihn bitte Tom, nicht Ding", bat ich. „Er stammt aus dem 18. Jahrhundert aus Deutschland."

„Es ist so seltsam. Ich merke das jetzt erst", stellte Tut beeindruckt fest. „Ich spüre deine Gefühle. Kann er das auch?"

„Ja, und Okpara auch", bestätigte ich ihm.

Mein Herz machte einen Freudensprung, als ich nun an meinen Freund dachte. Sogleich stieg Hitze in meine Wangen.

„Hohepriester Okpara hilft dir gerade, Pharao Tutanchamun", erklärte Anubis.

Hohepriester?, wunderte ich mich. Was habe ich denn jetzt schon wieder verpasst?

„Oh, dann muss ich ihm wohl dankbar sein", sagte Tut traurig, „und sollte ihm nicht seine Gefährtin wegnehmen."

Was sollte das denn? Niemals würde ich Okpara gegen einen anderen eintauschen! Auch nicht gegen einen Pharao.

Herz und Lunge

Während Toth Okpara die deutsche Sprache schenkte, wandte sich Isis an Selket: „Hol deinen lieben Doktor her. Er muss mit dir zusammen das Herz und die Lunge von Tutanchamun beleben. Okpara ist zu geschwächt, um auch das noch zu schaffen."

„Du hast recht", stimmte Selket ihr zu und freute sich darauf, den Arzt wiedersehen zu können. „Vielleicht sollten wir dieses Ritual in Zukunft sowieso mit zwei Priestern abhalten. Jochen hat sehr viel Talent."

Sie eilte auf die Tür zu. Die Sohlen ihrer Sandalen klatschten leise auf den Boden.

Bin ich im Begriff mich in einen gewöhnlichen Menschen zu verlieben?, fragte sie sich in einer Mischung aus Erstaunen und Verzückung.

Sie öffnete die Tür und betrat den Gang.

Ob Hathor etwas mit ihren Gefühlen zu tun hatte? Sie sollte die göttliche Kuh wohl besser beobachten. Kichernd erreichte die Tür zu der kleinen Kammer, in die Jochen Larissa gebracht hatte.

„Jochen, wir brauchen dringend deine Hilfe", rief sie und lächelte den Arzt herzlich an. „Okpara ist zu schwach für den letzten entscheidenden Schritt, daher möchte ich dich bitten, uns dabei zu unterstützen!"

„Geht es Okpara gut?", fragte Jochen besorgt und stand auf.

„Sicher, sein Körper ist nur noch nicht bereit für solche Anstrengungen", versicherte Selket, „aber es wird ihm schon bald wieder besser gehen. Er braucht nur Ruhe und sollte so schnell wie möglich zu Bett gehen."

Sie trat näher an die Liege und blickte in das blasse Gesicht, der noch bewusstlose Larissa.

„Sie ist bei Tutanchamun in der Duat", erklärte sie und strich Larissa über die Wange. „Ihr geht es gut. Anubis ist jetzt auch bei ihr."

„Ist Anubis nicht immer noch wütend auf Larissa?", hakte Jochen nach.

„Er ist in den letzten Jahrhunderten immer launischer geworden", räumte Selket ein, „ob er wirklich zornig ist, wissen wir nicht."

„Verstehe!", sagte Jochen. „Tom, pass bitte so lange auf Larissa auf."

„Um kein Gold der Welt werde ich mich von ihrer Seite entfernen", erwiderte Thomas und hob den linken Mundwinkel zu einem Lächeln.

„Tom, du bist ein guter Freund", lobte Selket und berührte ihn am Arm. „Das findet man heute nicht mehr so oft."

„Nicht ... anfassen!", warnte Thomas und sah auf seinem Arm.

Ein Stück Kristall fiel herunter. Die Haut darunter glitzerte. Schnell hob er das Fragment auf.

„Wie habt Ihr das gemacht?", fragte er.

„Ich bin eine Göttin, Tom", sagte sie lächelnd. „Ich würde gern mehr für dich tun, aber die meiste Energie habe ich gerade verbraucht und wir benötigen noch etwas für Tutanchamun."

„Ich verstehe", sagte Thomas sanft. „Ich möchte sowieso nicht mit

Magie behandelt werden."

„Das akzeptiere ich, Tom", meinte Selket und wandte sich an Jochen. „Komm! Wir sollten gehen!"

„Ja, natürlich!" Jochen folgte der Skorpiongöttin neugierig. „Was soll ich denn genau machen?"

„Das Gleiche, das du vor ein paar Wochen für Okpara getan hast", verlangte Selket. „Tutanchamuns Herz muss wieder schlagen und seine Lungen sollen sich mit Luft füllen."

Plötzlich griff Jochen nach Selkets Arm und hielt sie fest. „Selket, was bin ich für dich?"

Nie zuvor hatte ein Sterblicher es gewagt, sie zu berühren. Er überschritt eine Grenze, aber sie fand Gefallen an seiner Unverfrorenheit.

„Du bist ein hervorragender Arzt", entgegnete die Skorpiongöttin mit einem geheimnisvollen Lächeln, „und ich wünschte, du wärst mein Priester. Du hast alle Anlagen, die du für dieses Amt brauchst. Aber ich werde dich nicht zwingen deinen Glauben abzulegen."

„Danke", meinte Jochen, obwohl er Zweifel daran hegte, dass dies wirklich alles war. Was müsste ich noch für sie tun? Beten?

„Unter anderem", gab Selket, mit einem wissenden Lächeln, zu.

„Hör auf meine Gedanken zu lesen", knurrte Jochen. Er konnte nicht kontrollieren, in welche Richtungen seine Gedanken manchmal abdrifteten, und wollte sich nicht dafür rechtfertigen oder entschuldigen müssen. Seine Gedanken sollten ihm allein gehören!

„Es tut mir leid", bedauerte Selket aufrichtig. „Ich bin es gewöhnt, die Gedanken der Menschen in meiner Nähe zu lesen. Wir, Götter müssen doch so tun, als wären wir allwissend."

Sie sah ihn reumütig an.

„O-kay." Er hielt ihr galant die Tür auf und ließ sie vorgehen.

„Vielen Dank, so ein Verhalten legt doch nur ein Gentleman an den Tag, oder?" Selket kicherte, wie ein schüchternes Mädchen hinter vorgehaltener Hand. „Das ist neu für mich!"

„So ist es, liebe Selket." Jochen lächelte und hakte sich bei ihr ein.

Das Publikum sprach leise miteinander und zeigen auf das seltsame Paar.

„Was haben sie?", wunderte Jochen sie.

Er blickte zu Okpara, der immer noch auf dem Boden saß.

„Vielleicht ist es ungewöhnlich, dass ein Sterblicher, so vertraut mit einer Göttin ist", wisperte Selket. „Dabei glauben sie gar nicht an uns."

Sie schüttelte den Kopf. „Ein Paradoxon, oder?"

„Ägyptologen!" Jochen zuckte mit den Achseln.

„Okpara? Ist bei dir alles in Ordnung?", fragte er und kniete sich neben den jungen Altägypter auf den Boden.

Er überprüfte dessen Puls.

Okpara nickte. „Kümmere ... dich ... um Pharao Tutanchamun."

Jochen sah ihn erstaunt an. „Mache ich sofort!"

Okpara lächelte müde. „Geht es Larissa ... gut?"

„Mach dir um sie keine Sorgen", beruhigte Jochen ihn. „Tom ist bei ihr."

Er ging mit Selket zum Untersuchungstisch, bewunderte die nackte Brust der Mumie und strich über die unversehrte, braune Haut.

Wie die Haut eines Babys!, dachte er. So makellos. So weich.

„Unglaublich!", sagte er leise.

„Ja, nicht wahr?", stimmte Selket ihm zu. „Herr Doktor, jetzt nicht träumen! Wir müssen uns wieder vereinen."

Sie streichelte ihm über seinen Arm.

„Oh!" Jochen spürte, wie die Göttin in seinen Körper eindrang.

Erschrocken schnappte er nach Luft. „Selket ...."

Daran werde ich mich wohl nie gewöhnen, dachte er.

Wieder herrschte kurz Verwirrung in seinem Kopf und er musste sich erst einmal neu orientieren.

Jochen, du musst dich konzentrieren!, drängte Selket gedanklich. Wir müssen in Tutanchamuns Körper eintauchen.

Ja, doch, erwiderte Jochen. Ich brauche aber einen Moment.

Bei Okpara warst du schneller, tadelte Selket ihn ungehalten.

Da ging es um Okparas Leben, konterte Jochen. Hier ist es anders. Ich soll eine Mumie, die über 3.300 Jahre tot war lebendig machen. Okpara hatte schon gelebt! Er ist dazu auch noch mein Freund!

Pharao Tutanchamun hat neue Organe, weihte Selket ihn ein. Er muss schnellstens wiederbelebt werden. Übrigens kann auch Tutanchamun dein Freund werden. Also los! Fang endlich an!

Dieses Mal staunte ich über die Zellen der Haut, über die Knochen und Muskeln, als ich gedanklich in den Körper tauchte. Gern hätte ich das neue Fleisch berührt.

Jochen, mahnte Selket mich, denk an deine Aufgabe!

Ja, doch! Sie sind nur so neu. Wunderschön!

Vor mir erschien das dunkelrot leuchtende Herz. Es lag ganz still da, als schien es nur auf mich gewartet zu haben.

Es hat eine so gute, gesunde Färbung! Nicht wie bei Okpara.

Ich strich mit den Fingern über die glatte, muskulöse Oberfläche, als würde ich über den Lack eines polierten Autos gleiten.

Es ist ja auch neu!, entgegnete Selket telepathisch. Lass es nun schlagen!

Ohne Blut?, wunderte ich mich. Das könnte schmerzhaft für Tutanchamun werden. Das habe ich bei Okpara beobachten können.

Ein wenig Blut ist vorhanden, erwiderte Selket, durch die Erneuerung der Rippen und des Brustbeins, sowie der Muskeln und der Organe entstand welches. Es ist leider nicht viel.

Ob das reichen wird?, fragte ich mich zweifelnd. Ich werde ihn danach noch weiter betreuen müssen.

Mit beiden Händen umfasste ich das glühende Herz.

Es fühlt sich gut an, wunderbar elastisch.

Ein Arzt in seinem Element. Selket kicherte. Wort wörtlich. Fang endlich an! Du verlierst kostbare Zeit!

Ich grinste und drückte das Organ vorsichtig zusammen. Es reagierte sofort und zuckte leicht unter meinen Fingern.

Ein gutes Zeichen, dachte ich und übte noch einmal Druck aus.

Das Organ strahlte heller auf und pulsierte. Dann begann es nach nochmaligem Drücken rhythmisch zu schlagen.

Es war leichter als gedacht. Ein gesunder Herzschlag drang an meine Ohren.

Bewundernd strich ich noch einmal über den zuckenden Muskeln.

Jetzt die Lunge, Herr Doktor, befahl Selket.

Ja, natürlich! Entschuldige. Der Pharao braucht selbstverständlich Luft zum Leben.

Eben, erwiderte Selket.

Nun erschien das große Organ mit den beiden Lungenflügeln vor mir.

Eine Mund-zu-Mund-Beatmung wäre besser, überlegte ich zu Selkets Belustigung.

Willst du wirklich deine Lippen auf die Vertrockneten von Tutanchamuns pressen?, zog sie mich auf.

Angewidert verzog ich das Gesicht. Nein, eigentlich nicht.

Die Skorpiongöttin kicherte wie ein kleines Mädchen.

Ich umfasste mit je einer Hand einen Lungenflügel.

Die Lunge funktioniert, wie ein Blasebalg, dachte ich und drückte leicht zu.

Ich wiederholte die Behandlung wie bei dem Herzen, nur noch sanfter. Die Lungenbläschen waren sehr empfindlich. Ich wollte dieses Organ auf keinen Fall beschädigen.

Mit Tutanchamuns erstem Atemzug schien es Jochen, als würde er aus dem Körper des Pharaos geschleudert.

„Wow!" Er schüttelte den Kopf und brauchte einen Moment, um sich zu orientieren, da auch Selket seinen Körper verlassen hatte.

Die Skorpiongöttin stand schon neben ihm und legte vertraut eine Hand auf seinen Arm.

„Du warst wunderbar!", rief sie und sah ihn besorgt an. „Geht es dir gut?"

Jochen nickte. „Es ging nur alles so schnell, vielleicht verlässt du beim nächsten Mal meinen Körper einen Augenblick später."

„Mache ich, versprochen", beteuerte Selket. „Daran hätte ich auch denken müssen."

Tutanchamuns Brustkorb hob und senkte sich bei jedem Atemzug. Seine Augenlider flatterten. Langsam öffnete der Goldene Pharao die Augen und blickte sich verwundert um.

„Vielen Dank! Mir geht es deutlich besser", sprach er auf Altägyptisch mit seiner Jenseitsstimme. „Wer bist du?"

„Tut mir leid, aber ich verstehe kein Altägyptisch", entgegnete Jochen.

Tutanchamun wiederholte seine Frage auf Deutsch.

Der Arzt lächelte. „Mein Name ist Jochen. Ich bin Arzt, ehm … ein Heiler."

„Ich dachte, Okpara hätte mir geholfen", wunderte Tutanchamun sich.

„Oh, das hat er auch", bestätigte Jochen ihm und zeigte auf den jungen Altägypter, der noch nicht aufgestanden war. „Dort ist er. Er ist mein Freund."

Okpara ließ sich von Echnaton auf die Füße helfen und taumelte auf unsicheren Beinen zum Untersuchungstisch. Ihm war schwindelig, in seinem Kopf war ein verheerendes Chaos ausgebrochen. Die ständigen Kopfschmerzen waren wieder schlimmer geworden.

Ist es, weil ich die deutsche Sprache jetzt besser verstehe?, fragte er sich. Ich würde mich gern hinlegen und schlafen.

„Mein Pharao, wie ... geht es Larissa?", richtete er das Wort an Tutanchamun.

„Gut, ich habe sie in der Duat beschützt, also wenigstens habe ich es versucht", antwortete Tutanchamun auf Deutsch, „aber da war so ein komischer Kerl mit rötlicher Haut. Sie wurde zu einer richtigen Wildkatze, als er mich angreifen wollte."

„Das ist unsere Larissa!" Jochen grinste.

„Das war der Dämon Gaffarel." Echnaton lachte. „Das hast du sehr gut gemacht, mein Sohn. Wir müssen unbedingt Larissa beschützen. Dein Leben hängt von ihrem ab."

„Ich bin nicht dein Sohn! Mein Vater ist schon lange tot", entgegnete Tutanchamun verwirrt, „und er sprach diese Sprache bestimmt nicht ... Warum spreche ich sie eigentlich?"

„Mein Sohn ... das ist eine lange Geschichte" Weiter kam Echnaton nicht und sah Okpara traurig an.

„Herr Toth hat ... sie ... dir ... ge ... schenkt." Okpara hielt sich den Kopf. „Mir ... hat er ... die Sprache ... auch ... geschenkt. Alles ... ist ... total ... durch ... einander."

Er lächelte gequält.

„Vielleicht solltest du dich hinlegen", meinte Jochen und griff nach dem Arm des jungen Altägypters.

Tutanchamun drehte langsam den Kopf. Die vertrockneten Muskeln knarrten laut – ihnen fehlte die Elastizität des Lebens.

„Dann habe ich dir zu danken", sagte er.

„Bitte, nicht ... bewegen", bat Okpara. „Das ... tut Larissa nicht ... gut. Sie ... hat ... dich ... erweckt. Ich war ... nur ... der Mittler ... der ... Götter."

„Pharao Tutanchamun", begann Selket, „du solltest in den nächsten Tagen noch nicht aufstehen. Deine Beine sind zwar nicht mehr gebrochen, aber du darfst sie noch nicht zu stark belasten. Dein Körper ist zu ausgetrocknet."

Tutanchamun schloss die Augen. „Ich war über 3.300 Jahre tot und jetzt soll ich noch liegen bleiben. Das ist langweilig, aber für Larissa werde ich es gern tun. Sie ist erstaunlich und unglaublich für eine Frau."

Okpara wunderte sich über die letzten Worte des Goldenen Pharaos.

„Sie hat mich zurückgeholt", fuhr Tutanchamun fort, „und sie ist sehr nett. Ich beneide dich um deine Gefährtin, Okpara."

Okpara spürte einen Stich der Eifersucht. Sein Bedürfnis, Larissa zu sehen, wurde stärker.

„Ist sie ... wieder ... wach?", fragte er besorgt.

„Ich denke schon", antwortete Tutanchamun. „Ich würde sie bestimmt nicht mit diesem komischen Kerl oder Anub allein lassen. Sie hat Angst vor dem Gott der Totenriten."

„Vielen Dank, mein Pharao." Okpara wollte sich verbeugen, doch er hätte das Gleichgewicht verloren, wenn Jochen ihn nicht festgehalten hätte.

Ihm war sehr schwindelig.

Echnaton griff von der anderen Seite zu, um den jungen Altägypter zu stützen.

„Ich ... möchte ... gern Larissa ... sehen", sagte er schwach und blickte Jochen bittend an.

„Das übernehme ich", rief Daniel und nahm Echnatons Platz ein.

„Komm wir sehen nach deiner Larissa! Hoffentlich hat sie mir etwas Schönes aus der Duat mitgebracht."

Als Okpara mit unsicheren Schritten und Daniels Hilfe zur Tür ging, standen die Zuschauer auf und begannen zu klatschen.

„Warum ... machen ... sie ... das?", wollte Okpara wissen.

„Du warst großartig, das zeigen sie dir jetzt", flüsterte Daniel. „Vielleicht solltest du kurz winken, um zu zeigen, dass es dir nicht so schlecht geht, wie es aussieht."

Okpara sah ihn erstaunt an. „Aber mir ... geht es ... schlecht."

„Müssen die das unbedingt wissen?", konterte Daniel.

Okpara wandte langsam den Kopf und winkte den Gästen zu. Der Applaus wurde lauter. Einige jubelten ihm zu.

Daniel öffnete die Tür. „Siehst du!"

„Das ist ... komisch, oder?", fragte Okpara.

„Deine Deutschkenntnisse sind plötzlich sehr gut", lobte Daniel ihn. „Musst du viel nachdenken?"

Sie liefen, so schnell es Okpara möglich war, durch den Gang.

„Ja." Er lächelte schwach. „Glaubst ... du Larissa ... wird ... es ... auch ... ge ... fallen?"

„Sicher! Komm, ich öffne auch noch diese Tür", sagte Daniel. „Bitte sehr!"

„Danke." Okpara taumelte in den Raum. „Larissa!"

Er lächelte sie an. Jetzt erst war er beruhigt. Jetzt, wo er wusste, dass er ihr gut ging, wollten seine Beine ihn nicht mehr tragen.

Moderne Denkweisen?

Larissa saß auf der Liege und versuchte mit einem Taschentuch, die kleinen Wunden an ihren Handknöcheln abzutupfen.

Okpara kam erschöpft zur Tür herein. Er taumelte und wurde immer noch von Daniel gestürzt.

„Okpara!", rief sie erfreut und wollte aufstehen.

Ihr wurde sofort schwindelig und sie musste sich wieder setzen.

„Was haben wir da gehört?", tadelte Daniel sie scherzhaft. „Du hast dich schon wieder mit Gaffarel geprügelt."

„Er wollte Tutanchamun mit einem Gehstock schlagen", verteidigte sich Larissa. „Das konnte ich auf keinen Fall zulassen!"

„Lass mal sehen!" Daniel nahm eine ihrer Hände. „Ich bin zwar kein Arzt, habe aber einen Doktortitel."

„Oh!" Larissa lachte. „Also Doktor Schmidtke, was sagen Sie?"

Daniel begutachtete die Wunden und runzelte die Stirn.

„Und werde ich sterben?", feixte Larissa.

Daniel rieb sich überlegend über sein Kinn und schien gründlich nachzudenken.

„Mh, ja ... in einer Stunde, vielleicht auch erst in zwei", scherzte er und erhob sich, um den Erste-Hilfe-Koffer zu holen, der auf einem Regalbrett stand.

„Was? Nein!" Okpara umarmte Larissa. „Du ... du darfst ... nicht ... sterben, Larissa."

„Komm runter, Okpara. Das war doch nur ein Scherz", sagte

121

Daniel und öffnete den Koffer. „Deine süße Larissa wird steinalt. Ich schätze aber Jochen wird das nähen müssen."

„Steinalt?" Okpara sah ihn fragen an. „Versteinern ... die Menschen ... heutzutage, ... wenn ... sie ... zu alt ... werden?"

Er setzte sich zu Larissa auf die Liege und lehnte sich erschöpft gegen die Wand. Mit einer Hand berührte er sanft Larissas Oberschenkel. Er beobachtete aus halb geschlossenen Lidern, wie Daniel die Wunden versorgte.

„Was habe ich verpasst?", hakte Larissa nach.

Daniel erzählte von dem Erscheinen der ägyptischen Götter und den neuen Organen, die Tutanchamun bekommen hatte.

Seine Stimme schien sich von Okpara zu entfernen. Der junge Altägypter nickte ein. Sein Kopf sackte zur Seite auf Larissas Schulter. Er atmete tief und gleichmäßig.

„Oh Mann, das hätte ich gern gesehen", sagte Larissa traurig und blickte zu Okpara. „Er ist eingeschlafen!"

„Sieht so aus", stimmte Daniel ihr zu. „Er muss ziemlich fertig sein."

„Aber weißt du, was das Gute daran ist?", wisperte Larissa.

Daniel schüttelte nur den Kopf.

„Es gibt keine Duat-Jenseits-Reisen mehr", flüsterte Larissa grinsend und begutachtete ihre Hände. „Ich sehe aus, als wollte ich mit jemandem in den Ring steigen."

Sie boxte spielerisch in die Luft.

„Mit Gaffarel, vielleicht?" Daniel begann zu lachen.

Sofort legte Larissa einen Finger an ihre Lippen und deutete auf

Okpara.

„Ich hoffe, ich kann heute Nacht mit Okpara träumen", sagte sie und spürte wieder die Hitze in ihren Wangen. „Seine Träume sind sehr schön und romantisch, entschuldige Tom."

Sie hatte wegen Thomas sofort ein schlechtes Gewissen.

„Schon gut", versicherte Thomas ihr. „Ich weiß, was ich mit dir zusammen träume. Ich will auch nicht mit ihm konkurrieren. Du gehörst zu ihm."

Daniel verschränkte die Arme vor der Brust. „Diese Träume würde ich gern mal untersuchen."

„So mit Elektronen am Kopf?", fragte Larissa und schüttelte den Kopf. „Dann kann ich bestimmt nicht einschlafen."

„Nein, ich möchte mitkommen", gestand Daniel, „und würde einen Koffer mitbringen, um viele Proben nehmen zu können."

„Das geht nicht", widersprach Larissa ihm kichernd. „Es sind nur Träume, die zwei Seelen zusammen erleben."

„Sehr schade!" Daniel seufzte und sah sie dann neugierig an. „Aus der Duat oder dem Fegefeuer hast du auch Proben mitgebracht. Was ist jetzt anders?"

„Das waren Out-off-body-experience", erklärte Larissa. „Die sind ganz anderes. Sie fühlen sich auch anders an als Träume."

„Deine Gehirnströme, während des Schlafes, würde ich auch gern Mal untersuchen", gestand er grinsend, „und deinen süßen Schlaf überwachen."

„Nein danke!" Larissa stand auf und taumelte.

Okpara rutschte zur Seite und wurde wach.

Grauer Sand rieselte aus ihren Hosenbeinen und Schuhe auf den Boden.

„Nicht bewegen!", rief Daniel laut. „Ich hole etwas um den Sand einzusammeln."

Der junge Altägypter blinzelte und schloss die Augen wieder.

„Hast du nicht schon genug von diesem Sand?", meinte Larissa genervt.

„Davon kann ich gar nicht genug bekommen." Daniel nahm grinsend eine der leeren Tüten, in den vorher Verbände verpackt gewesen waren.

Vorsichtig schob er den Sand von der Liege in den kleinen Beutel.

„Ich sage nur noch Tut Gute Nacht, dann sollten wir ins Hotel zurückfahren", sagte Larissa. „Bleibst du noch hier, Okpara?"

„Nein, ... ich komme ... mit", murmelte Okpara und nahm behutsam ihre Hand.

Auf keinen Fall wollte er ihr wehtun. Er küsste sanft den Verband und nahm sie in die Arme.

„Ich bin ... so froh, ... dass ... es ... dir ... gut ... geht",

Währenddessen holte Jochen ein Stethoskop aus seiner Arzttasche.

„Was ist das?", fragte Tutanchamun neugierig. „So etwas habe ich noch nie gesehen."

„Damit will ich...", begann Jochen, wurde aber von Naser unterbrochen.

„Sie können ihm doch nicht mit solchen Dingen kommen!", zischte der Ägyptologe. „Tutanchamun stammt aus der Antike. Stethoskope gab es damals nicht."

„Entschuldigung, dass ich ein Arzt aus dem 21. Jahrhundert bin", erwiderte Jochen verärgert. „Ein Horchrohr, oder was sie damals benutzt hatten, habe ich leider nicht dabei. Tutanchamun ist mein Patient, also lassen Sie mich ihn untersuchen."

„Was hat er gesagt?", fragte Tutanchamun. „Ist das noch eine andere Sprache?"

Jochen nickte und erklärte es ihm. „So, nun hier zu."

Er hielt das Ende des Stethoskops hoch.

„Hiermit höre ich Euer Herz und Eure Lunge ab." Er begann mit der Untersuchung. „Tief ein und ausatmen ... Sehr schön. Das hört sich gut an. Ich bin sehr zufrieden."

Er nahm das Stethoskop ab und verstaute es wieder in seiner Ärztetasche.

„Herz und Lunge arbeiten einwandfrei", sagte er zweimal auf Deutsch und einmal auf Englisch.

Das Publikum klatschte vor Begeisterung.

„So nun muss ich Euch nur noch eine Magensonde legen, weil Ihr bestimmt noch nicht schlucken könnt, mein Pharao", fuhr Jochen fort. „Aber versucht es doch einmal."

Tutanchamun überlegte: „Stimmt, das kann ich wirklich nicht. Ich werde jetzt verhungern müssen."

Panik stieg in ihm auf. Er atmete schneller. Seine Hände öffneten und schlossen sich heftig.

„Ssscht! Ganz ruhig!" Jochen legte ihm beruhigend eine Hand auf die Schulter. „Ich werde Euch helfen."

„Fassen Sie die Mumie nicht an!", rief Naser aufgebracht. „Sie könnten sie beschädigen!"

„Halten Sie den Mund!", herrschte Jochen den Ägyptologen an. „Ich will nicht, dass er sich zu sehr aufregt. Kümmern Sie sich lieber darum, dass Tutanchamun ein Bett bekommt und etwas zum Anziehen."

Naser ging zu Ali und sprach mit ihm auf Ägyptisch-Arabisch. Der Assistent nickte eifrig und eilte davon.

Jochen wandte sich wieder an den Goldenen Pharao: „Die Magensonde wird Euch helfen. Ihr werdet nicht hungern müssen."

„Ich habe großen Hunger", klagte Tutanchamun. „Mein Magen ist leer! Geht das mit dieser Sonde sehr schnell?"

„Kommt darauf an. Ich werde alles für den kleinen Eingriff vorbereiten, damit Ihr schnell etwas in den Bauch bekommt." Jochen wandte sich an Naser. „Ich brauche dafür aber Doktor Schmitke. Er soll mir dabei helfen."

„Aber natürlich!", sagte Naser.

Ali war schnell wieder da und übergab Naser feierlich etwas aus einem hellen Stoff.

„Bittesehr", sagte Naser und breitete einen Rock nach der Mode der alten Ägypter über Tutanchamuns Hüfte und Oberschenkel aus.

Ich glaube es ja nicht, dachte Jochen verärgert. Hätte er nicht etwas Moderneres besorgen können? Was soll das?

„Helfen Sie mir!", verlangte Naser und zog sich Einweghandschuhe an. „Wir ziehen dem Goldenen Pharao diesen Rock an."

Behutsam hoben er und Alexander, der hinzugekommen war und auch Einweghandschuhe überziehen musste, den Goldenen Pharao an.

„Autsch! Bitte, vorsichtig!" Tutanchamun stöhnte auf. „Meine Beine tun weh."

„Es ist gleich vorbei", beruhigte Jochen ihn. „Ihr wollt doch nicht nackt vor all diesen Leuten liegen, oder?"

Tutanchamun drehte leicht den Kopf und schien die Zuschauer erst jetzt zu bemerken.

„Was machen denn all diese Leute hier?", wunderte er sich.

„Sie wollten alle Zeuge Eurer Erweckung sein", erklärte Jochen.

„Oh!", machte Tutanchamun. „Da ist ja auch eine leibhaftige, aber doch recht komische Sphinx!"

„Sagt das nicht zu laut", flüsterte Jochen und stellte Okparas kleine Schwester vor. „Das ist Sagira und eine Schlangensphinx."

„Sagira? Was für ein ungewöhnlicher Name für eine so große Sphinx", bemerkte Tutanchamun. „Sei gegrüßt, werte Schlangen-sphinx."

Na, das gefällt Sagira bestimmt sehr, dachte Jochen amüsiert und sah zu Sagira, die eine stolze Haltung annahm.

Hektische Blitzlichter zuckten durch den Raum.

„Warum sprechen Sie Deutsch mit ihm?", rief Naser verärgert auf Englisch.

„Weil ich kein Altägyptisch kann", entgegnete Jochen auf Englisch und fragte dann auf Deutsch: „Pharao Tutanchamun, sprecht Ihr Englisch?"

„Nein, diese Sprache ist mir nicht bekannt", antwortete der Goldene Pharao.

Jochen übersetzte, was Naser ihm gesagt hatte.

„Sagen Sie ihm, dass er Ägyptisch-Arabisch lernen muss", forderte Naser streng. „Das ist die Sprache seines Volkes."

Jochen seufzte und übersetzte.

„Warum sagt er es mir nicht selbst?", fragte Tutanchamun. „Natürlich werde ich die Sprache meines Volkes lernen, aber er soll dir nicht zürnen. Du bist sehr hilfsbereit."

„Danke, Hoheit!" Jochen lächelte und übersetzte auf Englisch.

„Ich bin sehr müde und hungrig", seufzte Tutanchamun.

„Dann solltet Ihr am Besten schlafen, Hoheit", meinte Jochen sanft.

„Bitte, sei doch nicht so förmlich", bat Tutanchamun. „Du darfst du und Tut zu mir sagen. Irgendwie bin ich sehr durcheinander."

„Das kann ich sehr gut verstehen", sagte Jochen mit einem Lächeln. „Gute Nacht, Tut, und schlaf gut."

„Was fällt Ihnen ein?!", empörte sich Naser. „Den Pharao Tutanchamun nur mit Tut anzusprechen!"

„Ich kann ihn echt nicht leiden", murrte Tutanchamun leise.

„Oh, dann sag es ihm doch in deiner Muttersprache." Jochen grinste. „Die versteht Naser nämlich sehr gut. Er hat sehr oft Okpara auf Altägyptisch angebrüllt."

Tutanchamun sprach mit Naser auf Altägyptisch.

Das hört sich nicht nett an, dachte Jochen und verbiss sich ein Lachen.

Larissa kam in diesem Moment herein. Sie stützte Okpara von der einen Seite, Daniel von der anderen.

„Das ist unerhört!" Naser ging bedrohlich auf sie zu. „Wie können sie es wagen?"

Er wollte nach ihr greifen, doch Thomas verstellte ihm den Weg. Nasers Hände berührten die kristallene Oberfläche und schnitt sich die Haut an den Fingern auf.

Okpara wollte Larissa auch beschützen, doch er hatte kaum noch Kraft, sich auf den Beinen zu halten. Seine Augen glühten rot auf, genauso wie die von Thomas und Tutanchamun.

„Lass sie in Ruhe!", befahl der Goldene Pharao.

„Danke, Tom", flüsterte Okpara.

„Es ist doch selbstverständlich, dass ich Larissa beschütze." Thomas verbeugte sich leicht.

„Wunderbar, Sie haben gleich alle drei wütend gemacht", meinte Larissa auf Englisch. „Eine großartige Leistung von Ihnen, Doktor Naser!"

Naser wich ängstlich zurück.

„Okpara, du solltest dich wie Tut beruhigen, ausruhen oder besser noch schlafen", riet Larissa, „und du Tom, ... ähm für dich fällt mir bestimmt auch noch etwas Gutes ein."

Thomas lächelte.

„Er ist heute dein Bodyguard", warf Echnaton schnell ein. „Ich würde gern bei meinem Sohn bleiben."

„Das kann ich sehr gut verstehen", sagte Larissa. „Wenn dein Herr Aton etwas dagegen hat, schick ihn, dann, bitte, zu mir. Ich beschütze auch meinen Lieblingsgeist vor wütenden Göttern."

„Larissa!", rief Okpara empört. „Das ... kannst ... du nicht ... sagen."

Echnaton lachte.

„Vielen Dank! Oh, wie ich sehe, hast du kräftig zu gelangt, Mädchen." Er neigte leicht den Kopf vor Anerkennung. „Du bist eine wahre Kriegerin. Ich bin schwer beeindruckt und werde es in meinem Gebet an meinen Herrn Aton löblich erwähnen."

„Das ... das ist wirklich nicht nötig." Larissa spürte, wie ihre Wangen zu glühen anfingen.

„So, nun bringe ich Okpara ins Bett." Sie griff nach dem Arm ihres Freundes. „Oder hat jemand etwas dagegen?"

„Nein, ich bin sogar mehr als nur dafür", erwiderte Jochen und winkte. „Verschwindet schnell, bevor er uns noch umkippt. Dan, dich brauche ich aber hier!"

„Okay, bin für alles zu haben." Daniel grinste.

„Gute Nacht, Tut", verabschiedete Larissa sich sanft, „bei Jochen und Dan bist du in den besten Händen."

„Gut, zu wissen", sagte Tutanchamun. „Schlaf gut, Okpara!"

„Bis Morgen!"

Alexander stützte Okpara, als sie gemeinsam den Saal verließen. Das Publikum klatschte wieder. Sagira wollte ihren Freunden folgen.

„Hey, warum bleibt die Sphinx nicht hier?", fragte Tutanchamun. „Sie muss über mich wachen."

Sagira blickte zurück. „Ich bin keine Pharaonen-Sphinx. Ich bin eher Okparas Wächter."

„Was?", rief Tutanchamun. „Das geht aber nicht! Du musst bleiben!"

„Bis Morgen", widersprach Sagira entschieden und beeilte sich, ihre Freunde einzuholen.

„Ich würde zwar gern noch ein paar Postkarten kaufen", sagte

Larissa, nachdem die Tür zum Saal hinter ihnen geschlossen war, „aber das kann ich auch noch später machen."

„Wie eine richtige Touristin, was?" Alexander lachte. „Kein Problem! Machen wir auf dem Weg zum Hotel. Da gibt es bestimmt einige Stände oder Läden mit Karten. Spätestens im Hotel kannst du welche kaufen."

Zurück in der Suite brachte Larissa Okpara sofort in sein Zimmer, das er sich mit Sagira teilte. In der Zeit, in der sie ihm zwei Flaschen Wasser holte, zog er sich schwerfällig aus und legte sich auf das Bett.

„Willst du nur in Shorts schlafen?" Larissa stellte die Flaschen auf den Nachttisch.

„Ja", antwortete Okpara schwach. „Ich kann nicht mehr. Meine Arme und Beine sind so schwer."

„Soll ich dir helfen?", bot Larissa besorgt an.

Okpara schüttelte den Kopf. „Ich will nur noch schlafen."

Larissa deckte ihn sorgfältig zu.

Sagira sprang zu Okpara auf das Bett und machte es sich neben ihm bequem.

Larissa setzte sich auf die Matratze. „Du musst viel trinken!"

„Wo … für sind … die Post … karten?", wollte Okpara wissen und kuschelte sich an seine Freundin.

„Für meine Familie. Ich schreibe ihnen, dass es mir gut geht und nicht wieder entführt worden bin." Larissa lächelte breit und beschrieb die erste Karte.

„Oh ja, … entführt", sagte Okpara verlegen. „Ich habe … immer geklaut ... gesagt."

Er gähnte und schloss die Augen. Die Ruhe und das Schnurren von Sagira machten ihn schläfrig. Sein Körper entspannte sich. Er atmete tief Larissas Duft ein.

„Jeder hat dich verstanden." Larissa strich ihm über den Kopf. „Hast du noch starke Kopfschmerzen?"

„Ja", flüsterte er und gähnte wieder. „Wann ... kann ich ... deine ... Familie ... kennen ... lernen?"

„Weißt du, das ist gar nicht so einfach." Larissa seufzte tief aus ihrer Seele heraus. „Mein Vater will, dass ich deutsch heirate."

„Wo liegt ... das Problem?", wollte Okpara wissen. „Wir werden ... bestimmt ... nicht auf ... Altägyptisch ... heiraten."

Larissa lachte. „Es hat nichts mit der Sprache zu tun."

Okpara hob den Kopf und sah sie verwirrt an.

„Ich könnte auch mit einem Italiener, Franzosen, Engländer oder Spanier zusammen sein", erklärte Larissa weiter. „Es wären alles Christen, verstehst du?"

Okpara schüttelte den Kopf und bereute es sofort. Er stöhnte und trank einen Schluck Wasser.

„Du ... hast ... gesagt, dein Glaube ... ex ... zis ... tiert ... nur noch ... auf ... dem Papier."

Larissa nickte.

„Es gibt auch deutsche Juden", fuhr sie fort. „Selbst, so jemand wäre schwer für meinen Vater zu akzeptieren. Für ihn wäre katholisch, evangelisch, orthodox, neuapostolisch und wie die ganzen Unterarten des christlichen Glaubens heißen, in Ordnung."

„Ein Amun-Priester also nicht", warf Sagira ein.

„Das befürchte ich leider", meinte Larissa und schrieb weiter. „Na, wenigstens bist du kein Moslem, die kann mein Vater am wenigsten leiden."

„Warum nicht?", fragte Sagira.

Larissa seufzte wieder. „Er will nicht, dass eine seiner Töchter mit einem Kopftuch herumlaufen muss. Es ist für ihn ein Zeichen von Gefangenschaft, nicht ein Zeichen des Glaubens."

„Niemals!", rief Okpara lauter als beabsichtig. „Ich würde ... dir niemals ... so etwas ... antun ... oder ... ver ... langen. Niemals!"

„Das weiß ich doch." Larissa legte die Postkarten zur Seite und strich ihm über die Wange. „Ich muss meinem Vater noch klarmachen, dass wir in unsere Beziehung gleichberechtig sind."

Okpara nickte, obwohl er das mit der Gleichberechtigung nicht ganz verstanden hatte.

Ich bin einfach zu müde, versuchte er sich selbst zu trösten.

Thomas öffnete die Tür. „Ist alles in Ordnung? Irgendwie bekam ich ein paar ... ich weiß nicht wie ich es nennen soll ... selsame Gefühle von dir."

„Es ist alles in Ordnung", antwortete Larissa.

„Tom wäre für deinen Vater in Ordnung, nicht wahr?", hakte Sagira nach.

„Ja, das wäre er." Larissa lächelte verlegen.

„Für was?", wollte Thomas wissen.

„Um Larissa zu heiraten." Sagira grinste.

„Oh, verstehe." Thomas hob den linken Mundwinkel, um zu lächeln. „Ich würde sie Okpara niemals wegnehmen. So etwas tut man nicht als Ehrenmann. Ich liebe Larissa eher wie eine Schwester."

„Danke", murmelte Okpara mit geschlossenen Augen. „Du bist ... wie ein ... Bruder."

„Danke. Ich fühle mich geehrt." Thomas schloss die Tür und ließ die Drei wieder allein.

„Weißt du, es liegt auch an deiner Hautfarbe", erklärte Larissa, „und Ägypten ist heute ein muslimisches Land. Ich muss meine Eltern sorgfältig auf dich vorbereiten."

Sagira schüttelte den Kopf.

„Meine Mutter würde dich aber sofort mögen", fügte Larissa schnell hinzu. „Sie interessiert sich sehr für das alte Ägypten und eure Mythen."

„Und ich dachte, du müsstest ihnen erklären, dass Okpara mal tot war", warf Sagira ein und kicherte.

Larissa seufzte und schob sich weiter auf das Bett. Ihren Kopf lehnte sie gegen das Rückenteil des Bettes.

Okpara legte seinen Kopf auf ihre Brust. Sie streichelte ihm über den kahlen Kopf und spürte die winzigen Haarstoppeln, die aus seiner Haut wuchsen.

Das ist doch ein gutes Zeichen, dachte sie, wenn ihm Haare wachsen.

„Das muss ich ihnen auch noch erzählen", murmelte sie. „In den letzten Wochen ist so viel passiert. Da habe ich ihnen zwar erzählt, dass ich ein paar Mumien geweckt habe, aber mehr auch nicht."

Okpara gähnte wieder herzhaft. Larissas Herzschlag machte ihn genauso schläfrig, wie Sagiras Schnurren.

„Was hat dich davon abgehalten?", hakte Sagira nach.

Wieso hören die beiden nicht endlich auf zu reden?, hörte Larissa innerlich Okparas Stimme.

Sie streichelte ihn sanft.

„Sie sagten, Larissa, du hast mal wieder eine blühende Fantasy", ahmte Larissa mit verstellter Stimme ihre Eltern nach. „Naja, ich hatte auch von dir erzählt, Sagira. Ich wollte eigentlich mit der Tür ins Haus fallen."

„Hat nicht so ganz geklappt, hm." Die Sphinx grinste schief.

Okpara hob erschrocken den Kopf. „Das … ist … doch … gefährlich! … Du … hättest … dich …verletzen … können."

„So hat Larissa das doch gar nicht gemeint." Sagira schüttelte lachend den Kopf und wandte sich an Larissa. „Dabei bekommst du als Autorin keinen Fuß in die Tür von den Verlagen."

Larissa sah sie verlegen an. Sie dachte an die Kurzgeschichten, die bis jetzt von ihr erschienen sind, aber mit einem Roman konnte noch nicht überzeugen.

Tiefe gleichmäßige Atemgeräusche waren zu hören. Larissa zog die Decke über Okparas hagere Schultern. Er war endlich eingeschlafen.

„Hoffentlich erholt er sich gut!"

Sagira schloss die Augen, als wollte sie sich nicht weiter mit Larissa unterhalten.

Na toll, dachte Larissa. Ich hätte mir ein Buch mitbringen sollen.

Sie versuchte, sich von Okpara zu befreien.

„Was machst du da?", murrte Sagira schläfrig.

„Ich möchte mir mein Buch holen", meinte Larissa.

Sagira kroch vorsichtig vom Bett. „Ich hol es dir. Du würdest ihn nur wieder wecken."

Tutanchamuns Traum

Ich war froh, dass Jochen nach Okpara gesehen hatte, als er zurück ins Hotel kam. Er untersuchte Okpara, der einfach nur weiterschlafen wollte. Sagira schimpfte mit ihm. Wir zwangen ihn, noch etwas zu trinken und zu essen, dann ließen wir ihn in Ruhe.

Danach hatte Jochen sich meine Hände angesehen und versorgt. Genäht werden musste, den Göttern sei Dank, nichts. Er hatte die Wunden getapt. Die Verbände störten etwas beim Einschlafen.

Ich hatte schon fast damit gerechnet, wieder in der Duat oder in Okparas Traum zu landen. Keines von beidem traf zu.

Nun stand ich in einem Gang eines großen Gebäudes aus hellbraunen Steinen. Bestimmt handelte es sich dabei um ein Altägyptisches Bauwerk.

War ich in einem Schloss oder besser gesagt Palast aus Tuts Erinnerungen? Wie war ich denn in Tuts Traum gelangt?

Die Distanz zwischen ihm und mir war nicht gerade klein. Anscheinend spielte die Entfernung für gemeinsame Träume keine Rolle. Also begann ich den Goldenen Pharao zu suchen. Ich sah in jeden Raum und rief nach ihm. Überall gähnte mir eine Leere entgegen. Nicht nur, dass ich niemanden sah, die Zimmer waren auch unmöbliert. War sein Leben so leer gewesen oder füllte er sich jetzt so einsam an?

Irgendwo musste Tut doch zu finden sein! Er brauchte mich, das konnte ich fühlen.

Endlich fand ich ihn. Er saß auf seinem Thron und starrte verloren vor sich hin. Er wirkte tief traurig.

„He, Tut." Ich winkte ihm von der Tür aus zu.

Er blickte erstaunt auf und lächelte. „Larissa!"

„Sah so dein Palast aus?", wollte ich beim Näherkommen wissen.

„Ja." Er griff nach seinem Stock und stand schwerfällig auf. „Jochen hat mir eine Magensonde gelegt und ich konnte endlich meinen Hunger stillen."

„Das freut mich!", sagte ich und beobachtete, wie er auf seinem Stock gestützt, auf mich zu kam.

Er erschauderte. „Irgendetwas Kaltes fliest in meinen Körper."

„Dann hat dir wohl jemand Wasser in die Magensonde gespritzt", meinte ich. „Das war bei Okpara auch so, als ich mit ihm träumte."

„Oh, gut", erwiderte Tut beruhigt, „irgendwie fühlt sich dieser Traum anders an."

„Das ist normal", beschwichtigte ich ihn.

Ich hatte schließlich schon Übung mit gemeinsamen Träumen.

Mit seinen Blicken wollte er mich wohl ausziehen. Ich trug nur eine Shorts und ein T-Shirt. Bei den ersten Begegnungen mit Okpara war ich spärlicher bekleidet gewesen, doch mein Freund hat mich nie so lüstern angesehen. In Deutschland würde ich jetzt eher einen langen Pyjama tragen.

Ich schlang meine Arme um meinen Körper, um mich vor seinen Blicken zu schützen.

Da es ein Traum ist, kann ich mir doch vorstellen, etwas anderes zu tragen, überlegte ich.

Tuts Blicke machten mich nervös. Ich konnte mich einfach nicht auf andere Sachen konzentrieren. Was sollte ich anziehen? Ein T-Shirt!

Ich stellte es mir vor, doch es funktionierte nicht.

„Tut, das hier ist ein Traum", meinte ich, „versuche mal ohne den Stock zu laufen."

Zögerlich legte er den Stock beiseite und setzt vorsichtig einen Fuß vor den anderen.

„Larissa, du hast recht!", rief er und lachte. „Es tut auch gar nicht weh."

Ich klatschte in die Hände, bis er sie in seine nahm und mich vergnügt im Kreis herumwirbelte.

„Warum kann ich mich hier problemlos bewegen und da nicht?", wollte er wissen.

„Dein Körper ist noch zu sehr mumifiziert", erklärte ich, „und leider in einem schlechten Zustand. Wissenschaftler gehen davon aus, dass sich das Balsamierungsöl entzündete, entweder bei dem Mumifizierungsprozess oder später, als man dich zum Grab getragen hat."

Tut sah mich erschrocken an. „Ich … ich hatte … mein Körper hatte gebrannt?"

Ich nickte. „Du warst tot, also hast du davon nichts gespürt."

„Welcher Trottel war für meine Mumifizierung zuständig?", verlangte er verärgert zu erfahren. „Man sollte ihn hinrichten lassen!"

„Tut", versuchte ich ihn zu beruhigen. „Dieser Mann ist schon lange tot. Sehr lange sogar."

„Dann wecke ihn gefälligst auf, damit ich ihn hinrichten lassen kann!" Er verschränkte die Arme vor der Brust.

Jetzt benahm er sich wie ein kleines, trotziges Kind. Musste das sein?

„Ich werde bestimmt niemand aufwecken, damit du ihn dann hinrichten kannst!", rief ich.

Die Diskussion war an Albernheit und Absurdität kaum zu überbieten, aber es gehörte sich nicht, einem Pharao eine Antwort schuldig zu bleiben.

„Hm", brummte Tut. „Für mich musst du eine Ausnahme machen!"

„Wenn er sehr alt geworden ist, kann es gut sein, dass ich ihn sowieso nicht wecken kann", versuchte ich mich herauszureden.

„Hm." Tut schob seine Unterlippe vor. „Dann vernichte ich seine Mumie. Wo ist sie?"

„Weiß nicht. Komm, wir setzen uns dorthin", schlug ich vor und zog ihn am Arm zu den Stufen vor seinem Thron.

„Es ist irgendwie komisch", sagte er plötzlich. „So realistisch habe ich noch nie geträumt. Deine Berührungen fühlen sich echt an."

„Ja, ich weiß. Diese gemeinsamen Träume sind ungewöhnlich", stimmte ich ihm zu. „Du bist nicht der Erste, der seinen Traum mit mir teilt."

„Ach wirklich?" Er griff wieder nach meinen Händen.

Brauchte er Körperkontakt? Ich zog ihn an mich und er bettete seinen Kopf auf meinen Schoß.

„Zuerst war ich in Okparas Träumen, da dachte ich noch, er hätte mich mit seiner Magie zu sich gezogen", erklärte ich, „aber es war nur teilweise so, da ich auch später in Toms Träume war und Tom kann nicht zaubern."

„Wie sind diese Träume so?", wollte Tut wissen.

„Okparas Träume sind sehr romantisch", erzählte ich verträumt. „Wir sitzen oft auf dem flachen Dach seines Elternhauses und blickten in den sternenklaren Nachthimmel."

Ich seufzte bei dem Gedanken, gern wäre ich jetzt in Okparas Traum. Ich wollte in seinen Armen liegen und seine Nähe genießen. Ja, ich sehnte mich nach ihm.

„Du liebst ihn mehr als mich", klagte Tut gekränkt und machte eine weit ausholende Geste. „Dies hier ist ein Palast, gemacht für einen Pharao und seine Königin."

„Ich habe einen Gefährten", erinnerte ich ihn streng.

Tut setzte sich gerade hin. „Was ist er schon gegen einen Pharao? Gegen mich?"

Ich seufzte wieder. „Okpara ist ein wunderbarer Mensch! Liebe ihn sehr."

Meine Wangen wurden heiß.

Dies entging Tut nicht. „Ist dir nicht gut? Du wirst so rot im Gesicht."

Musste er mich darauf hinweisen? Vor Scham wurde mir noch wärmer. Ich versuchte doch krampfhaft nicht immer gleich zu erröten.

Glücklicherweise ließ Tut das Thema auf sich beruhen und ging zu einem anderen über. „Wie sind die Träume von diesem Tom?"

„Tom träumt immer von seinem Sohn Theo", erzählte ich weiter.

„Oft steht er am Bett des Kleinen und sieht ihm beim Schlafen zu. Ich muss ihn dann immer trösten."

„Tom ist dieser Kristallmensch", sagte Tut. „Er ist so wundersam."

„Er ist sehr nett und leider sehr traurig. Ich glaube, das Wort Kristallmensch würde ihm besser gefallen, als Kristallmumie."

Tut lächelte. „Wie oft bist du in den Träumen der anderen beiden?"

„Zu oft", gestand ich seufzend. „Ich wünschte ich könnte mal wieder nur für mich träumen. Es ist stressig, mal in diesem, mal in jenem Traum zu sein. Ich weiß nie, bei wem ich das nächste Mal lande."

„Was muss man tun, um dich in seinem Traum zu haben?", hakte er neugierig nach.

Ich zuckte mit den Schultern. „Was hast du gemacht, damit ich jetzt hier bei dir bin?"

„Ähm, ja." Tut überlegte. „Naja, also, ich habe an dich gedacht. Das machen die anderen doch bestimmt auch so."

Ich nickte nur.

Vielleicht sollte ich mal versuchen, alle drei in meinen Traum zu ziehen. Ob ihnen das gefallen würde? Konnte das funktionieren?

„Im Moment solltest du aber niemandem davon erzählen, dass wir zusammen träumen können", riet ich ihm. „Ich habe das Gefühl, das es besser ist, wenn wir es erst einmal geheimhalten. Ich traue diesem Doktor Naser nicht."

„Verstehe!" Tut nickte. „Ich kann ihn nicht leiden."

Ich musste grinsen. „Da sind wir wohl schon zu dritt oder zu viert, vielleicht auch zu fünft. Wir können also einen Verein gründen."

„Ich bin der Pharao dieses Vereins!", rief Tut und hob den Arm.

Ich lachte. „Erstens meinte ich es nicht ernst und zweitens wäre das der Vorstand oder Vorsitzende."

„Ach so", erwiderte Tut. „Es wäre doch klar gewesen, dass ich da vorstehe."

Ich verkniff mir ein weiteres Lachen. Er musste noch viel über unsere Zeit lernen.

„Du kannst also in die Zukunft sehen", schloss er nun. „Was siehst du sonst so?"

„Na ja, also … eine Vision ist das nicht, nur eine vage Ahnung, ein ungutes Gefühl", begann ich zu erklären. „Es ist so als würde ich mit verbundenen Augen an einem Abgrund stehen und weiß, dass ich mit dem nächsten Schritt in den Tod falle, wenn ich ihn mache."

„Oh, ich werde dich immer beschützen, Tochter der Göttin Isis", schwor Tut feierlich.

„Ich bin keine Tochter der Isis", widersprach ich bestimmt. „Ich bin …"

Ja, was bin ich denn? Ich wusste es nicht.

Plötzlich hörten wir Schritte von nackten Füßen vor der Tür. Anubis war einmal in Okparas Traum eingedrungen. Wer war das?

Im nächsten Moment war ich so überrascht Okpara zu sehen, der nur eine Shorts trug. Er blieb im Eingang stehen und grinste triumphierend.

„Okpara, wie kommst du denn hierher?", fragte ich erstaunt und erfreut zu gleich.

„Ich habe es wirklich geschafft", lobte er sich selbst. „Ich konnte dich im Traum eines anderen finden!"

Ich lief zu ihm und umarmte ihn herzlich. „Wie geht es dir?"

„Wir schlafen doch alle", antwortete er lächelnd, „und erholen uns von einem anstrengenden Tag." Er verbeugte sich höflich vor Tut. „Mein Pharao."

„Du bist also der, der mir geholfen hat", sagte Tut. „Du siehst hier viel besser aus, als dort."

„Nun, das war ich nicht allein. Ich hatte Hilfe von unseren Göttern", erklärte Okpara verlegen. „Ich fungierte nur als Mittler zwischen ihnen und Euch."

„Mittler?", hakte Tut nach. „Bist du ein Priester oder ein Magier?"

„Beides, mein Pharao." Stolz schwang in Okparas Stimme mit.

Tut stand auf und kam näher. „Wer ist dein Hauptgott?"

„Amun, Herr!" Okpara neigte seinen Kopf.

Ich wollte eigentlich schon etwas wegen Okparas Förmlichkeit sagen, da Tut und er für mich auf der gleichen Stufen standen, da sagte Tut: „Bitte, wir sind die Letzten unseres Volkes, die unseren Glauben noch ausüben, sei nicht so steif und sag Tut und du zu mir."

„Wie Ihr ... du es wünschst", erwiderte Okpara unsicher und lächelte schüchtern.

„Da du ein Amun-Priester bist, würdest du mir die Ehre erweisen und mit mir beten?", bat Tut. „Du sollst mein persönlicher Hohepriester sein!"

„Oh, ähm, ja, natürlich", sagte Okpara verwirrt. „Es ist mir eine Ehre!"

Ich schüttelte nur den Kopf.

Tut griff nach Okparas Arm und zog ihn aus dem Raum.

Da ich ihnen folgen wollte, sagte er: „Larissa, bleib bitte hier! Wir müssen allein beten."

„O-okay." Ich seufzte und sah noch Okparas sehnsüchtigen Blick, als beide den Saal verließen.

Mir blieb nichts anderes übrig, als ihnen zuzuwinken.

Na super! Ich hatte mal einen Film gesehen, in dem ein Adeliger und ein Priester in eine Kapelle oder Kirche zum Beten gegangen waren. Die beiden hatten sich dann aber über andere Dinge unterhalten, wie über Politik oder Frauen. Galt das auch für Okpara und Tut?

Tut wäre dies durchaus zuzutrauen, aber Okpara würde wirklich beten wollen.

Worüber würden die beiden sprechen? Über mich? Aus welchem anderen Grund soll ich sonst hier warten? Ob Okpara mir später etwas von ihrem Gespräch erzählen würde? Oder gab es schon bei den alten Ägyptern, so etwas wie ein Beichtgeheimnis und die Schweigepflicht, die über den Tod hinaus ging?

Ich wanderte durch den Saal und horchte in mich hinein. Vielleicht ist es in Träumen anders. Wenn ich wach war, spürte ich oft die Gefühle von Okpara, Tom und nun auch von Tut.

Der Thron zog mich wie magisch an. Er wirkte wie ein vergoldeter Regiestuhl mit schönen Malereien.

Wie würde Tut reagieren, wenn ich mich mal kurz auf seinem Platz nieder ließe? Verstohlen blickte ich zur Tür. Es war niemand zu sehen. Also setzte ich mich. Nun, was hatte ich erwartet? Dass ich mich wie Kleopatra fühlen würde?

„Ah, du siehst, sie will meine Königin sein!", rief Tut erfreut und eilte auf mich zu.

Ich sprang förmlich von dem Thron auf. Sie hatten also doch über mich gesprochen! Den Schmerz in Okparas Gesicht zu sehen, tat mir in der Seele weh. Schnell lief ich zu ihm.

„Unsinn, Tut", widersprach ich und nahm Okparas Hand. „Es war nur sehr verlockend mal auf einem Thron zu sitzen."

Okpara umarmte mich und drückte seine Wange gegen meinen Kopf. Er tat das oft. Ich fühlte, wie glücklich er in diesem Moment war.

Sein Herz gehört mir und ich würde es um nichts in der Welt wiederhergeben – auch nicht für Tut.

Der Schatten der letzten Nacht

Larissa hatte allein in ihrem Hotelzimmer geschlafen. Sie war froh, mal nicht Echnaton neben ihrem Bett stehen zu sehen, der sie wohl die ganze Nacht beobachtet hätte. Sie streckte sich ausgiebig und gähnte herzhaft.

Ich hoffe, Okpara geht es wieder besser, dachte sie und stand auf. Im Traum war nichts mehr von den Anstrengungen, die er als Mittler der Götter hatte mitmachen müssen, zu sehen gewesen.

Barfuß öffnete sie die Tür und erschrak kurz. Sie hatte ganz vergessen, dass Thomas sich davor postiert hatte.

„Tom!" Sie lachte erleichtert. „Ich habe dich im ersten Moment nicht erkannt."

Thomas lächelte einseitig und trat einen Schritt zur Seite. Seine freie Haut glitzerte im Sonnenlicht, das durch die Vorhänge drang.

„Einen wunderschönen guten Morgen, Larissa", begrüßte er sie, mit seiner Jenseitsstimme. „Hast du gut geschlafen?"

„Ja, guten Morgen, Tom. Ist dir ein Stück Kristall abgebrochen?", fragte Larissa und lächelte. „Es ist mehr von deinem Mund zu sehen."

Thomas berührte vorsichtig sein Gesicht. „Gut möglich!"

Trotzdem spürte sie seine tiefe Traurigkeit und die Scham, die ihre knappe Kleidung bei ihm auslöste. Er versuchte sie nicht anzusehen.

„Du solltest hier nicht ohne Schuhe herumlaufen", meinte er. „Du könntest in die Splitter treten, die ich hinterlasse."

„Ich laufe gern barfuß." Larissa sah verlegen weg und ging an ihm vorbei. „Willst du wissen, ob ich in der Duat war?"

Thomas nickte nur.

„Nein, ich war in Tuts Traum", sagte Larissa.

„Oh, hoffentlich war es nichts anzügliches", sorgte Thomas sich. „Die alten Ägypter waren anscheinend nur knapp bekleidet."

Larissa lachte und erzählte von dem Traum.

„Schön, dass Okpara auch da war", freute Thomas sich aufrichtig für sie. „Ich kann jetzt schlafen gehen, da Okpara nun auf dich aufpassen wird. Gute Nacht!"

„Gute Nacht, Tom. Schlaf gut und danke, dass du über mich gewacht hast hast!"

„Immer wieder gern." Thomas verbeugte sich leicht.

Larissa lächelte ihm noch kurz zu, ehe sie sich ins Badezimmer zurückzog.

Okpara trat aus seinem Zimmer. Seine Kopfschmerzen waren wieder auf ein erträgliches Maß gesunken. Das Chaos, das die deutsche Sprache in seinem Gehirn verursacht hatte, war fast ganz verschwunden. Er fühlte sich dennoch etwas schwach auf den Beinen.

Larissa saß schon auf einer gemütlichen Couch und klopfte neben sich.

„Was wollte Tut von dir? Im Traum konnte ich dich schlecht danach fragen."

Okpara blickte verlegen weg. „Nun, er wollte beten ... aber er wollte noch mehr …"

„Ach ja, was denn?", hakte Larissa nach und streichelte über seine Wange. „Du solltest dich mal rasieren."

„Wirklich?" Er berührte verwundert sein Gesicht. „Er … er wollte wissen ob … ob ich dich freigeben würde, für ihn."

Larissa sah ihn skeptisch an. „Und würdest du das?"

Erschrocken sah er sie an und schüttelte heftig den Kopf. Die Schmerzen meldeten sich stärker zurück. „Niemals! Larissa, ich möchte nicht ohne dich leben."

„Das wollte ich hören." Sie küsste ihn und kuschelte sich an ihn. „Du bist mir auch lieber. Tut ist zu aufdringlich. Hey, warte mal du spricht ja einwandtfrei deutsch."

Sie sah ihn verblüfft an.

„Mein Herr Toth hat mir die deutesche Sprache geschenkt." Okpara lächelte.

Ich bin der glücklichste Mensch auf dieser Welt, dachte er und genoss ihre Nähe.

„Da ist noch was", räumte er ein. „Tut war kurz weg."

„Wie weg?" Larissa sah ihn erstaunt an.

„Er wurde wohl wach … denke ich", erklärte Okpara. „Er sagte was von einem Schatten, den er gesehen hätte."

„Das war bestimmt Echnaton", überlegte Larissa.

Okpara schüttelte den Kopf.

„Warum habt ihr mir nichts davon gesagt?", wollte Larissa wissen.

Okpara zuckte nur mit den Schultern.

Tut erwachte von den Gesprächen, die um ihn herum geführt wurden. Mit den Augen suchte er nach Larissa, weil sie ihm erzählt hatte, dass Thomas und auch Okpara zuerst nur in ihrer Gegenwart zu sich gekommen waren.

„Oh *look, he wakes up!*", rief eine blonde Frau. „Guten Morgen, Pharao Tutanchamun."

Sie hatte einen leichten englischen Akzent.

Tutanchamun wollte gähnen, doch er konnte seinen Mund nicht weiter öffnen, als er schon war. Er atmete genervt die Luft durch die Nase aus.

„Guten Morgen. Wer bist du?", fragte er und versuchte, seine Finger zu bewegen.

Die Gelenke knackten noch leise.

Ich würde gern ihr helles Haar berühren, dachte er.

Nur mit Mühe konnte er seine Hand öffnen und schließen.

„Ich bin Zoey Bekker", antwortete Judiths Assistentin fröhlich. „Es ist mir eine große Ehre mit Euch sprechen zu dürfen."

Gern hätte Tutanchamun gegrinst, aber die Gesichtsmuskeln gehorchten ihm nicht.

Wann werde ich mein Gesicht bewegen können?, fragte er sich.

„Du hast wunderschöne Haare, als hätte dich die Sonne geküsst", sagte er stattdessen. „Bist du ein Himmelskind, meine Schöne?"

„Haha, nein!" Zoey errötete. „Aber vielen Dank für das schöne Kompliment."

Sie ist so blass wie Larissa, dachte er, aber ihre Augen sind so blaue wie der Himmel. Wunderschön.

„*Go to your seat*, Miss Bekker!", wies Naser Judiths Assistentin

150

streng an.

„Bis später, mein Pharao!" Zoey winkte, ging eilig zu den Sitzplätzen und verschwand in der hintersten Reihe.

Nein, geh nicht so weit weg! Bleib doch bei mir!, dachte Tut. Du wärst ein guter Ersatz für meine Larissa. Dann brauche ich sie Okpara nicht wegzunehmen.

Er drehte leicht seine Hände, um seine Sehnen zu lockern. Diese kleinen Bewegungen waren anstrengend. Wieder knackten die Gelenke laut.

Obwohl ... ich bin immerhin der Pharao, überlegte er. Ich darf mehrere Frauen haben. Somit kann ich Larissa und Zoey zu meinen Frauen machen. Larissa würde aber meine Hauptfrau werden. Das hat sie sich schließlich verdient.

Er spürte, wie sich Larissa ihm näherte. Dann sah er sie auch schon zur Tür hereinkommen.

Ob die anderen ihre durchsichtigen Flügel sehen konnten? Warum trug sie jene auf dem Rücken und nicht unter ihren Armen?

Mit Mühe hob er die Hand und bewegte die Finger.

„Seht nur!", rief jemand.

Ein Raunen ging durch das Publikum.

Bei den Göttern. Eine Bewegung von mir und sie sind total begeistert, dachte Tut und winkte den Gästen zu.

Larissa kam auf ihn zu. Sie taumelte zeitweise.

Okpara hielt sie schnell fest und legte ihr einen Arm um die Hüfte.

Ist er nicht zu aufdringlich?, fragte Tutanchamun sich.

„Guten Morgen, Tut", begrüßte Larissa ihn und flüsterte: „Ich weiß schon, dass du gut geschlafen hast."

„Das weiß ich von euch beiden auch", wisperte Tutanchamun und sah Okpara an. „Geht es dir besser?"

Er spürte einen Stich der Eifersucht.

Wie gern würde er ihm sagen, dass er die Finger von Larissa lassen sollte. Der Platz an ihrer Seite sollte ihm gehören. Er würde sie an sich drücken. Küssen! Und ... andere Dinge mit ihr machen.

„Tut!", rief Larissa mit weit aufgerissenen Augen.

Ihr Gesicht wurde tiefrot. „Das wird auf keinen Fall passieren!"

Okpara sah von Larissa zu Tutanchamun „Bewege dich nur nicht zu viel, Tut ... Es tut Larissa nicht gut."

„Oh ja, tut mir leid", entschuldigte sich Tutanchamun. „Das hatte ich vergessen. Es ist alles so neu für mich."

Naser kam näher und sprach leise mit Okpara und Larissa, wieder verstand Tutanchamun nichts. Er deutete dabei auf die Gäste.

„Was will er?", fragte er ungeduldig.

„Er will, dass wir uns da hinten hinsetzen. Bis später", erklärte Larissa und zog Okpara mit sich.

„Larissa!", rief Tutanchamun lauter. „Noch einen Moment, bitte."

„Was ist denn?"

„Man hat mir Schläuche in den Hintern und in meine königliche Männlichkeit gesteckt", beschwerte sich Tutanchamun leise. „Ich bin der Pharao, was fällt Jochen und diesem Dan eigentlich ein mir so etwas anzutun?"

Larissa kicherte unterdrückt hinter vorgehaltener Hand.

„Du kannst noch nicht aufs Klo gehen", erklärte sie leise. „Du willst dich doch nicht einnässen, oder?"

„Oh", hauchte Tutanchamun. „Nein! Das wäre wirklich sehr würdelos für einen Pharao. Dann werde ich diese Schläuche wohl ertragen müssen."

„*Go to your seats*", forderte Naser energisch Larissa und Okpara auf.

Larissa winkte Tutanchamun zu und ging mit Okpara zu ihren Plätzen, damit der Direktor des Ägyptischen Museums mit seinem Vortrag über den Goldenen Pharao Tutanchamun beginnen konnte.

Naser sprach von der 18. Dynastie und der Regierungszeit.

Echnaton setzte sich neben Larissa und beugte sich zu ihr hinüber.

„Ich habe in der Nacht ein Schattenwesen gesehen", raunte er ihr ins Ohr.

Larissa bekam eine Gänsehaut. Die Nähe des Geistes war immer noch unangenehm.

„Schatten sind immer dunkel", erwiderte Larissa leise. „Bist du dir sicher, dass es keine Lichtspiegelung oder so etwas Ähnliches war?"

Sie weigerte sich, an etwas Böses zu glauben.

„Ja, es verschwand, als ich es bemerkte", sagte Echnaton. „Mein Sohn kann sich noch nicht bewegen. Er ist hier schutzlos. Wehrlos! Ich habe Angst um ihn!"

„Tut sagte auch ... was von einem Schatten", merkte Okpara leise an.

„So?" Echnaton blickte sich aufmerksam um.

„Ich verstehe deine Sorgen, Echnaton", flüsterte Larissa. „Nach dem Vortrag sprechen wir mit Doktor Naser, okay?"

Gern hätte sie ihn am Arm berührt, um ihn zu beruhigen. Nur hätte sie durch ihn hindurchgegriffen.

„Danke", sagte Echnaton nickend. „Das wäre hilfreich."

Naser schien eine Ewigkeit zu reden. Er stellte Tutanchamun Fragen über dessen Tod und auch über den angeblichen Fluch.

Larissa lehnte ihren Kopf an Okparas Schulter. Sie spürte seine Freude wie ein kleines Feuerwerk. Mit geschlossenen Augen lauschte sie dem nicht enden wollenden Vortrag.

Warum musste sich dieser Naser ständig wiederholen?

„Keine Ahnung!", antwortete Okpara.

Sie blickte ihn etwas verwundert an.

„Habe ich etwa zu laut gedacht?", fragte sie leise.

Okpara nickte. „Du hast aber recht."

Endlich schloss Naser den Vortrag. Viele Gäste standen auf und gingen zu Tutanchamun. Manche sprachen mit ihm auf Altägyptisch.

Larissa und Okpara folgten ihnen langsam. Sie gingen zu dem Direktor des Ägyptischen Museums.

„Doktor Naser, kann ich sie kurz sprechen?", fragte sie ihn auf Englisch.

„Eigentlich habe ich keine Zeit", erwiderte der Ägyptologe. „Aber bitte, sprechen Sie! Da Sie das hier ja erst möglich gemacht haben, bin ich Ihnen das wohl schuldig."

Larissa war es peinlich.

„Echnaton hat letzte Nacht einen menschlichen Schatten gesehen."

„Und warum war Tutanchamun die ganze Nacht hier in diesem Saal?", warf Jochen verärgert ein.

Er war ihnen gefolgt. „Er sollte in einem richtigen Bett liegen und nicht auf einem kalten Untersuchungstisch übernachten."

„Nun, Echnaton wird sich geirrt haben", meinte Naser mit einem gezwungenen Lächeln, „und Doktor Holzschneider, Tutanchamun ist erstens immer noch eine Mumie und zweitens war er so ein hartes Nachtlager von seinem Leben her gewohnt."

„Ich glaube nicht, dass er auf einer Metalloberfläche geschlafen hat", warf Larissa ein.

„Wir schlief auf geflochten Betten", fügte Okpara hinzu.

„Glauben Sie wirklich, dass sich ein Geist irren kann?", konterte Larissa.

„Wir Menschen sind Täuschungen unterworfen", fügte Daniel, der das Gespräch mitbekommen hatte, an. „Geister leben eigentlich nicht mehr und Echnaton hat seine Aufmerksamkeit, wegen seiner Aufgabe auf Larissa aufzupassen, geschult und geschärft."

Echnaton nickte.

„Mein Sohn lebt", ergänzte er nachdrücklich, „und ich verlange, dass man ihn gut und mit Respekt behandelt!"

„Pharaonen gibt es schon lange nicht mehr", widersprach Naser unbeeindruckt. „Tutanchamuns Körper ist mehr tot als lebendig."

„Trotzdem sollten Sie Tut wie einen Menschen behandeln", erwiderte Larissa verärgert. „Er muss seinen Tod und sein neues Leben noch verarbeiten."

Jochen stimmt ihr da voll zu. „Es könnte sogar zu gesundheitlichen

Problemen führen, wenn er länger auf diesem Tisch liegen bleiben muss."

Naser schnappte nach Luft.

„Sie sollten dem Goldenen Pharao mehr Respekt zollen und ihn bei seinem vollen Namen nennen!"

„Warum halten Sie sich nicht an Ihre Forderungen?", murrte Daniel. „Es ist würdelos ihn so zu präsentieren."

„Tut, hast du letzte Nacht auch einen menschlichen Schatten gesehen?", richtete Larissa sich direkt an den Goldenen Pharao.

„Ja, warum? Wer denn noch?", wollte Tutanchamun wissen. „Ich dachte ich hätte mich geirrt. Ich war nur ganz kurz wach."

Larissa erklärte, was Echnaton ihr erzählt hatte.

Jochen übersetzte Naser, was Larissa mit Tutanchamun besprach.

Der Goldene Pharao sprach mit Echnaton auf Altägyptisch.

„Was ist?", fragte Larissa.

„Ich habe meinen Vater nur gefragt, warum er in der Nacht nichts gesagt hat", erklärte Tutanchamun. „Er sagte, er wollte mich nicht beunruhigen. Dabei glaubte ich schon, ich hätte mir diesen Schatten nur eingebildet. In was für einer Sprache unterhaltet ihr euch da eigentlich?"

„Das ist Englisch", antwortete Larissa.

„Die werde ich auch lernen", beschloss Tutanchamun.

„Bis du ein Sprachgenie?", feixte Larissa amüsiert.

„Oh, das weiß ich nicht", gestand Tutanchamun. „Du wirst mich Englisch lehren."

Jochen lachte leise. „Larissa, du bekommst ein Jobangebot nach dem anderen. Erst sollst du Tom den Umgang mit dem Computer beibringen. Jetzt wirst du pharaonische Englischlehrerin."

„Was ist ein Computer?", fragte Tutanchamun.

„Stopp! Wie können Sie es wagen in Tutanchamuns Gegenwart etwas von Computern zu erwähnen?", brüllte Naser. „Pharao Tutanchamun sollte so etwas nicht wissen!"

„Natürlich sollte er das", widersprach Larissa ihm stur. „Er muss sich doch in unserer Zeit zurecht finden!"

Jochen und Daniel nickten zustimmend.

„Wir gehen später zur Deutschen Botschaft", flüsterte Jochen ihr zu. „Ich habe mir so etwas schon gedacht und habe gestern einen Termin beim Botschafter gemacht."

Allen war noch gut in Erinnerung, wie die deutsche Botschaft ihnen geholfen hatte, dass Okpara mit Sagira zurück nach Deutschland reisen konnte.

„Du hast anscheinend gute Beziehungen", schmunzelte Larissa.

„Alex hat sie", konterte Jochen und grinste. „Wir müssen Tut so schnell wie möglich helfen. Ich habe das Gefühl, er wird von Doktor Naser im Museum ausgestellt."

„Das glaube ich langsam auch", murmelte Larissa, „dabei hat er uns versichert, es nicht tun zu wollen."

Naser hatte sich von der Gruppe entfernt, um zu telefonieren. Nun kam er zurück – mit vier Männern im Schlepptau, die alle auf Tutanchamun zusteuerten.

„So nun, sollten wir unseren Goldenen Pharao ins Museum bringen." Er deckte Tutanchamun komplett mit einem Laken zu und sprach mit den Männern.

„Hey, was soll das?", rief Tutanchamun verärgert. „Ich will etwas sehen! Ich will diese neue Welt sehen!"

Er wollte das Tuch wegziehen, doch er schaffte es nicht. Er stöhnte, als man ihn auf eine fahrbare Trage legte.

„Larissa, hilf mir!", flehte er ängstlich.

„No, don't do it!", fuhr Naser Larissa an, als diese nach dem Tuch greifen wollte.

Okpara gefiel es gar nicht, dass Naser Larissa anfasste. Seine Augen glühten rot auf. „Fass sie nicht an!"

„Was fällt dir ein?", rief Naser wütend.

Durch das Laken nahm Tutanchamun nur die Schatten eines Mannes wahr, der sich einer zierlichen Gestalt in den Weg stellte. Ein weiterer Schatten deckte seinen Kopf wieder auf. Er sah in Jochens lächelndes Gesicht.

„Das ist viel besser, danke, Jochen!"

Naser schrie die Gruppe an und deckte Tutanchamun wieder zu.

Tutanchamun schimpfte auf Altägyptisch: „Doktor Naser, nimm sofort das Tuch weg. Das ist ein Befehl!"

„Niemand auf der Straße soll den Pharao jetzt schon sehen", erwiderte Naser in der gleichen Sprache. „Also schweigt gefälligst!"

„Du wagst es mir, dem Pharao, das Wort zu verbieten?", empörte sich Tutanchamun. „Was fällt dir ein?"

„Da hat mein Sohn ganz recht!", pflichtete Echnaton ihm bei.

Zwei Männer schnallten Tutanchamun fest. Die beiden anderen legten ihre Hände an die Waffe.

„Das tut weh", rief Tutanchamun. „Warum fesselt ihr mich? Dazu habt ihr kein Recht!"

„Ich möchte nicht, dass du von der Liege fällst, während man dich nach draußen bringt", erklärte Naser auf Altägyptisch. „Bleib also ruhig!"

Tutanchamun wurde nach draußen eskortieren.

Tutanchamun lauschte auf die ungewohnten Geräusche. Er wurde in einem Transporter verladen. Das unbekannte Quietschen der Türen machte ihn nur noch neugieriger auf die neue Zeit. Der Motor wurde gestartet.

„Was ist das?", rief er besorgt.

Zwei Männer redeten miteinander in einer Sprache, die er nicht kannte. Sie lachten, aber antworteten ihm nicht.

„Hey, redet mit mir!", forderte er sie auf.

„*Shut up!*", rief einer von ihnen.

Ich muss Larissa fragen was ‚*Shut up!*' heißt, dachte er. Es hörte sich nicht freundlich an. Toth hätte mir die englische Sprache gleich mitschenken können.

Im Museum hatte Naser einen kleinen Raum, der eigentlich als Abstellkammer für Reinigungsmittel diente, für Tutanchamun vorbereiten lassen. Tutanchamun wurde auf dem schnellsten Weg dorthin gebracht.

„Doktor Schmiedtke helfen Sie mir den Goldenen Pharao auf die andere Liege zu heben", sagte Naser. „Sie wissen wie man mit Mumien umgehen muss."

Nur widerwillig half Daniel, Tutanchamun vorsichtig auf eine schmale Liege zu betten.

Tutanchamun stöhnte leise.

„Tut mir leid", sagte Daniel. „Ich wollte dir nicht weh tun."

Endlich zog Naser das Tuch etwas herunter.

Tutanchamun blickte sich um. Ein chemischer Geruch nach Putzmitteln lag in der Luft.

„Ist das eine Kammer für Bedienstete?", argwöhnte Tutanchamun.

„Nein, eher eine Besenkammer", brummte Larissa.

Tutanchamun sah sich das breite Regal an, in das die verschiedenen Putz-Utensilien eingeräumt waren.

„Ihr habt Kammern nur für eure Besen?", wunderte er sich. „Das ist unglaublich!"

„Nein." Larissa lachte. „Wir nennen sie nur so, weil hier alles Mögliche an Putzmitteln und so weiter gelagert wird."

„Und in so etwas soll ich jetzt wohnen?", empörte er sich. „Ich will ein Schlafgemach, das wäre für einem Pharao würdig! Eine Besenkammer ist eine Beleidigung!"

Larissa übersetzte es für Naser.

„Später, es ist noch nicht alles vorbereitet", versprach der Ägyptologe. „Ihr werdet Euer neues Zuhause lieben. Es wird Euch an Nichts fehlen!"

„Das glaube ich erst, wenn ich es sehe", murrte Tutanchamun.

„Dieses Bett ist sehr weich", verkündete er zufrieden. „Ich mag eure Betten."

„Das ist kein Bett", erwiderte Larissa und drückte auf die Unterlage. „Diese Liege ist sogar eher hart."

„*Shut up!*", rief Naser. „*That's enough!*"

„Schrei Larissa nicht an!", befahl Tutanchamun auf Altägyptisch.

„Was bedeutet *Shut up*? Das haben die zwei Kerle in diesem Gefährt auch zu mir gesagt." Er ärgerte sich immer noch über ihre grobe Behandlung.

„*Shut up* bedeutet, halt den Mund!", erklärte Echnaton.

„Diese beiden Männer haben mir, dem Pharao, gesagt, ich soll schweigen?!", empörte sich Tutanchamun. „Was fällt diesen Dienern ein? Ich möchte, dass sie ausgepeitscht werden, sofort!"

Seine Augen glühten rot auf. Er bewegte seinen Arm und wollte nach dem Ägyptologen greifen. Leider war die Bewegung noch sehr unkontrolliert und langsam. Naser konnte leicht ausweichen.

Larissa taumelte, weil Tutanchamun mit der heftigen Bewegung zu sehr an ihrer Seele zog.

„Tut, beweg dich nicht so viel", ermahnte Daniel ihn.

„Tut mir sehr leid, Larissa", erwiderte der junge Pharao reumütig. „Das habe ich für einen Moment gegessen."

Okpara kam mit Alexander herein und überreicht Larissa ein kleines Kissen, um das sie gebeten hatte. Nun gab es kaum noch Platz in der Kammer. Larissa schob es mit Echnatons Hilfe, der halb in der Wand verschwand, unter Tutanchamuns Kopf. Der Körper des Goldenen Pharaos fühlte sich wie ein Gegenstand aus Holz an, an dem die Haut, wie braune Farbe, abblätterte.

„Wie können Sie sich nur wagen die Mumie des Tutanchamun ohne Handschuhe anzufassen?", rief Doktor Naser auf Englisch.

„Haben Sie kein Respekt, vor unseren Kulturgütern?"

„Tut lebt und ich ziehe die Menschlichkeit dem Kulturgut vor", konterte Larissa verärgert. „Er soll es bequem haben."

Okpara legte eine Hand auf die Schulter des Ägyptologen. Er drückte leicht zu. Auch seine Augen hatten wieder das rote Glühen in den Pupillen.

„Lassen Sie Larissa in Ruhe", warnte er ihn ruhig auf Altägyptisch. „Sie kümmert sich gut um uns."

„Schon gut." Naser hob abwehrend die Arme. „Ich bin schon still. Ich sorge mich hier nur um den Goldenen Pharao."

„Oh, das ist schön. Ich liebe es." Tutanchamun drehte seinen Kopf hin und her. „Es ist so wunderbar weich. Vielen, vielen Dank, Larissa!"

„Eigentlich würde ich dich auch noch mit einer flauschigen Decke zudecken." Larissa lächelte. „Leider habe ich keine, aber ich werde eine besorgen."

„Flauschig?", wiederholte Tutanchamun ahnungslos. „Ich will deine Welt unbedingt kennenlernen! Diese Kammer sieht so abweisend aus."

„Da hast du leider recht." Larissa zog das Laken liebevoll über seine hageren Schultern. „Ich würde dir gern alles zeigen."

„Ich werde bei meinem Sohn bleiben", entschied Echnaton auf Englisch, damit auch Naser ihn verstand.

Jochen blieb in der Tür stehen.

„Ich habe eine neue Mischung für Tut vorbereiten lassen", erklärte er und zog eine Spritze auf. „Hier, nur so viel."

Er reichte sie Echnaton, der sie in die Öffnung der Spritze der Magensonde drückte.

„Das Zeug ist sehr kalt!", beschwerte Tutanchamun sich. „Ich habe es letzte Nacht bis in meinen Traum gespürt und wurde auch einige Mal wach."

„Ich habe verstanden, wie es geht", versicherte Echnaton ihnen. „Danke, ich werde es genauso machen."

Er sah Ali, der im Türrahmen stand, böse an. Der Assistent zog die Schultern hoch. Letzte Nacht hatte er immer wieder nach Tutanchamun sehen müssen.

„Ich finde es immer interessant, wie Echnaton Dinge hält", sagte Daniel. „Wie macht er das?"

„Ich denke, er nutzt Telekinese." Larissa zuckte mit den Schultern. „Poltergeister machen es auch so."

Echnaton sah sie stirnrunzelnd an.

„Echt? So ein verdammter Mist", fluchte Daniel leise. „Wie soll ich sowas denn untersuchen. Telekinese!"

Ein Plan für Tutanchamuns Befreiung

Okpara lächelte, als er das Gebäude, in dem die deutsche Botschaft untergebracht war, betrat. Hier hatte man es ihm ermöglicht, Ägypten zu verlassen und mit Larissa nach Deutschland fliegen zu können. Er drückte ihre Hand, die warm in seiner lag. Jochen blickte auf die Informationstafel, um das richtige Büro zu finden.

Eine Frau, in einem grauen Bürokostüm mit Rock und schwarzen Lackschuhen mit leichten Absätzen, kam auf sie zu geeilt. Ihre Schritte hallten laut von den Wänden wider.

„Guten Tag", begrüßte sie die Drei steif. „Sind Sie Doktor Holzschneider?"

„Ja, der bin ich", bestätigte Jochen. „Wir haben einen Termin mit dem Botschafter Viktor Schneider."

„Sie hatten nichts davon gesagt, dass Sie noch jemanden mitbringen würden", bemerkte sie streng. „Ich bin die Sekretärin von Botschafter Viktor Schneider", stellte sie sich vor. „Bitte, folgen Sie mir. Ich bringe Sie zu ihm."

Sie klopfte und öffnete die Tür zum Büro des Botschafters. „Bitte!"

Viktor Schneider deutete auf die beiden Besucherstühle. Okpara blieb aus Höflichkeit stehen, obwohl es Jochen überhaupt nicht gefiel, dass sich der junge Altägypter nicht setzen wollte.

Ich werde mal ein ernstes Wort mit Okpara wechseln müssen,

dachte er stirnrunzelnd. Er muss sich immer noch ausruhen.

„Ich weiß, warum Sie hier sind", begann Viktor Schneider und faltete seine Hände über dem Schreibtisch zusammen.

„Ach wirklich?" Jochen sah ihn überrascht an.

„Ja, es geht um den Goldenen Pharao Tutanchamun", sagte der Botschafter mit einem breiten Lächeln. „Leider kann ich Ihnen und dem Pharao nicht helfen."

„Und warum nicht?", hakte Larissa nach.

„Weil Tutanchamun eine berühmte Persönlichkeit des alten Ägypten war", erklärte Viktor Schneider sachlich.

„Aber er hat doch nichts getan, um nun eingesperrt zu werden und wie ein Affe im Zoo begafft zu werden!", rief Larissa lauter als beabsichtigt.

„Frau Engelhardt bleiben Sie bitte ruhig", beschwichtigte Viktor Schneider sie. „Ich kann Sie gut verstehen, aber ich darf Ihnen trotzdem nicht helfen, obwohl ich es gern täte. Es tut mir furchtbar leid."

„Und warum können Sie uns nicht helfen?", blieb Jochen hartnäckig und lehnte sich vor.

„Nun, Doktor Naser war vor etwa einer Woche hier und hat bei mir vorgesprochen. Er nahm mir das Versprechen ab nicht einzuschreiten", erklärte der Botschafter, „somit sind mir jetzt die Hände gebunden."

„Er war hier?", wunderte sich Larissa. „Dann hat er Tuts Erweckung sehr gründlich geplant."

„Tut? Ach, Sie meinen den Goldenen Pharao, richtig?", erkundigte sich der Botschafter.

„Ja", bestätigte Larissa. „Irgendwie hat er erfahren, dass man Tutanchamun erwecken kann."

Der Botschafter nickte. „Ich war sehr verwundert über Doktor Nasers Besuch. Ich meine, wie oft wird schon …"

Er blickte dabei Okpara an. „Oh, natürlich! Wird das in Zukunft noch öfters vorkommen, Frau Engelhardt?"

„Ich werde bestimmt keine Mumien mehr in Ägypten wecken." Larissa verschränkte die Arme vor der Brust. „Das wäre für diese armen Menschen eine furchtbare Zumutung, wenn sie dann ausgestellt werden sollen."

„Das ist Ansichtssache", meinte der Botschafter. „Sie sehen in ihnen also Menschen?"

„Es sind Menschen!", sagte Jochen scharf. „Würden Sie gern in so einem Glaskasten sitzen?"

„Nein, natürlich nicht", wehrte Botschafter Schneider ab.

„Warum lassen Sie es dann bei anderen zu?", wollte Larissa wissen. „Es gibt Menschenrechte. Ich denke, dass jeder dieses Recht hat, auch wenn sein Körper mumifiziert ist."

„Es tut mir wirklich leid, aber ich kann Ihnen nicht helfen", bedauerte der Botschafter. „Mit Tutanchamuns Tod sind in diesem Land seine Rechte erloschen. Unsere Gesetze sind nicht auf Fälle wie diese vorbereitet. Eine Mumie gilt als Kulturgut und gehört demnach dem Land, dem sie entstammt!"

„Verstehe", brummte Jochen, „aber wir müssen doch irgendetwas tun können! Kennen Sie irgendwelche Schlupflöcher? Es ist für uns und Tutanchamun sehr wichtig!"

Viktor Schneider schüttelte mitfühlend den Kopf.

„Was ist dann mit unseren Menschenrechten?", wollte Larissa wissen.

„Wir sind hier leider nicht in Deutschland, Frau Engelhardt", erwiderte der Botschafter.

„Komm Jochen, ich glaube, ich habe da eine Idee." Larissa stand plötzlich auf und nahm Okparas Hand. „Entschuldigen Sie, Botschafter Schneider, aber wir müssen Tut vor dieser Art Gefängnis retten. Einen schönen Tag noch!"

Jochen stand verwirrt auf und folgte Larissa zur Tür.

„Ich wünschen Ihnen viel Glück!", rief der Botschafter ihnen nach. „Ich werde Ihnen die Daumen drücken!"

„Vielen Dank", sagte Larissa, bevor sie die Tür hinter sich schloss.

Erst, als Larissa vor der Botschaft stand, begann sie über ihre Idee zu reden.

„Wir sprechen mit Judith. Über sie können wir vielleicht Kontakt zu dem amerikanischen Botschafter herstellen." Larissa lief schon los.

„Natürlich, die amerikanische Botschaft, du Genie!", rief Jochen und beeilte sich mit ihr Schritt zu halten. „Wunderbare Idee! Ja, komm, wir besuchen Judith."

Okpara hatte von der Idee kein Wort verstanden, und hatte Probleme mit Larissa Schritt zu halten, obwohl er die längeren Beine hatte, war sie schneller als er.

Warum kann ein anderer Botschafter es besser als dieser?, fragte er sich und sagte: „Ich verstehe trotz guter Deutschkenntnisse nicht, worüber ihr beiden da sprecht."

Jochen lachte und begann zu erklären: „Naser kann ja nicht jede

Botschaft besucht haben und die Amis haben andere Möglichkeiten als wir."

Er klopfte an die Tür zu Judiths Hotelzimmer. Schritte näherten sich.

„Oh?" Judith sah sie erstaunt an. „Jochen, Larissa ..."

Als sie auch noch Okpara bemerkte, lächelte sie. „Okpara, was wollt ihr drei von mir?"

„Können wir das bitte in deinem Zimmer besprechen?", fragte Jochen. „Es geht um Tutanchamun."

„Das öffnet euch bei mir nicht nur die Tür, sondern auch das Tor weit." Judith lachte, stieß die Tür weit auf und machte eine einladende Geste. *„Come in! Come in! Take a seat, please!"*

Okpara blieb an Larissas Seite und legte einen Arm um ihre Schultern, als er sich neben ihr auf eine Couch setzte. Judith bemerkte es und runzelte kurz die Stirn. Ihr schien Okparas Verhalten zu missfallen, aber sie sagte nichts dazu.

„Nun, ihr seid mittlerweile große Suiten gewohnt, da ist mein Zimmer nicht so ansprechend, oder?", scherzte sie. „Was gibt es so Dringendes?"

„Doktor Naser will Tut wie damals Okpara einsperren", erklärte Larissa. „Das wollen wir auf jeden Fall verhindern!"

„Das war doch irgendwie klar, oder?" Judith seufzte. „Warum kommt ihr mit der Sache jetzt zu mir?"

Jochen erzählte von ihrem Besuch bei der deutschen Botschaft.

„Judith, könntest du nicht mit der amerikanischen Botschaft sprechen? Tut sollte nicht eingesperrt werden."

„Was springt für mich dabei raus?" Judith beugte sich vor, hob ihre Augenbrauen und funkelte sie erwartungsvoll an.

Larissa schnaubte genervt. „Judith, bitte, Tut wird sich mit dir bestimmt lange unterhalten und du kannst viel von seinem Leben erfahren. Wenn es das ist, was du willst?"

Judith nickte lächelnd. „Du verstehst mich sehr gut, Larissa. Ich werde sehen, was ich machen kann, aber ich kann leider nichts versprechen."

Am späten Abend suchte Naser das Museum ab und rief immer wieder leise nach Runihura. Nur noch spärlich wurden die Ausstellungsräume beleuchtet. Er hatte Angst vor diesem Geister-Hohepriester.

„Was willst du von mir?", brummte Runihura ungehalten.

Er zeigte sich als Schatten an der Wand.

„Nicht nur Echnaton hat dich letzte Nacht gesehen, sondern auch Tutanchamun", wisperte Naser. „Du warst unvorsichtig."

„Na und?", meinte Runihura ungehalten. „Was kümmert es mich? Ich muss einen Zauber vorbereiten, um deinen wertvollen Pharao zu schützen, wenn ich dieses Weib opfere. Oder soll Tutanchamun wieder sterben?"

„Nein! Nein, natürlich nicht", raunte Naser, „aber du hättest vorsichtiger sein können."

„Ich musste wissen, wie stark die Lebensenergie von deinem Goldenen Pharao ist", erklärte Runihura und ging im Saal auf und ab.

„Leider war dieser verdammte ketzerische Echnaton anwesend. Seine Gegenwart störte mich. So musste ich näher an die Mumie heran und auch jetzt ist er wieder in Tutanchamuns Nähe."

„Ich weiß leider nicht, wie ich einen Geist aus dem Museum werfen kann", erwiderte Naser hilflos. „Ich hätte es sonst gemacht. Er will seinen Sohn nicht ohne Schutz lassen."

Runihura fluchte auf Altägyptisch.

„Was macht Ali?", erkundigte er sich.

„Er hat Tutanchamun gefüttert und ist dann nach Hause gegangen."

Runihura rieb sich die Hände. „Das ist gut. Dann sind wir den Arzt bald los, wenn Ali Tutanchamun versorgen kann."

„Warum benutzt Ihr Ali nicht um in Tutanchamuns Nähe zu kommen?", wollte Naser wissen. „So hat es Echnaton mit Okparas Körper gemacht."

„Ja, aber Okpara war geschwächt", gab Runihura zu bedenken, „und ich hatte ihn zu Lebzeiten jahrelang vorbereiten können. Ali ist das nicht. Er ist es auch nicht wert!"

„Verstehe!", brummte Naser. „Wie geht es nun weiter? Ihr braucht doch diesen Dolch!"

Er wusste, wie wichtig diese antike Waffe für den Hohepriester war, als dieser damals den Vortrag über Okpara und Sagira gestört hatte.

Runihura lachte. „Ich werde, in einem günstigen Moment, in Okparas Körper schlüpfen und dieses Weib zur Opferstätte führen. Da sie Okpara vertraut, wird das ohne größere Probleme geschehen und ich führe sie wie ein Lamm zur Schlachtbank."

Naser erschauerte. „Ja, Weiber sind schnell blind vor Liebe."

„Ich fragte mich nur, wie Okpara es geschafft hat, dass sich dieses Weib in ihn verlieben konnte", überlegte Runihura und schüttelte den Kopf. „Ich habe doch alles getan, damit sich Okpara niemals einer Frau hingeben würde. Mumien sehen zudem nicht gerade vorteilhaft aus."

„Bitte, aufhören! Bei der Vorstellung, dass sich eine Frau mit einer Mumie vereint, wird mir einfach nur schlecht!" Naser schüttelte sich und machte ein würgendes Geräusch.

„Sssscht, nicht das Echnaton dich hört", mahnte Runihura.

„Entschuldigung! Was ist mit der Sphinx? Sie ist wie Okparas Schatten. Still, aber sie hat ihre Augen und Ohren überall."

„Ja, die Sphinx. Sie könnte Probleme werden", stimmt Runihura dem Museumsleiter zu und seufzte. „An dieses mystische Wesen hatte ich gar nicht mehr gedacht, aber da wird mir bestimmt noch etwas einfallen."

Er löste sich von der Wand und schritt an Naser vorbei.

„Wo willst du hin?", fragte der Ägyptologe nervös. „Du kannst mich jetzt nicht allein lassen!"

„Ich gehe jemanden befreien! Okpara hat ihn in die Duat verbannt und mir dadurch unbewusst den Weg in die Freiheit geebnet."

Er lachte. „Ich werde ihn aus der Duat holen müssen. Hoffentlich ist er nicht zu sehr geschwächt."

Wenn Okpara ihn verbannt hat, ist es kein freundliches Wesen, erkannte Naser sorgenvoll. Worauf habe ich mich hier nur eingelassen? Das Leben einer Frau gegen einen lebenden Pharao schien mir wie ein guter Tausch, da ahnte ich allerdings nichts davon was da noch alles auf mich zu kommen würde. Wen oder was hat Okpara in die Duat verbannt?

Gaffarels Befreiung

Runihura erschien in einer ärmlich eingerichteten Wohnung in einem heruntergekommenen Viertel von Kairo. Von den Wänden bröckelte die blaue Farbe. Der Boden war mit gesprungenen Kacheln gefliest.

Eine neue Shisha stand fertig für den Gebrauch auf einem niedrigen, schäbigen Tisch. Einige verblasste Kissen, deren Stoff schon arg zerschlissen war, lagen um den Tisch herum. Der Raum roch nach Tabak und kaltem Rauch.

„Ali, wo bist du?", brüllte er verärgert.

„Hier, mein Herr und Meister." Ali eilte aus der kleinen Schlafkammer und kniete sich demütig vor ihm nieder. „Was verlangt Ihr?"

„Ruf meine Anhänger zusammen!", befahl Runihura. „Wir müssen ein Dimensionstor zur Duat öffnen."

„Zur Duat?", wunderte sich Ali. „Was gibt es dort?"

Er wurde blass, als ihn Runihura mit zusammengezogenen Augenbrauen ansah. „Stell keine Fragen und tu einfach was ich dir sage!"

„Ja, sehr wohl Herr." Ali stand auf und verbeugte sich eifrig.

Kurz blickte er zu der Shisha und seufzte leise.

„Warte, einer von euch muss in die Duat gehen", erklärte der Geister-Hohepriester noch.

„Ja, ich verstehe, Herr", beteuerte Ali, „das kann ich für Euch machen. Ich tue alles für Euch, Herr."

„Nein, Ali", wies Runihura ihn ab, „du musst dich weiter um Tutanchamun kümmern. Ich will dich nicht in der Duat verlieren."

„Ist es sehr gefährlich?", wollte Ali wissen. „Ist Anubis immer noch zornig auf Euch?"

Runihura lachte. „Anubis wird bald mein Bruder sein. Jeder meiner Anhänger oder seiner Anhänger soll ein Messer mitbringen. Ich brauche euer Blut!"

„Am gleichen Ort wie immer?", wollte Ali wissen.

„Ja, natürlich, du Dummkopf!", zischte Runihura. „Kein anderer käme in Frage! Theben war eine Ausnahme."

„Wie Ihr wünscht, Herr", sagte Ali und verbeugte sich demütig. „Wir tun doch alles für Euch, das wisst Ihr doch, Meister."

Er verbeugte sich mehrere Male. „Ich werde jetzt gehen und alle zusammenrufen."

„Ja, geh nur." Runihura winkte unwirsch und sah dem schlaksigen Mann hinterher, der aus dem Haus eilte.

Er ist ein guter, aber dummer Diener, dachte er und lächelte zufrieden. Alles wird nach Plan laufen. Bald bin ich ein Gott! Vielleicht sollte ich ihn zu meinem Hohepriester ernennen. Verdient hätte er es! Ich werde ihm ein bisschen mehr Intelligenz verpassen müssen.

Der fast volle Mond stand am nachtschwarzen, sternklaren Himmel. Er warf sein silbriges Licht auf die Erde. Die spärlich wachsenden Bäume waren nur als Schatten zu erahnen. Nicht weit von Kairo entfernt wartete Runihura auf seine Anhänger.

Ali legte den letzten Ast auf den Haufen und zündete ihn an. Er pustete kräftig in die Glut. Immer wieder blickte er nervös zu dem Geister-Hohepriester hinüber, der langsam auf und ab lief.

„Ist das Feuer groß genug, Herr?"

„Ja, ich bin mit dir zufrieden, Ali", sagte Runihura.

Seine Anhänger kamen zu Fuß, auf alten, klapprigen Fahrrädern oder rostigen Mofas. Auch das eine oder andere altersschwache Auto war darunter.

Sie sind so erbärmlich, dachte Runihura und lachte leise. Sie sind alle so unwissend und leicht zu führen. Sie alle hoffen, dass ich ihnen eine bessere Zukunft geben werde, wenn ich mein Ziel, ein Gott zu werden, erreicht habe.

Mit langsamen Schritten näherte er sich der Gruppe. Sie bestand aus mageren Gestalten in zerschlissenen, staubigen Kleidern. Sie verbeugten sich tief, sodass ihre Köpfe fast schon den Boden berührten.

Sie glauben, ich werde sie belohnen, dachte Runihura mit versteinertem Gesicht. So viel Demut. Ich liebe ihre Angst. Gern würde ich diesen Geruch tief einatmen. Bald werde ich es wieder können. Sehr bald!

Er lachte in sich hinein.

Das Bild von Okpara, vor dessen Tod, erschien vor seinem inneren Auge. Ich werde ein gefürchteter Gott sein! Schon allein durch meine Körpergröße würde die eine oder andere Gottheit beeindruckt sein.

Ali rieb sich nervös die Hände und verbeugte sich wieder. „Sollen wir anfangen?"

Runihura blickte über die Schar seiner Anhänger hinweg.

Nie würde Ali oder einer der anderen sich wagen dem Geister-Hohepriester in die Augen oder ins Gesicht blicken.

„Ja, fangt sofort an!", befahl Runihura. „Wir dürfen keine Zeit verlieren!"

Er deutete seinen Anhängern, sich zu setzen. Sie kamen dieser Aufforderung eilig nach.

Angst ist doch was Schöne, dachte Runihura, und Hoffnung, die nie erfüllt wird, ist eine Seifenblase, die schnell zerplatzt. Sie sind allesamt Idioten.

Er lachte leise.

„Heute will ich ein Tor zur Duat öffnen", erklärte er laut, damit jeder ihn verstehen konnte, „ich muss jemanden zu uns holen, der nicht in die Duat gehört. Fangt sofort an!"

„Einen Geist, Herr?", hakte Ali nach. „Aber es gibt keine Verstorbenen mehr in der Duat."

„Nein, ein fremdes Wesen", erklärte Runihura. „Okpara hat es dorthin verdammt."

„Okpara ist also ein sehr mächtiger Zauberer, Herr?" Ali versuchte die Aussage als Frage klingen zu lassen.

„Nein, das ist er nicht", erwiderte Runihura gereizt.

„Hat er viele Anhänger oder Gläubige um sich, Herr?"

„Ali halte hier keine Maulaffen feil!", rief Runihura verärgert. „Fangt endlich an!"

Ali zuckte zusammen und gab den anderen ein Zeichen. Die mageren Gestalten begannen zu summen und wiegten sich hin und her. Der Feuerschein ließ ihre Schatten zuckend über den staubigen

Boden tanzen.

„Ich brauche euer Blut!", rief Runihura.

Früher hätte ich mir einen von ihnen ausgesucht und ohne zu zögern geopfert, dachte er. Wie sich die Zeiten doch ändern.

Die Männer nahmen ihre mitgebrachten Messer an sich. Viele der Klingen wirkten stumpf im Feuerschein. Manche Schneiden waren so oft geschliffen worden, dass sie schon hauchdünn waren. Gleichzeitig schnitten sich alle in die linke Hand.

Sie sind ein erbärmlicher Haufen, dachte Runihura, aber ihr Blut wird meinen Zweck erfüllen.

Er schrieb magische Zeichen in der Luft, damit das Blut nicht auf den Boden tropfte.

Seine Anhänger summten weiter. Sie wiegten sich hin und her.

„Euer Blut soll sich vereinen", rief er und hob die Arme.

Wie hat Okpara es nur schaffen können, allein so ein Tor zu öffnen?, fragte er sich. Wie kann es ohne Blut, ohne Opfer, funktionieren? Ich werde seine Macht übernehmen.

Von den Menschen lösten sich die kleinen Blutstropfen und sammelten sich über ihren Köpfen.

Runihura streckte seine Arme gegen den Himmel und rief mit einer Inbrunst eine Beschwörungsformel.

„Ich rufe dich, dunkler Herr und Meister Apepi! Höre mich an!", rief er. „Ich werde bald dein Bruder sein. Anubis hat mich verraten."

Das Lagerfeuer wurde dunkler, bis es blutrot glühte. Das Blut seiner Anhänger floss weiter zusammen und waberte an einer Stelle in der Luft.

Ist Okpara mächtiger als ich?, fragte sich Runihura. Sein Körper wird mich stärker machen. Ich werde seine Seele unterjochen und auslöschen.

Das Summen der Anhänger wurde lauter.

„Ja, so ist es gut!", lobte Runihura seine Anhänger widerwillig. „Ihr seid stark!"

Ein dunkler Riss entstand vertikal, nur wenige Fingerbreit über den Boden, und sog das Blut ein. An seinen Rändern zuckten violette und schwarze Blitze. Er wurde immer größer. Der dunkle Spalt weitete sich zu einem Loch.

Runihura wusste, solange die Männer summten, würde der Durchgang offenbleiben. Er sah den grauen Sand der Duat und einen grünen Berg im Hintergrund. Das Dimensionstor verband sich mit dem Blut seiner Anhänger. Der Geruch nach verbranntem Fleisch breitete sich aus.

„Ali, wer ist der Freiwillige?", wollte Runihura wissen.

Der schlaksige Mann winkte einen der Männer herbei, der sofort aufstand und sich vor dem Geister-Hohepriester tief verbeugte.

„Herr, verfügt über mich! Ich lege mein Leben in Eure Hände."

Das ist gut, dachte Runihura, sehr gut sogar.

„Geh in die Duat!", befahl er und machte eine einladende Geste, „Such den fremden Mann mit rötlichen Haut!"

„Ja, Herr, wie Ihr befiehlt, so werde ich es machen", versprach der Mann und stieg vorsichtig durch das lochartige Dimensionstor.

Er winkte Ali von der anderen Seite noch einmal zu und ging tiefer in die Duat hinein. Bald war er nicht mehr zu sehen.

„Ali, geh jetzt nach Hause!", befahl Runihura. „Du musst morgen früh wieder im Museum sein, kümmere dich gut um die Mumie. Sie ist der Preis, den ich für meine Göttlichkeit bezahlen muss."

„Aber Herr, sollte ich den Mann nicht kennen, der die Sphinx ablenken wird?", gab Ali unterwürfig zu bedenken.

„Nein, nicht unbedingt", erwiderte Runihura gereizt. „Geh endlich!"

„Ja, Herr!" Ali verbeugte sich und beeilte sich, den Ort der Versammlung zu verlassen.

Die Anhänger summten weiter und wiegten sich hin und her.

Halten diese jämmerliche Figuren die Beschwörung überhaupt durch?, fragte sich Runihura besorgt. Sie müssen! Ich spüre ihre Schwäche. Verdammt nochmal!

Er hörte, wie ein Automotor aufheulte und sich entfernte.

Ali hat sich also ein Auto gekauft, dachte Runihura. Er scheint nicht schlecht im Museum zu verdient.

Er schloss die Augen, weil er sich besser konzentrieren konnte.

Hoffentlich vergisst Ali nicht, wer ihm zu dieser Position verholfen hat. Wenn er undankbar wird, kann er was erleben. Es würde mir nichts ausmachen ihn zu töten!

Runihura wurde langsam ungeduldig. Vor einer halben Stunde war der Freiwillige durch das Tor geschritten und noch nicht wiederaufgetaucht. Das Summen wurde schwächer.

Was dauert da nur so lange?, fragte er sich. Habe ich das Tor an der falschen Stelle geöffnet?

„Haltet durch ihr Id ..., meine lieben Anhänger!", rief er. „Es kann nicht mehr lange dauern."

Plötzlich drang ein hoher, todesähnlicher Schrei aus dem Dimensionstor.

„Summt weiter!" Der Hohepriester lächelte zufrieden. „Lauter! Es ist bald vorbei!"

Ein rötliches, blutverschmiertes Gesicht erschien auf der anderen Seite des Portals. Es grinste und entblößte stiftartige Zähne, die etwas blutig waren.

„Komm zu mir, Fremder!", befahl Runihura. „Du hast mich lang genug warten lassen. Das Tor schließt sich bald."

„Oh, dann sollte ich mich wirklich beeilen", pflichtete Gaffarel bei.

Er stieg eilig aus dem ägyptischen Jenseits ins Diesseits. Genüsslich leckte er sich die Hände ab, an den noch Blut klebte.

„Danke für die leckere Mahlzeit", sagte er, als er neben Runihura stand, „und danke für die Befreiung. Dieser blöde Hundekopf hat mich dauernd genervt."

„Anub hat einen Schakalkopf", verbesserte Runihura ihn streng.

„Ist das nicht das gleiche?", feixte Gaffarel. „Bellen und Knurren doch beide."

„Stell keine Fragen mehr", rügte Runihura ihn barsch. „Ich habe eine Aufgabe für dich, du seltsames Wesen!"

Gaffarel kicherte. „So hat mich noch keiner genannt. Ich bin ein Dämon."

„Wie auch immer", erwiderte Runihura streng. „Du sollst mir zuhören, wenn ich dir etwas sage!"

„Ach, und du denkst ich werde es für dich tun?", höhnte Gaffarel und lachte meckernd. „Du weißt wohl nicht, wen du hier vor dir hast? Ich bin Gaffarel, der Wanderer zwischen den Dimensionen."

„Ach, aber aus der Duat konntest du nicht so einfach verschwinden?" Runihura blickte herablassend auf den Dämon. „Du brauchtest meine Hilfe."

„Nun ja, also das war so eine Sache …"

„Schweig und hör gefälligst zu!", befahl Runihura. „Du tust es aus Dankbarkeit."

Gaffarel lachte wieder. „Ich bin ein Dämon. Dankbarkeit ist für uns fast schon ein Fremdwort. Ich habe zweimal Danke gesagt, das muss reichen!"

„Du elender Hund!", rief Runihura und zeigte auf Gaffarel.

„Soll mir das jetzt Angst einjagen?" Der Dämon verzog amüsiert das Gesicht. „Das funktioniert vielleicht bei denen da … ah. Aua! Spinnst du?"

Aus Runihuras Finger war ein greller Blitz geschossen und hatte den Dämon getroffen.

„He, du alter Geister-Mann, was soll das?" Gaffarel rieb sich über die nackte Brust.

„Ich zeig dir nur, wer hier der Herr und wer der Sklave ist. Du hast zu gehorchen!"

„Ich habe was? Sklave?", kreischte Gaffarel zornig. „Normalerweise verspeise ich jemand wie dich zum Frühstück."

Wieder schoss ein Blitz auf Gaffarel und zwang den Dämon in die Knie. „Autsch!"

„Hörst du mir jetzt zu?", fuhr Runihura ihn wütend an. „Ich kann dich auch ganz einfach wieder zurückschicken!"

„Nein, nein, zurück möchte nun wirklich nicht." Gaffarel hob abwehrend die Arme. „Aber ein Sklave bin ich bestimmt nicht, ist das klar?"

Runihura runzelte die Stirn. „Wärst du gern der erste Diener eines neuen Gottes?"

„Meinst du eine Art dunkler … Eng … Engel oder einen Pa … Pap …." Gaffarel räusperte sich. „Was für ein Scheißwort … Papssst?"

Runihura gab seinen Anhängern ein Zeichen. Als sie aufhörten zu summen, schloss sich das Portal mit einem zischenden Geräusch. In der Luft hing noch der Geruch nach verbranntem Fleisch. Asche fiel lautlos zu Boden. Das Feuer nahm wieder seine normale Farbe an.

Gaffarel atmete hörbar auf.

„Geht jetzt!", befahl Runihura seinen Anhängern und wandte sich ab.

Die Menschen sprangen auf die Füße und eilten ängstlich davon.

„Ich würde dich auch als Hohepriester akzeptieren", richtete Runihura sich an den Dämon. „Setzen wir uns doch und reden."

Er wies auf eine Decke, die Ali in der Nähe des Feuers ausgebreitet hatte.

„Hohepriester? Hm, gefällt mir." Gaffarel grinste. „Darf ich mich dann dunkler Hohepriester nennen? Ich bin das absolute Böse, musst du wissen."

„Ist das so?" Runihura runzelte die Stirn. „Du bist also ein Scheitan."

„Ja, sooo ähnlich", räumte Gaffarel lachend ein.

„Es ist mir egal, wie du dich nennen willst, Scheitan." Im Grunde war Runihura der Dämon zuwider, aber er brauchte ihn für die Sphinx.

„Wird es auch Menschenopfer geben?" Gaffarel leckte sich mit der Zunge die Lippen.

„Möglich", räumte Runihura ungehalten ein.

Gaffarel rieb sich erfreut die Hände.

„Du willst also dieser neue Gott werden?" Er ließ sich auf die Decke fallen und blickte den Geister-Hohepriester neugierig an. „Wie willst du denn ohne Körper ein Gott werden, hm?"

„Ich habe da schon einen jungen, naja eigentlich, alten Mann im Auge, der mir seinen Körper überlassen wird."

„Keiner gibt seinen Körper freiwillig her", wendete Gaffarel ein. „Es ist immer ein Kampf, um das Fleisch und die Seele."

„Ich habe ihn vor langer Zeit auf bestimmte Dinge vorbereitet. Du kennst ihn sogar."

„Ach ja? Jetzt bin ich aber neugierig", gestand Gaffarel. „Da ich bis jetzt alle Menschen, die ich so kennengelernt habe, ... gegessen habe."

„Sein Name ist Okpara."

„Ach, dieser Okpacker?" Gaffarel dachte nach. „Blöder Name, Okpacker."

„Er hat dich in die Duat verbannt", erklärte Runihura und lachte, „und mich dadurch befreit."

„Oh ja, da war auch noch so ein kleiner Leckerbissen. Ein Weibchen." Gaffarel seufzte sehnsüchtig. „Wenn ich dir helfen diesen Okpacker, als Körper zu benutzen, bekomme ich dann das Weibchen als Belohnung?"

„Sie gehört mir!" Runihura stierte den Dämon böse an.

„Du machst mir keine Angst! Hör mit diesem Scheiß auf! Ich kann das sowieso besser als du."

Er zeigte seine spitzen Zähne.

Wieder schoss ein Blitz aus Runihuras Fingern auf den Dämon.

Gaffarel schrie auf.

„Okay, okay. Sie gehört dir." Er hob abwehrend die Arme und seufzte.

„Ich brauche sie für das Ritual", erklärte Runihura.

Gaffarel legte die Fingerspitzen aneinander. „Willst du sie essen?"

„Nein, nur opfern! Ihr Blut muss fließen."

„Was passiert danach mit ihrem Körper?" Gaffarel beugte sich neugierig vor.

Seine Finger zuckten aufgeregt.

„Nichts weiter", antwortete Runihura. „Tot ist tot. Ihr Körper ist danach unbrauchbar."

„Könnte ich sie nach deinem Aufstieg als Festmahl haben?", blieb der Dämon hartnäckig. „Wenn er dann noch essbar ist, meine ich."

„Du magst also Menschenfleisch", erkannte Runihura mit Abscheu.

„Oh ja, sehr gern sogar und ihre Seelen", fügte Gaffarel schwärmerisch hinzu. „Ich würde dir oft opfern."

„Du kannst ihren toten Leib haben", versprach Runihura gönnerhaft. „Ich brauche nur ihre Seele und ihr Ka, ihre Lebensenergie, die etwas ganz Besonderes ist."

„Hurra, ich bekomme ihr Fleisch!" Gaffarel sprang auf und tanzte, wie ein Derwisch um die Decke und das Feuer herum. „Ich weiß, dass ihre Seele etwas Besonderes ist."

Er riss beide Beine nacheinander hoch. Seine Arme wedelten durch die Luft.

„Setz dich sofort wieder hin!", herrschte Runihura ihn wütend an.

„Sehr wohl!" Gaffarel verbeugte sich nach der Art des Adels im Mittelalter und schwenkte einen imaginären Hut.

Er ließ sich wieder auf die Decke fallen. „Was wollt Ihr von mir, mein Herr und Meister?"

„Du kennst doch bestimmt die Sphinx, die Okpara begleitete, oder?"

„Nein, aber Astaroth hat …" Gaffarel verstummt und blickte Runihura verschlagen an.

„Wer ist Astaroth?", hakte dieser sogleich nach.

„Och nur, nur ein … minderwertiger Freund", log Gaffarel und winkte ab. „Niemand der Eure Aufmerksamkeit verdient, Herr. Nun, was soll ich mit dieser Sphinx machen? Schmecken die überhaupt?"

„Du sollst sie nur ablenken, wenn ich mich Okpara nähere, um in seinem Körper zu fahre", wies Runihura ihn an.

„Ablenken, ist das wirklich alles?" Erst klang er enttäuscht, sprang dann aber wieder auf und rieb sich die Hände, als Runihura nickte. „Ablenken ist eines meiner besten Meistertalente überhaupt! Verlasst Euch nur auf mich. Gaffarel, der Weltenwanderer und Euer zukünftiger, dunkler Hohepriester!"

Er leckte sich bei den Gedanken an Larissas weiches Fleisch über die Lippen und verbeugte sich spöttisch vor dem Geister-Hohepriester.

„Das wird ein Festmahl." Gaffarel rieb sich freudig die Hände. „Ich kann deinen Aufstieg kaum noch erwarten, Herr und Meister."

Gefangen!

Tutanchamun erwachte und streckte seine Arme aus. Er erschreckte sich, als er mit den Händen gegen die Wand stieß. Für einen Moment hatte er vergessen, wo er sich befand. Er tastete die Mauer ab.

Ich bin im 21. Jahrhundert, erinnerte er sich und bewegte versuchsweise die Beine. Ich habe immer noch Schmerzen.

Er setzte sich vorsichtig auf. Wieder vernahm er ein lautes Knacken.

Das hört sich nicht gut an, dachte er besorgt.

Seine linke Hand rutschte dabei ab. Er wäre von der Liege gefallen, wenn Echnaton ihn nicht festgehalten hätte.

Tutanchamun wollte sich an ihm festhalten, doch seine Hände griffen durch seinen Vater.

„Was tust du, mein Sohn?", fragte der Geister-Pharao streng. „Willst du dir die Knochen brechen?"

„Ich habe doch nur versucht zu sitzen", verteidigte sich Tutanchamun. „Es kommt mir vor, als ob ich seit einer Ewigkeit nicht mehr gesessen habe."

„Das hast du auch nicht." Echnaton lächelte und stützte ihn. „Besser?"

Tutanchamun nickte. „Danke. Wieso kannst du mich festhalten aber ich dich nicht?"

„Das weiß ich nicht", gab Echnaton zu und lächelte. „Ich habe über

3.000 Jahre üben."

„Wann kann ich mein Gesicht wieder bewegen?", fragte Tutanchamun und rieb sich über die Wangen.

„Ich weiß es leider nicht", gestand Echnaton. „Ich war nicht dabei, als Okpara zum ersten Mal aufgewacht ist. Vielleicht in ein paar Wochen."

„Ein paar Wochen? So lange?" Tutanchamun seufzte entmutigt. „Ich höre mich immer noch wie ein Monster an. Wann wird das weggehen?"

„Ich hoffe schneller als bei Okpara", erwiderte Echnaton. „Ich habe ihm damals die Kehle durchgeschnitten, deshalb hat es bei ihm wohl länger gedauert."

„Was? Warum hast du das getan?" Bestürzt musterte Tutanchamun seinen Vater. „Okpara ist sehr nett. Er ist doch Amun-Priester. Moment mal, du hattest ihn persönlich …"

Echnaton nickte. „Ich habe ihn persönlich getötet."

„Es gab da ein … Missverständnis", wich er aus. „Ein Zauber hat mich gebannt und ich war wohl auch ein bisschen blind vor religiösem Eifer."

„Ein Pharao verurteilt, aber er richtet nicht", rief Tutanchamun empört.

„Das weiß ich selbst", erwiderte Echnaton wütend.

Tutanchamun sah sich in der Abstellkammer um, ließ seinen Blick an den Regalen voller Putzutensilien missbilligend auf und abgleiten. „Sind alle Räume so eingerichtet?"

„Nein." Echnaton lachte. „Du wirst die heutigen Betten lieben, mein

Sohn. Ich sehe es bei Okpara."

Er grinste. „Er deckt sich gern zu."

„Ich kann es kaum noch erwarten." Tutanchamun seufzte. „Wann darf ich endlich aufstehen?"

„Überlass das bitte Jochen", erwiderte Echnaton. „Er ist ein hervorragender Heiler und mittlerweile kennt er sich gut mit Mumien aus."

„Ich bin keine Mumie!", widersprach Tutanchamun beleidigt. „Ich lebe und bin ein Mensch." Er spürte doch das Leben in sich. Sein Herz schlug. Er atmete und hatte Hunger.

Wann kommt dieser Ali?, fragte er sich. Jemand wie ihn hätte ich niemals als Diener geduldet. Er verhält sich eher wie ein gemeiner Dieb.

„Doktor Naser hat kein Händchen für seine Diener", murrte Tutanchamun.

Echnaton lachte. „Da gebe ich dir recht."

Die Tür öffnete sich und Naser kam herein. Er blieb wie angewurzelt stehen.

„Was soll das denn?" Er zeigte auf den Goldenen Pharao und war mit wenigen Schritten an der Liege.

Tutanchamun sah erschrocken an sich herunter. „Was denn? Ich sehe nichts." Er betrachtete seine Hände.

Es ist doch alles in Ordnung, dachte er. Was hat dieser schreckliche Mann entdeckt?

„Ihr sitzt!", rief Naser entsetzt. „Legt Euch sofort wieder hin! Ihr solltet noch nicht sitzen."

„Ich soll nur noch nicht Laufen, aber von nicht Sitzen, hat niemand etwas gesagt", verteidigte sich Tutanchamun störrisch.

„Ich sage es jetzt!", fuhr Naser ihn eindringlich an. „Legt Euch hin! Sofort!"

„Wie redest du mit meinem Sohn?", empörte sich Echnaton wütend. „Zeig mehr Respekt vor einem Pharao!"

„Ich rede mit ihm wie es mir passt!", rief Naser. „Es gibt schon lange keine Pharaonen mehr. Ich habe hier das Sagen! Ist das klar? Hinlegen, aber schnell!"

Tutanchamun sah Naser störrisch an und überlegte.

Soll ich nachgeben?, fragte er sich. Vielleicht hat er recht?

„Na gut!" Er seufzte und ließ sich von seinem Vater helfen. „Besser? ... He, was soll das denn?"

Naser hatte ihm das Tuch über den Kopf gezogen.

Tutanchamun befreite verärgert seinen Kopf. Wütend funkelte er Naser an.

„Es ist eine Überraschung für dich", sagte Naser ruhiger und breitete das Tuch wieder über den Goldenen Pharao aus. „Still halten, bis ich sage, du darfst dich bewegen!"

„Ich mag solche Spielchen nicht, wenn ich derjenige bin, der nichts sehen darf", erwiderte Tutanchamun ungehalten.

„Es dauert nicht lange, versprochen!", beteuerte Naser. „Und Ruhe jetzt."

„Ich nehme dich beim Wort! Ich mag keine Heimlichtuerei."

„Sssscht!" Naser winkte zwei Männer, die an der Tür gewartet hatten, zu sich.

„Bringt den Goldenen Pharao in den vorbereiteten Ausstellungsbereich", sagte zu ihnen auf Ägyptisch-Arabisch. „Seid bloß vorsichtig! Tutanchamuns Körper ist über 3.300 Jahre alt."

„Ja, Doktor Naser", erwiderten beide und hoben die Liege langsam an. „Wir behandeln ihn wie ein rohes Ei."

Das Kissen fiel herunter.

„Stopp! Ich will das Kissen haben", verlangte Tutanchamun.

„Ruhe!", rief Naser noch einmal.

„Ich nehme es", brummte Echnaton. „Ich lasse dich nicht allein, mein Sohn."

„Danke ... Vater", erwiderte Tutanchamun, auch wenn es ihm noch schwerfiel, diesen Geist als seinen Vater anzusehen. „Das beruhigt mich ein wenig."

„Ruhe!", rief Naser verärgert. „Wie oft soll ich das denn noch sagen?"

Tutanchamun empfand die Schaukelei der Liege als unangenehm, da er auch nichts sehen konnte. Ihm wurde flau im leeren Magen und er hoffte, dass es nicht mehr lange dauernd würde. Er hörte, wie eine Tür geöffnet und wieder geschlossen wurde.

Ein kalter Luftzug ließ eine Gänsehaut auf seiner Brust entstehen. Seine Neugierde stieg ins Unermessliche.

Das ist die reinste Folter, dachte er. Warum darf ich nichts sehen? Oder soll mich niemand sehen?

Er hörte Leute durch den Gang laufen, den er entlang getragen wurde.

Endlich wurde die Liege abgesetzt. Tutanchamun atmete auf.

Naser gab wieder Anweisungen auf Ägyptisch-Arabisch. Hände griffen nach Tutanchamun, die ihn von der Schlafstatt hoben und auf eine andere Unterlage betteten. Unter ihm knarrte es. Er stöhnte auf, als die zwei Männer an den Schläuchen hantierten.

„He, Finger weg!", rief Tutanchamun.

„Ruhe!", zischte Naser.

Wie lange muss ich hier noch unter dem Tuch warten?, fragte sich Tutanchamun.

„Bist du bereit, Pharao Tutanchamun?", wollte Naser wissen und blickte unter das Laken.

„Ja, natürlich!"

„Dann winke, wenn ich jetzt das Tuch ganz wegnehme." Naser zog das Laken weg und gab es einem der Männer, die Tutanchamun getragen hatten.

Tutanchamun staunte. Hinter einer durchsichtigen, glänzenden Wand, standen viele Menschen, die durch die Scheibe glotzen. Die meisten waren blass wie Larissa und trugen auch ähnliche, kurze Kleidung.

Er suchte nach ihr und Okpara in der Menge, ohne die beiden zu finden. Einige der Fremden winkten ihm aufgeregt zu. Blitze von kleinen Geräten, die er nicht kannte, zuckten durch den Saal. Die Leute riefen ihm etwas zu, doch er konnte sie nicht verstehen.

„Winken!", befahl Naser und winkte selbst den Besuchern zu.

Tutanchamun hob die Hand. Die Menge jubelte, doch kein Laut drang durch die durchsichtige Barriere.

„Was ist das für eine komische Wand?", wollte Tutanchamun wissen. „Sie ist so dünn und man kann durch sie hindurchsehen. Ist sie aus hochwertigem Glas?"

„Ja, das ist eine Glaswand", antwortete Naser lächelnd. „Damit dich die Besucher zwar sehen, aber nicht berühren können."

Jemand klopfte gegen die Scheibe. Das Glas vibrierte stark.

„Kann sie zusammenbrechen?", sorgte Tutanchamun sich ängstlich.

„Nein, ich muss wohl Schilder anbringen lassen. ‚Bitte, nicht gegen die Scheibe klopfen'", brummte Naser, „und eine Absperrung, damit niemand zu nah an das Glas herankommen kann. Wie gefällt dir dein neues Zuhause?"

Er sprach auf Ägyptisch-Arabisch in ein kleines, schwarzes Gerät, das er vor Tutanchamun zu verbergen versuchte, doch der junge Altägypter hatte es trotzdem kurz sehen können.

„Darf ich auch mal?", fragte er und streckte fordernd die Hand aus. „Ich möchte auch gern etwas zu dem Ding sagen."

„Nein, das ist nichts für dich", erwiderte Naser schroff.

Er runzelte die Stirn.

Erst jetzt sah sich Tutanchamun in dem Bereich um, in dem er sich befand. Die Wände waren hellbraun gestrichen und mit Bildern aus Grabkammern verziert. Sprüche aus dem Totenbuch waren an die Wände gemalt.

Oh nein, wie lebendig begraben!, schoss es Tutanchamun durch den Kopf.

Das Bett, auf dem er lag, war ein Nachbau eines seiner Betten mit erhöhtem Kopfteil. An jeder Seite war eine beigefarbene Kuh, mit schwarzen Flecken aus Holz geschnitzt. Zwischen ihren Hörnern prangte je eine rote Sonnenscheibe. Als er sich bewegte, hörte er das elastische Geflecht, mit dem die Unterlage bespannt war, knarren. Er strich über den Kopf eines der Holztiere.

„Das ist kein modernes Bett", sagte er und blickte sich weiter um. „Ich hatte etwas anderes erwartet!"

„In einem Museum?", erwiderte Naser spöttisch. „Bestimmt nicht!"

Ein Tisch mit einigen Stühlen war vorhanden. Auch der Nachbau seines Thrones stand in der Mitte eines kleinen Podests. Auf einem Tischchen lag ein Spiel ausgebreitet, das er kannte.

„Hinter dieser Wand gibt es sogar ein Badezimmer, das dir gefallen könnte", erklärte Naser. „Da du noch nicht aufstehen darfst, zeige ich es dir später."

Echnaton schob das Kissen unter Tutanchamuns Kopf.

„Nein!", rief Naser und nahm das Kissen an sich. „Kissen gab es im alten Ägypten nicht, also bekommst du auch keines."

„Ich will es wiederhaben, sofort!", forderte Tutanchamun. „Es ist von Larissa!"

Echnaton griff nach dem Kissen.

„Lass es sofort los!", befahl Naser.

Er zog an dem Kissen, doch er konnte es dem Geister-Pharao nicht entreißen.

„Du bist kein Ach!", rief Naser wütend. „Du bist eine Art ... Poltergeist."

„Ist das eine Beleidigung?", fragte Echnaton.

Ali betrat den Raum und tippte Naser vorsichtig auf die Schulter.

„Doktor Naser", begann er scheu und sagte etwas auf Ägyptisch-

Arabisch.

Ich muss diese Sprache unbedingt lernen, dachte Tutanchamun. Das geht ja gar nicht, dass ich nicht verstehe was dieser Kerl sagt!

Naser seufzte.

„Gut, du darfst das Kissen vorerst behalten", gab er niedergeschlagen nach.

Die Besucher jubelten, als Echnaton das Kissen wiederhatte.

„Vorerst?", wiederholte Echnaton. „Was fällt dir ein, du Wurm?"

„Wann bekomme ich endlich etwas zu essen?", klagte Tutanchamun. „Ich verhungere langsam."

Naser wandte sich verärgert an Ali, der erschrocken davonlief.

„Gleich", brummte er. „Ali hat es vergessen."

„Dein Diener sieht sehr müde aus", bemerkte Tutanchamun, „als hätte er in der Nacht nicht geruht."

Naser murmelte irgendetwas, das Tutanchamun nicht verstand.

Ali eilte mit einem transparentenBeutel, in dem sich eine breiartige Flüssigkeit befand, in den Raum. Er hängte ihn an ein Gestell, das er neben die Liege schob und verband den dünnen, durchsichtigen Schlauch des Beutels mit der Magensonde. Seine Finger zitterten heftig.

Irgendetwas hat dieser Kerl doch, dachte Tutanchamun misstrauisch.

Nach einer fast schon spöttischen Verbeugung verließ Ali eilig den Raum.

„Guten Appetit!" Naser folgte ihm langsam.

Er fluchte verhallten vor sich hin und schlug die Tür zu. Ein Vorhang begann sich vor die Tür zu schieben. Ein leises Summen war dabei zu hören.

Triumphieren hob Echnaton das Kissen hoch.

„Dass ich mal um ein Kissen kämpfen würde, hätte ich nie gedacht", scherzte Echnaton und lachte. „Hier, mein Sohn."

Er schob es Tutanchamun sanft unter den Kopf.

„Danke, ich bin schon müde vom Winken", seufzte Tutanchamun. „Was ist ein Poltergeist?"

„Das musst du Larissa fragen. Sieh nur, so viele Menschen wollen dich sehen." Echnaton bewunderte die Besucher.

„Uns! Du bist doch auch hier, … Vater", ergänzte Tutanchamun und winkte noch einmal schwach. „Wann wird mich Larissa besuchen kommen?"

Er konnte seinen Arm kaum heben.

„Ich glaube nicht, dass dieser Naser sie zu dir lassen wird", gestand Echnaton. „Irgendetwas ist hier seltsam."

Er blickte sich um, konnte aber nichts Verdächtiges erkennen.

Da entdeckte er plötzlich den Schatten und zeigte auf ihn. „Da! Siehst du ihn auch?"

Tutanchamun nickte. „Er ist also wieder da!" Angst nistete sich in seiner Brust ein.

„Jetzt erkenne ich ihn sogar!", rief Echnaton. „Das ist dieser verfluchte Hohepriester Runihura!"

Er lief los, um sich den Geister-Hohepriester zuschnappen und rannte gegen die Scheibe, die stark vibrierte. Verwundert tastete er über das glatte Hindernis.

„Was soll das denn?" Er klopfte gegen das Glas.

Mit beiden Fäusten trommelte er gegen die Barriere.

„Ich bin gefangen!", rief er und drehte sich um. „Die Tür!"

Schnell eilte er hin. Er drang zwar durch den Vorhang, aber prallte von der Tür ab und wurde auf den Boden geschleudert.

„Was ist das nur?", schrie er und schlug frustriert mit der Faust auf den Untergrund.

„Dieser Runihura lacht dich aus", rief Tutanchamun.

Er ließ den Schatten nicht aus den Augen.

Ein Schauer kroch über seinen Körper. „Er hat irgendwas gemacht. Kann er zaubern?"

„Ja, verflucht soll er sein!" Echnaton stand auf.

„Wie lange soll ich noch winken? Ich bin total erschöpft." Tutanchamun hob noch einmal schwach seine Hand. „Es könnte Larissa auch schaden."

Echnaton lief panisch an der Wand entlang und versuchte, seine Hand durch die Mauer zu stecken.

„Ich bin wirklich gefangen", rief er. „Das hier ist eine verdammte Geisterfalle."

„Aber, warum will man dich einsperren?", wollte Tutanchamun wissen.

„Das weiß ich nicht", gestand Echnaton verzweifelt. „Da steckt dieser schreckliche Naser hinter."

Er zeigte auf den Museumsleiter, der im Besucherraum auftauchte und zufrieden lächelte.

„Glaubst du, ich bin auch gefangen?", fragte Tutanchamun ängstlich und zuckte erschrocken zusammen. „Es kribbelte gerade so komisch. Als würde sich etwas um meinen Körper legen. Ist das etwa Magie?"

„Ich weiß es leider nicht", brummte Echnaton, der sich niedergeschlagen von der Glaswand abwandte. „Zur Hölle mit diesem verdammten Runihura!"

Er setzte sich resigniert auf einen der Stühle.

„Hölle?" Wo oder was ist die Hölle?", wollte Tutanchamun wissen.

„Stell dir den schlimmsten Ort der Welt mit viel Feuer und Hitze vor", erklärte Echnaton. „Die Hölle ist bestimmt zehnmal schlimmer."

„Bestimmt?", hakte Tutanchamun nach. „Du weißt es also nicht genau."

„Ich war nur einmal im Fegefeuer. Das ist eine Art Vorhölle." Er beschrieb den brennenden, endlosen Wald.

„Tutanchamun, du sollst winken!" Nasers Stimme kam aus einem, für die Besucher versteckt angebrachten, Lautsprecher.

„Ich kann nicht mehr!", klagte Tutanchamun. „Es ist zu anstrengend."

„Sobald du wieder winken kannst, wirst du es tun, hast du mich verstanden?", hallte Nasers Stimme durch den gläsernen Kasten.

„Du musst gar nichts!", erwiderte Echnaton wütend und stellte sich beschützend vor die Liege.

„Dein Sohn muss essen", konterte Naser schadenfroh. „Er soll doch bestimmt nicht hungern in seinem Zustand, oder?"

„Du elender Hund", knurrte Echnaton. „Das zahle ich dir heim!"

„Warum? Was hat mein Sohn dir angetan?", wollte Echnaton wissen.

Naser lachte. „Runihura hat deinem Sohn magische Fesseln angelegt. Auch er kann diesem Ort nie wieder verlassen."

Er ballte seine Hände zu Fäusten.

„Nichts! Er ist nun die neueste Attraktion meines Museums", erklärte Naser und lachte. „Tutanchamun, die berühmteste Mumie der Welt, lebt. Jeder wird sie sehen wollen! Das bedeutet viel Geld und sehr viel Ruhm für mich. Im Moment sind es nur ausgesuchte Leute, als Testlauf, aber gleich kommen noch mehr."

„Ich würde ihm am liebsten sein Grisnen aus dem Geischt prügeln", brummte Echnaton.

„Wann darf ich Larissa sehen?", fragte Tutanchamun. Sie würde ihm helfen, da war er sich gewiss.

„Du wirst sie nie wiedersehen!", erwiderte Naser streng. „Das hier ist deine Welt, nicht ihre."

Tutanchamun sah Echnaton traurig an. „Ich will nicht für immer hierbleiben. Da draußen gibt es so viel mehr, das ich sehen möchte."

Echnaton nickte. „Ich werde alles tun, damit du sie sehen wirst, mein Sohn. Das schwöre ich bei meinem Herrn Aton."

Er blickte gegen die Decke.

Im Gedränge

Larissa wunderte sich über das Gedränge vor dem Museum. Sie drückte Okparas Hand und spürte Tutanchamuns Anstrengungen. Die Luft roch nach Schweiß und Parfüm.

Manche haben sich ganz schön mit Duftwässerchen eingenebelt, dachte sie und musste von einer sehr aufdringlichen Erdbeernote niesen.

„Look, there's the sphinx!", riefen einige Leute, die eigentlich ins Gebäude wollten.

Sie zuckten ihre Handys oder Kameras. *„Say cheese, sphinx!"*

„Yes, smile   ot he, sphinx!", rief ein anderer Tourist.

„Hey, crystal man look to me!", rief ein Mann in einem blauen T-Shirt.

„Sorry, he can't speak english", sagte Daniel, der neben Thomas auf das Museum zu ging. „Was ist hier eigentlich los?"

Thomas zuckte mit den Schultern. Kleine Kristalle splitterten ab.

Trotz grellen Sonnenschein nutzen einige Leute Blitzlichter. Larissa begann zu frösteln.

„Irgendetwas stimmt nicht mit Tut", sagte sie plötzlich. „Er hat Angst und da war kurz so ein seltsames Gefühl. Es ist schwer zu beschreiben. Ein Kribbeln oder so, das über seinen ganzen Körper ging."

Sie hob hilflos die Schultern. „Irgendwie feinstofflich."

„Eine Gefahr?", hakte Daniel alarmiert nach.

„Meinst du dieses ungute Gefühl, das ich manchmal habe?", fragte Larissa und rieb sich unwohl über die Arme. „Das bekomme ich noch gratis dazu."

Sie lächelte verbissen.

Daniel versuchte, sich durch das Gedränge zu zwängen, doch die Leute beschwerten sich und wollten ihn nicht durchlassen.

„*What do you think? Go   ot he end!* Wir wollen alle den Goldenen Pharao sehen", rief sich ein Mann weiter vorne verärgert.

„*What?*", fragte Larissa und berührte den Mann am Arm. „*Tell me, please!*"

Der Mann lachte und erzählte von der neusten Attraktion des Museums.

„Bei den Göttern!", rief Larissa. „Das darf doch nicht wahr sein. Wir müssen sofort da rein!"

„Da bin ich ganz deiner Meinung." Alexander drängelte sich nun vor.

Okpara zog Larissa in seine Arme. „Lass das bitte Dan und Alex machen."

Jochen nickte mit gerunzelter Stirn. „Das gefällt mir gar nicht!"

Sagira lachte trocken. „Ich habe da eine Idee."

Sie sprang zu einem freien Platz.

„*Who wants to take a picture with me?*" Sie grinste. „*Today it's free for you!*"

Sofort umkreisten die Leute sie und hoben ihre Kameras oder Handys.

Die Sphinx posierte und lächelte gezwungen in die Kameras.

„Sie hasst diese Fotografiererei doch sehr", flüsterte Larissa mitfühlend.

Okpara nickte nur.

„*Say cheese, sphinx*", rief der eine oder andere.

„Na los, Leute, geht schon!", forderte Sagira ihre Freunde auf. „Ich komme schon nach. Sphinxen haben hier bestimmt freien Eintritt."

„Können Sphinxen jede Sprache der Welt sprechen?", fragte eine übergewichtige Frau, in einem rosa Baumwollkleid, auf Deutsch.

Das Kleid umhüllte sie wie eine Wurstpelle.

„Ähm ja, wir sind multilingual", log Sagira und lächelte verkrampft, als sich die Frau fest an sie drückte.

Sie roch den Schweiß und das aufdringliche, süße Parfüm.

Mir wird gleich schlecht, dachte sie. Hoffentlich pressen sich nicht alle so an mich.

Sagira beobachtete wie ihre Freunde zur Kasse eilten.

„*I am Doktor Holzschneider, the mummy doktor*", stellte sich Jochen der Kassiererin vor. „*I have to look after Tutankhamun.*"

„*You can go through, but the others have to pay*", erklärte die Frau hinter dem Glas.

„*This people belongs to me*", sagte Jochen und zeigte auf Larissa. „*This is my assistant, Larissa Engelhardt. She woke up the Tutankhamun.*"

Er deutete auf Okpara und stellte ihn ebenfalls vor, bevor er zu Thomas überging.

„*I am calling with Doktor Naser*", erklärte die Kassiererin daraufhin.

„*Wait a moment, please.*" Sie nahm den Hörer des Telefons und sprach auf Ägyptisch-Arabisch.

„Danke, dass du mich vergessen hast, Jochen", brummte Daniel. „Ich war von Anfang an dabei. Du kamst erst später hinzu."

„Oder mich, deinen Brötchengeber." Alexander verzog das Gesicht, als hätte er in eine Zitrone gebissen.

„Was sollte ich denn sagen? `Das ist der Typ, der hier alles bezahlt´?", fragte Jochen.

„Gute Idee!" Alexander dränge ihn grinsend zur Seite.

„Hi!" Er klopfte gegen das Glas des Kassenhäuschens. „*I pay for this whole group!*"

„*You can go through*", sagte die Kassiererin nun. „*Doktor Naser is waiting of you in the hall.*"

„*Really?*" Alexander ging verwundert die Stufen hoch.

„Sagira, komm schon!" Daniel winkte ihr zu und hielt die Tür auf. „Wir können rein!"

„*Sorry, I have to go*", verabschiedete Sagira sich von den Leuten, die immer mehr Fotos wollten.

Sie schüttelte sich angewidert und sprang mehrere Stufen hoch.

„Du bist wohl der neue Shooting-Star, was?" Daniel lachte.

„Nee. Bah, ich glaube, ich brauche ein sehr langes Bad! Kinder mit klebrigen Händen haben mich angefasst. Ich rieche nach Schweiß und fühle mich schmutzig." Die Spahinx schüttelte sich wieder. „Mein Fell ist verklebt. Larissa, bitte, hilf mir! Das ist so widerlich."

Ihr Fell sträubte sich.

Larissa verkniff sich ein Lachen und sah sich die Stelle genauer an. Sie zog ein Feuchttuch aus einer Packung, die sie normalerweise für Sagiras Pfoten dabeihatte, und bearbeitete die verklebte Fellpartie.

„Die Menschen hätten doch vorher wenigstens ihren Kindern die Hände säubern können", beschwerte sich Sagira.

„Es ist warm und für Kinder ist immer Eiswetter", meinte Larissa versöhnlich. „Diese Kinder sind auch noch nicht im Schulalter. Ich glaube aber, sie haben vorher Bonbons gesessen."

„Was?" Sagira wandte den Kopf und sah sie aus großen Augen verwundert an. „Woher weißt du das?"

Larissa zeigte auf eine kleine rosa Kugel, die im Fell klebte.

„Igitt, mach das schnell weg, bitte, bitte", jammerte Sagira.

Sie schüttelte sich wieder.

„So bekomme ich das Ding nicht heraus", sagte Larissa.

„Sagira, beruhige dich bitte!"

Okpara streichelte sie sanft. „Larissa hilft dir."

„Ist der Sphinx etwas passiert?", fragte Naser, der aufgeregt auf sie zu eilte, auf Englisch.

„Nein, es klebt nur ein Bonbon in ihrem Fell", schwächte Daniel ab und verbiss sich ein Lachen. „Weibliche Sphinxen sind halt eitel."

„Eitel?", rief Sagira verärgert. „Was fällt dir ein, Dan? Larissa kleb ihm das Bonbon, wenn du es aus meinem Fell entfernt hast, in seine Haare!"

„Larissa, das wirst du doch nicht wirklich tun, oder?" Daniel wich mit erhobenen Händen zurück.

„Dan, das zahle ich dir heim!", zischte Sagira. „Das schwöre ich dir!"

„Wie meinst du das?" Daniel wurde blass. „Okpara, beruhige und besänftige bitte dein liebes Schwesterchen."

Endlich konnte Larissa das klebrige Ding entfernen und hielt es triumphierend hoch. „Ich glaube, ich habe das meiste von dem Zuckerzeug rausbekommen."

Sie rubbelte noch einmal über die verklebte Stelle und warf die benutzten Tücher in den nächsten Mülleimer.

„Larissa, du bist meine Lebensretterin!" Sagira schmiegte sich an Larissas Bein. „Okpara, du musst heute besonders viel für meine große Heldin beten."

„Warum betest du nicht selbst?", fragte Daniel.

Sagira sah ihn verärgert an. Sie setzte sich auf die Hinterbeine und streckte ihre Vorderpfoten nach oben.

„So etwa? Sieht doch wirklich lächerlich aus. Ich bin kein dressierter Hund!"

Daniel versuchte, ein Lachen zu unterdrücken.

„Dan, du fällst bei Sagira noch heute in tiefe Ungnade, wenn du so weiter machst", warnte Thomas ihn lachend.

Larissa freute sich über seine Heiterkeit.

„Bringen Sie uns jetzt bitte zu Tut", wandte sie sich dem Museumsdirektor zu.

„Das geht nicht", entgegnete Naser.

Sagira sah ihn mit ihren gelben Augen an und runzelte die Stirn.

Sie rollte mit ihren Schultern, als sie wollte auf ihn losgehen. Wie ein Löwe auf der Pirsch. „Was haben Sie mit Tut gemacht?"

Naser wich mit erhobenen Händen vor Sagira zurück. „Nichts schlimmes, ich schwöre es!"

„Wenn das früher jemand in der Schule gesagt hat, war das meistens gelogen", warf Larissa ein.

„Was fällt Ihnen ein?", rief Naser. „Mich als Lügner zu bezeichnen. Ich könnte Sie aus dem Museum werfen lassen."

„Das ist die Wahrheit", konterte Larissa unbeeindruckt.

Okpara zog sie hinter sich und sah Naser mit seinen rot glühenden Augen an.

„Folgen Sie mir!", gab Naser verärgert nach. „Sie dürfen den Goldenen Pharao sehen, aber nicht mehr!"

Na endlich, dachte Larissa. Was meint er mit nicht mehr?

Okpara zuckte mit den Schultern.

Thomas schüttelte den Kopf.

Larissa war entsetzt, als sie den Saal betrat, in dem ein kleiner Teil mit einer Glaswand abgeteilt worden war. Dahinter lag der Tutanchamun auf einem altägyptischen Bett. Die Scheiben glänzten wie frisch geputzt.

Diese Leute begafften ihn, wie sie normalerweise Affen im Zoo begaffen würden, dachte sie stirnrunzelnd. Das ist doch furchtbar.

„Tut!", rief sie und winkte ihm zu. „Tut, hier bin ich!"

„Er kann sie nicht hören." Auf Nasers Gesicht erschien ein Lächeln, das Larissa überhaupt nicht gefiel.

Tutanchamun bemerkte sie trotzdem und winkte schwach zurück. Ob er etwas sagte, konnte Larissa nicht erkennen, da er immer noch mit seiner Jenseitsstimme sprach und keinen Muskel im Gesicht bewegen konnte.

Aber Echnaton schrie etwas und klopfte hektisch gegen die

Scheibe.

„Was hat er nur?", fragte Larissa. „Warum kommt er nicht zu uns?"

„er tut ja so als könnte er nicht durch die Scheibe gehen", meinte Daniel.

Die Museumsangestellten hatte auf Nasers Anweisungen hin den Bereich vor der Glaswand mit einer roten Kordel abgesperrt.

Okpara murmelte etwas vor sich hin.

„Warum hat man die Sprüche aus dem Totenbuch an die Wände geschrieben?", fragte er. „Ich bin froh, dass mir das nicht passiert ist."

„Warum?" wollte Thomas wissen.

„Als würde man in einer Grabkammer leben", erklärte Okpara.

Larissa kletterte kurzerhand einfach über die Absperrung und drückte ihre Hände gegen das Glas.

„Gleich ist Jochen bei euch!", rief sie, mit dem Mund nahe an der Scheibe.

Das Glas beschlug von ihrem Atem.

„Hören Sie mal, wir wollen alle den Goldenen Pharao sehen!", beschwerte sich ein Mann auf Englisch. „Kommen Sie also gefälligst hinter die Absperrung, wie wir anderen auch."

Larissa drehte sich halb zu dem Sprecher um.

„Ich habe Tutanchamun geweckt", fauchte sie, „wie die anderen beiden Mumien auch."

Sogleich bekam sie ein schlechtes Gewissen, weil sie Okpara und Thomas als Mumien bezeichnet hatte.

„Was? Sie waren das?" Der Mann sah sie erstaunt an. „Warum

sind Sie dann nicht dort beim Goldenen Pharao?"

„Fragen Sie den das!" Larissa deuteteverärgert auf Naser.

„Könnte ich ein Interview mit Ihnen machen?", fragte eine Frau und zeigte Larissa ihren Presseausweis.

„Nicht jetzt!", antwortete Larissa. „Ich habe gerade andere Probleme."

Sie sah, wie sich ein Vorhang im hinteren Bereich öffnete und den Blick auf eine Tür freigab. Hektisch deutete sie auf die Tür, die sich öffnete, um Echnaton darauf aufmerksam zu machen.

Arztbesuch hinter Glas

Jochen betrat Tutanchamuns Luxus-Gefängnis. Er erschrak und wunderte sich, weil der Geister-Pharao auf ihn zuschoss. Er hob noch abwehrend die Hände.

Echnaton wollte nur aus dem Raum und huschte an Jochen vorbei, aber auch an der offenen Tür war eine durchsichtige Barriere, die er nicht überwinden konnte, und prallte zurück. Wieder landete er auf dem Boden.

Ali betete hinter ihm.

Spricht er Altägyptisch?, fragte sich Jochen. Er sagte doch „netjer" und Anubis. Ich dachte, er sei ein Moslem.

„Wir sind gefangen!", begann Echnaton, nachdem er aufgestanden war, und berichtete aufgebracht, was sich ereignet hatte. Er brüllte Jochen dabei ungewollt an. „Ich glaube, dass Runihura meinen Sohn mit einem Gefängniszauber oder sowas in der Art belegt hat. Tu was!"

„Ich werde es den anderen erzählen", versprach Jochen besorgt und versuchte, den Geister-Pharao zu beruhigen.

Echnaton wirkte wie ein aufgescheuchtes Geister-Huhn. Die durchsichtige Gestalt zuckte leicht.

Jochen seufzte und ging zu Tutanchamun.

„Wie geht's es dir?", fragte er leise und zog einen Stuhl an das Bett.

Ali blieb in seiner Nähe, obwohl Tutanchamun kurz rot glühenden

Augen bekam.

„Kannst du dir das nicht denken", erwiderte Tutanchamun gereizt.

„Ich bin nicht gern eingesperrt. Ich bin schließlich der Pharao. Warum macht man das mit mir?"

„Ich weiß es nicht. Wir werden aber alles tun um euch beiden zu helfen", versprach Jochen und zog sich die Einweghandschuhe an.

Er untersuchte Tutanchamuns Beine aufmerksam.

„Jochen, ich weiß wie du es besser sehen kann", sagte eine bekannte Stimme.

Jochen zuckte erschrocken zusammen und blickte auf.

„Herrin Selket, sei gegrüßt", rief Tutanchamun.

„Selket, du hast mich erschreckt", gab Jochen zu. „Wie soll ich das ohne Röntgengerät machen?"

„Na so!" Selket trat auf ihn zu und wieder in ihn hinein.

Durch Jochens Körper lief ein Schauer und er japste erschrocken nach Luft.

Was willst du zuerst untersuchen?, wollte Selket wissen.

Sein rechtes Knie, dachte Jochen. Selket, dieses Mal bist du sehr schnell in mich eingedrungen.

Tut mir leid. Die Leute hinter der Scheibe haben mich nervös gemacht, erwiderte Selket. Siehst du das?

Sie deutete auf einen violetten Schimmer, der sich um Tutanchamuns Körper wand.

Ja, so etwas habe ich noch nie gesehen. Was ist das? Beim ersten Mal war er nicht da.

Er versuchte es das Lichtgefüge zu berühren.

Stimmt. Das ist eine magische Fessel, erklärte Selket besorgt. Wer hat so eine Unverfrorenheit begangen? Wir würden das nicht erlauben.

Das war Runihura, sagte Jochen. Deshalb ist Echnaton so wütend.

Immer wieder dieser verdammte Runihura! Man sollte ihm die Zauberkräfte entziehen, ihn in der Duat einsperren und anketten! Verflucht soll seine Seele sein!

Selket, kann ich Tutanchamun trotz diesem Zauber überhaupt untersuchen?, sorgte Jochen sich.

Ja, warte!, antwortete die Skorpiongöttin. Diese Magie ist zwar sehr stark, aber sie behindert uns nicht. Wir wollen sie ja nicht lösen.

Vor Jochen erschien das rechte Knie. Er sah es sich genauer an und berührte es.

Tutanchamun zuckte zusammen.

Was hat er?, fragte Jochen sich.

Er hat sich nur erschreckt, weil er wach ist, gab Selket amüsiert zurück. Ich zeige dir die anderen Brüche.

Als Selket wieder neben Jochen stand, zwinkerte der Arzt einige Mal.

„Immer diese Desorientierung", meinte Jochen und rieb sich über die Stirn. „Daran werde ich mich wohl nie gewöhnen."

„Wenn du es öfters machst, schon." Selket kicherte leise.

„Ich bin mit der Heilung soweit zufrieden", meinte Jochen.

„Wirklich? Darf ich aufstehen?", fragte der Goldene Pharao hoffnungsvoll und aufgeregt. „Nur herumzuliegen ist langweilig."

„Wenn du kannst, ja. Komm, ich helfe dir." Jochen griff unter Tutanchamuns Arme. „Du solltest deine Beine aber noch nicht zu viel belasten. Stütz dich auf mich!"

„Tutanchamun, denkt bitte auch an Larissa, wenn du dich bewegst", warnte Selket ihn. „Deine Anstrengungen werden auch sie viel Kraft kosten."

„Das hätte ich beinahe vergessen", räumte Jochen ein.

Er blickte in den Besucherbereich und sah Larissa fragend an.

Larissa nickte.

Okpara trat neben sie und umarmte sie, um sie festzuhalten.

Okpara hat es sofort verstanden, dachte Jochen und nahm die Schläuche, die zu dem durchsichtigen Sack führten.

„Au, au. Mein Knie tut noch sehr weh", jammerte Tutanchamun.

„Ali, helfen Sie ihm von der anderen Seite", wies Jochen den Assistenten barsch auf Englisch an. „Wir müssen ihn stützen, damit er seine Beine noch nicht zu stark belastet. Seine Muskeln arbeiten noch nicht richtig."

„Ja, sicher, Herr Doktor", sagte Ali eilig. „Sofort!"

„Bekomme ich auch einen Gehstock?", fragte Tutanchamun, als er stand. „Ohne kann ich nicht laufen. Mein linker Fuß schmerzt immer furchtbar."

„Ich werde mir deinen Fuß noch ansehen", versicherte Jochen und gab die Frage auf Englisch an Ali weiter.

Die Besucher jubelten, als Tutanchamun von Jochen und Ali gestützt stand. Ein Blitzlichtgewitter breitete sich vor der Glasscheibe aus.

Tutanchamun stöhnte, als er auftrat. Er humpelte stark.

„Herr Doktor, sehen da." Ali deutete mit dem Kinn in die Ecke. „Da sein Stock für Golden-Pharao."

Jochen gab die Information an Tutanchamun weiter.

„Ganz langsam und vorsichtig laufen", mahnte er. „Das machst du gut, Tut. Sehr gut sogar! Langsam, nicht zu hastig! Du hast alle Zeit der Welt!"

„Ja, ja, ich bin gefangen", grummelte Tutanchamun stöhnend. „Da kann ich so langsam machen wie ich will."

„Hier sein alles, was Pharao Tutanchamun brauchen tun", verkündete Ali stolz und deutete auf verschiedene Gegenstände, die sich in dem kleinen Raum befanden. „Doktor Naser an alles denken tun. Er kennen alles über Golden-Pharao."

„Nur seine Freiheit hat er nicht", brummte Jochen. „Wir bringen ihn in ein Badezimmer."

„Ja, gut. Badezimmer sein da." Ali deutete auf eine schmale Tür, die für die Besucher versteckt hinter einer verlängerten Wand lag.

Er lachte. „Ich können bald Pharao allein versorgen, richtig?"

„*You aren't a doctor*", rügte Jochen ihn streng.

„Aber Sie mir alles zeigen, was ich müssen wissen, Sir", erwiderte Ali.

Echnaton war auf den Gehstock zugeeilt, als Ali und Jochen mit Tutanchamun hinter der Wand verschwunden waren. Er hatte ihn in seiner Panik gar nicht bemerkt.

Damit kann ich bestimmt die Scheibe einschlagen, überlegte er und besah sich die improvisierte Waffe genauer. Zum ersten Mal bin ich froh darüber, dass mein Sohn ein Krüppel ist.

Er ging zur Glaswand und holte aus.

Die Besucher wichen ängstlich von der Scheibe zurück. Niemand wollte von dem Splitterregen erwischt werden, gleichzeitig jubelten sie.

„Echnaton, lass das sein", kam Nasers aufgebrachte Stimme aus dem Lautsprecher. „Leg den Stock weg!"

„Ich denke gar nicht daran", rief der Geister-Pharao und lachte. „Wir sind bald frei."

Hart prallte der Stock gegen das Glas, doch nichts weiter passierte. Echnaton wurde von einem elektrischen Schlag getroffen. Sein geisterhafter Körper zuckte heftig. Er konnte sich kaum noch auf den Beinen halten.

„Larissa, hilf mir!", bat er schwach und sackte in die Knie.

Er sah ihr blasses Gesicht.

Herr Aton, es tut mir leid, dachte er. Ich kann nicht mehr auf Larissa aufpassen. Sie ist zwar nah und doch unerreichbar.

Larissa bewegte sich an der Scheibe entlang, blieb vor Echnaton stehen und klopfte gegen das Glas.

Der Geister-Pharao schüttelte enttäuscht den Kopf. Er blickte Okpara an, der genauso hilflos aussah, wie er sich fühlte. Wenn sie doch nur eine telepathische Verbindung zueinander hätten.

Hilf mir, mein Freund, flehte Echnaton stumm.

Jochen staunte über das kleine Badezimmer. Der Raum war sehr modern eingerichtet. An den Wänden glänzten helle Fliesen mit altägyptischen Motiven.

Na, die haben an alles gedacht, dachte er düster, als sie den kleinen Raum betraten. Tut soll diesen Bereich auf keinen Fall verlassen.

Ich schätze, dass viele Einwohner von Ägypten diesen Luxus niemals zu sehen bekommen werden. Die benutzen bestimmt noch Plumpsklos.

„Wunderbar Raum, nicht?", meinte Ali stolz.

„Wir setzen ihn auf den Stuhl dort", wies Jochen ihn streng an.

„Ja, Herr Doktor", sagte der Assistent eifrig. „Wie Sie wollen, so werden wir machen, Sir."

Tutanchamun lehnte sich erschöpft zurück. „Die Wand ist ja kalt."

Er strich über die glänzenden Fliesen. „Aber unglaublich schön und dort gibt es auch keine Sprüche aus dem Totenbuch."

„Wenigstens hast du hier ein bisschen Privatsphäre", brummte Jochen. „Ich dachte schon, Doktor Naser würde auch noch wollen, dass man dir beim Pinkeln zusehen kann."

„Das wäre sehr demütigend", stimmt Tutanchamun zu, „eines Pharaos unwürdig."

Er schloss erschöpft die Augen. „Musste Larissa sehr leiden?"

„Hoffentlich nicht", meinte Jochen.

„Sein Pharao krank, Sir?", fragte Ali.

„*Nein, ist er nicht*", sagte Jochen. „Tutanchamun ist nur sehr müde."

„Ah, verstehen!" Ali nickte verständnisvoll. „Dann er ausruhen müssen. Ich werden versuchen Doktor Naser erklären."

„Ich zeige dir alles", sagte Jochen zu Tutanchamun. „Also, wenn du die Toilette benutzen willst, musst du zuerst den Deckel hochheben, siehst du?"

„Da ist ja Wasser drin!", rief Tutanchamun erstaunt. „Oh wie wunderbar. Ich kann jeder Zeit etwas trinken.

Jochen unterdrückte ein Lachen. Für ihn war dieses Badezimmer etwas Selbstverständliches, aber nicht für den Goldenen Pharao.

„Nein, nichts zu trinken, so setzt du dich hin." Jochen deutete es nur an. „Mit dem Klo-Papier wischt du dir den Hintern ab und wirfst es dann hinein."

„Ich habe dafür keine Diener?", fragte Tutanchamun empört.

Jochen kratzte sich am Kopf. „Ich glaube nicht."

„Das geht ja gar nicht", erwiderte Tutanchamun verständnislos.

Echnaton betrat den Raum. Sein Körper zuckte immer noch leicht.

„Was hast du, Vater?", fragte Tutanchamun besorgt.

„Verdammter Runihura!", knurrte Echnaton und erklärte, was er versucht hatte.

„Mein Stock ist doch noch ganz, oder?", wollte Tutanchamun misstrauisch wissen.

„Ja, natürlich", antwortete Echnaton und verschränkte die Arme vor der Brust. „Wäre er zerbrochen, hätte dieser elende Hund von Naser dir einen neuen besorgt."

„Das mit der Toilette ist ganz gut und schön, aber wie soll das mit den Schläuchen gehen?", kam Tutanchamun auf das eigentliche Thema zurück und sah Jochen erwartungsvoll an.

„Die entferne ich jetzt gleich", sagte Jochen und warf ein Stück Papier in die Toilette. „Dann ziehst du ab. So!"

Tutanchamun beugte sich vor, als er das Gurgeln in der Kloschüssel hörte.

„Oh, das ist fantastisch!", sagte er und wollte das Wasser berühren.

„Nein. Nicht!" Jochen hielt seinen Arm fest.

Ali lachte nur leise.

Jochen und Echnaton warfen ihm böse Blicke zu.

„Solange deine Haut so vertrocknet ist", Jochen zeigte auf die mumifizierte Hautpartien an Tutanchamuns Unterarmen, die am schlimmsten beschädigt waren, „wäschst du dir nur deine Brust, verstanden?"

„Ja, aber warum?" Tutanchamun ließ den Kopf hängen. „Ich fühle mich schmutzig. Eigentlich haben mich immer Dienerinnen gewaschen."

Er kratzte sich verlegen am Hals. Kleine, braune Fetzen rieselten auf den hellen Rock.

„Oh nein!", rief er entsetzt. „Ich häute mich wie eine Schlange. Was ist das?"

„Deine alte Haut", erklärte Jochen. „Sie bietet dir im Moment keinen Schutz vor Feuchtigkeit, Kälte oder Nässe. Auch nicht vor Wärme. Du solltest auch nicht kratzen."

„Wenn es doch juckt." Tutanchamun stieß einen tiefen Seufzer aus. „Ich bin ein Ungeheuer."

„Nein, das bist du nicht", widersprach Jochen nachdrücklich und wendete sich an Ali. „Der Pharao braucht Gummihandschuhe, um sich waschen zu können."

„Es kommen jemand zum waschen", erklärte Ali. „Pharao nicht sollen wissen viel über heute Zeit, sagen Doktor Naser, Sir."

Jochen runzelte die Stirn.

Das hätte dieser Mistkerl damals auch mit Okpara gemacht. Tut muss hier dringend raus!

„Ich entferne jetzt die Schläuche, okay?" Jochen tätschelte die hagere Schulter und lächelte Tutanchamun freundlich an.

Es war kein unpersönliches Ärztelächeln.

Tutanchamun nickte und griff ängstlich nach Alis Arm und nach dem seines Vaters. Leider fand er am Geister-Pharao keinen Halt.

Echnaton hielt seinen Sohn fest.

„Ich könnte auch welche von meinen Handschuhen hierlassen", bot Jochen an.

„Ja, bitte", stieß Tutanchamun ängstlich hervor und hielt die Luft an, als Jochen nach dem ersten Schlauch griff.

Er wimmerte leise, als er Jochens Hände an seinem besten Stück spürte. Schweiß bildete sich auf seiner nackten Brust.

„Bereit?", fragte Jochen.

„Nein, bitte mach einfach schneller", flehte Tutanchamun.

„Es ist gleich vorbei", beruhigte Jochen ihn und zog. „Das war Nummer eins."

Er zeigte das Ende und warf den Schlauch mit dem durchsichtigen Beutel in den Mülleimer. Aus dem Augenwinkel bemerkte er, wie Ali frech grinste.

So ein uneinfühlsamer Kerl! Wie würdest du reagieren, wenn du an Tut Stelle wärst?, fragte sich Jochen verärgert. Bestimmt nicht besser!

„Ich dachte, es würde mehr wehtun", gestand Tutanchamun und atmete tief durch.

Er zitterte leicht. Sein Griff um Alis schlaksigen Körper wurde fester.

Ali stöhnte.

„Sagen Sie Pharao, er sollen nicht so hart drücken!", beschwerte er sich in gebrochenem Englisch. „Es tun weh!"

„Tut, dein Griff ist zu fest", sagte Jochen.

„Wirklich?" Tutanchamun drückte noch etwas fester zu. „Es tut mir furchtbar leid. Schade, dass ich nicht grinsen kann."

Jochen übersetzte nur den ersten Satz, nachdem Tutanchamun seinen Griff gelockert hatte.

„Bereit für den zweiten Schlauch?", fragte Jochen.

Tutanchamun nickte heftig und kniff die Augen zusammen.

„Gut, dafür musst du leider aufstehen", erklärte Jochen. „Du sitzt nämlich drauf."

Echnaton zog Tutanchamun etwas hoch. Ali verstand sofort und stützte den Goldenen Pharao von der anderen Seite.

„Diese Haltung ist unwürdig", beschwerte Tutanchamun sich mit zugekniffenen Augen.

„Fertig!" Jochen packte auch diesen Schlauch in den Eimer und drückte ihn Ali in die Hand.

Er zog die Handschuhe aus und warf sie hinterher.

„Raus damit, aber schnell!", befahl er auf Englisch. „Es sollte hier drin nicht anfangen zu riechen."

Ali rührte sich nicht.

„Raus damit, habe ich gesagt!", wiederholte Jochen lauter. „Das ist eine ärztliche Anweisung!"

„*Yes, sir.*" Nur widerwillig verließ Ali das Badezimmer.

Jochen sah ihm nach und schüttelte den Kopf.

„Ganz raus!", rief er bestimmt und scheuchte ihn mit einem Winken davon.

„Ich werde Okpara Bescheid geben", erklärte Jochen den beiden Gefangenen, kaum, dass Ali außer Hörweite war. „Er kann diese Geister-Falle bestimmt beseitigen und diesen Zauber oder was auch immer auf Tut liegt, brechen. Wenn er es nicht kann, wird Sagira ihm bestimmt helfen. Sie ist ein wandelndes Zauberbuch."

„So etwas erwartet man von einer Sphinx", behauptete Echnaton. „Wir werden hier ungeduldig warten."

„Es gefällt mir überhaupt nicht hier eingesperrt zu sein", murrte Tutanchamun. „Ich will nicht in einer Grabkammer mit Glaswand leben. Ich will eure Welt sehen."

Jochen konnte ihn verstehen und tätschelte noch einmal die schmächtige Schulter des jungen Altägypters.

„Ich würde mich gern waschen", klagte Tutanchamun kleinlaut. „Ich möchte Wasser auf der Haut spüren, bitte."

Jochen half ihm einen Handschuh anzuziehen.

„Rot bedeutet heiß und blau bedeutete kalt." Er drehte an den Reglern und machte einen Waschlappen nass, den er hinter dem Spiegel gefunden hatte. „Da lege ich dir auch ein paar Handschuhe hinein."

Tutanchamun nickte.

„Hier!" Er reichte ihm den Waschlappen. „Vorsichtig!"

„Ah, tut das gut!", rief Tutanchamun und schloss die Augen. „Eigentlich will ich nicht wieder da raus."

„Was sie da machen?" Ali stand wieder in der Tür. „Leute warten, wollen Pharao sehen. Beeilen bitte! Doktor Naser ist voll Ärger, Sir!"

„Das wissen wir", knurrte Jochen ungehalten und beugte sich zu Tutanchamun und flüsterte: „Bald bist du frei."

Der junge Altägypter nickte.

Jochen half dem Goldenen Pharao beim Aufstehen. Ali stützte wieder von der anderen Seite. Langsam verließen sie das Badezimmer.

„Ali, du musst Tutanchamun helfen zur Toilette zu gehen", erklärte Jochen. „Er wird am Anfang sehr viel Hilfe brauchen. Auch nachts!"

„Ja, ich werden Doktor Naser sagen, dass Pharao mehr Hilfe brauchen", sagte Ali. „Er brauchen noch jemand. Vielleicht ich hier schlafen können, Sir."

Die Besucher jubelten, als Tutanchamun aus dem Badezimmer kam und sich zu der Liege führen ließ.

Larissa zitterte vor Anstrengung und hielt sich an Okpara fest. Schon die ganze Zeit fühlte sie, wie Tutanchamun mit jeder Bewegung an ihrer Seele zerrte. Ihr gefiel es gar nicht, dass man den Goldenen Pharao so ausstellte. Sie spürte, wie erschöpft Tutanchamun war und dass er sich nur mit Hilfe auf der Liege niederlassen konnte. Er winkte ihr trotzdem träge zu.

Er ist sehr müde, dachte sie besorgt. Tut, versuch zu schlafen.

Er sah sie an. Sie fühlte seine Verwunderung. Jochen blickte lächelnd zu ihr und sprach mit dem Goldenen Pharao.

Echnaton sah sich erstaunt um und rief irgendwas. Er deutete auf die Liege.

Was hat er nur?, fragte sich Larissa.

Tutanchamun sah sie nur an. Er zeichnete mit dem Finger ein Quadrat in die Luft.

Ali hatte das Kissen mitgenommen, als er raus ging, erklärte sie ihm gedanklich. Wir werden bei Gelegenheit Telepathie üben müssen.

Tutanchamun nickte.

Jochen sprach noch kurz mit Echnaton und verließ dann den Bereich wieder.

Okpara ist besessen

Gaffarel schlich sich vorsichtig an die Gruppe heran. Er nutzte die vielen Leute, die Tutanchamun sehen wollten als Deckung. Eine zu frühe Entdeckung wollte er nicht riskieren. Endlich war er nah genug an Larissa.

„Na, wen haben wir denn hier?" Er tauchte vor ihr aus der Besuchermenge auf und grinste sie gierig an. „Hallöchen, mein Engelchen. Lange nicht gesehen."

Ein Kichern rutschte ihm aus der Kehle.

Entgeistert blickte die Gruppe ihn an. Gaffarel genoss die Überraschung und wandte sich, nachdem er die volle Aufmerksamkeit von der Sphinx hatte, von Okpara ab.

„Der hat uns gerade noch gefehlt." Sagira fauchte verärgert.

„Du hast wohl nicht gedacht, mich so schnell wiederzusehen, oder, Engelchen?", fragte er.

„Was machen wir jetzt?", hörte er Larissa den anderen zuflüstern, die nur einander ratlos ansahen.

Gaffarel wanderte mit den Armen auf dem Rücken verschränkt vor ihnen durch den Saal. Immer wieder rempelte er jemanden an.

Wenn sie glaubt, dass ich sie nicht hören kann, hat sie sich aber geschnitten, dachte er amüsiert. Dämonen haben sehr gute Ohren.

Sagira duckte sich, als wollte sie ihn anspringen, wenn er sich falsch bewegte.

Das Verhalten dieses komischen Wesens ist lustig. Das ist also die Sphinx, erkannte Gaffarel mit einem gewissen Interesse.

Okparas und Thomas' Augen glühten rot auf. Okpara zog Larissa hinter sich und auch Thomas stellte sich beschützend vor sie.

Beide scheinen bereit zu sein sie um jeden Preis zu verteidigen, überlegte Gaffarel. Ah ja, die beiden sind die, wie nennt man sie ... Mumien?

Er blickte Daniel und Alexander an.

Und diese beiden Kerle?, wunderte er sich. Also Kämpfer sind das nicht! Gut, für mich. Sie sind normale Menschen und schmecken bestimmt gut. Ob ich sie haben darf, wenn Runihura ein Gott ist?

Er leckte sich über die Lippen.

Runihura hatte Gaffarel aufgetragen, zu warten, bis der Arzt den verglasten Bereich von Tutanchamun verlassen hatte.

Der Dämon grinste und entblößte seine stiftartigen Zähne. Da dieses Weib jetzt hinter Okpara steht, könnte sie sehen, wie der Geister-Hohepriester in Okpara eindringt, dachte Gaffarel. Das darf nicht geschehen! Was mache ich jetzt?

Er sah wie Runihura hektisch auf Larissa deuten und nickte knapp.

„Schätzchen, ich werde jetzt deinen beiden Untoten weh tun", kündigte er an und kicherte.

Er hob seine rechte Hand mit den langen, schwarzen, krallenartigen Fingernägeln.

„Wag dich das bloß nicht!" Larissa drängte sich an Okpara und Thomas vorbei.

Sie verletzte sich an der kristallartigen Oberfläche und spürte es nicht einmal. In ihrem Innern flammte eine Wut auf. Sie ballte die

Fäuste.

„Larissa!", warnte Okpara und versuchte, sie zurückzuhalten, doch sie schüttelte seine Hand ab.

Oh, das läuft doch gut, freute Gaffarel sich innerlich. „Na Engelchen, willst du eine Runde mit mir tanzen?"

Runihura beobachtete, wie Gaffarel die Gruppe ablenkte und nutzte die günstige Gelegenheit. Er huschte aus der Wand, in der er sich versteckt hatte, und eilte schnell hinter den Rücken des jungen Altägypters.

Nur die beiden gefangenen Pharaonen konnten sehen, wie er in Okpara schlüpfte. Ihm war es egal, ob sie es wussten oder nicht.

Wenn sie es morgen diesem Arzt erzählen, ist es schon zu spät, dachte Runihura zufrieden, dann habe ich die Kontrolle über Okparas Körper erlangt und bin meinem Ziel ein Stück näher. Ich werde bald ein Gott sein. Sehr bald!

Okpara spürte ein fremdes Bewusstsein, wie er es eigentlich nur von Echnaton kannte und begann sich geistig zu wehren. Er hatte in den vergangenen Wochen mit Sagira und dem Geister-Pharao einige Male geübt, damit kein anderer Geist ihn ohne seine Einwilligung einfach so übernehmen konnte.

Echnaton war überhaupt nicht zufrieden damit gewesen, dass jeder von Okparas Körper Besitz ergreifen könnte. Immer wieder war Echnaton in den jungen Altägypter gefahren und hatte mit Okparas geistigen Kräften gerungen. Der junge Altägypter war oft zu schwach gewesen, um sich lange zu wehren.

Dieses Mal war es ein Geist, der Okpara nicht vertraut war und doch hatte er das Gefühl, dass es kein Unbekannter war.

Ich erfriere, dachte er panisch. Er ist nicht freundlich.

„Larissa", rief er erschrocken und schnappte keuchend nach Luft. „Hilf ..."

Er versuchte, nach ihrer Hand zu greifen. Seine Bewegungen waren unkontrolliert. Eisige, feinstoffliche Finger griffen nach seiner Seele.

Nana, wir wollen doch nicht die tolle Überraschung verderben!, gurrte eine ihm bekannte Stimme.

Wer bist du?, fragte Okpara gedanklich und überlegte fieberhaft, woher er diese Stimme kannte. Was willst du von mir?

Haha, das weißt du nicht?, wunderte sich die Stimme und lachte. Ich bin dein neues Ich. Oder besser du bist mein neuer Körper. Echnaton hat meine Mumie zerstört.

Wut strömte durch Okparas Körper.

Ich werde diesen verfluchten Geister-Pharao vernichten, wenn ich ein Gott bin, schwor die Stimme.

Runihura, erkannte Okpara schockiert. Nein!

Genau der. Die Stimme lachte.

„Larissa", versuchte Okpara es noch einmal, doch die weiteren Worte wollten ihm nicht über die Lippen kommen.

Runihura verhinderte es, indem er Okparas Lippen schmerzhaft aufeinanderdrückte.

„Mh ..." Nur ein paar erstickte Laute drangen aus Okparas Kehle. Er berührte panisch seinen Mund. Sein Kiefer bewegte sich nicht. „Mh ..."

„Was hast du denn?" Larissa griff besorgt nach seinem Arm. „Du zitterst stark. Frierst du? Jochen wird dich gleich untersuchen. Kannst du solange durchhalten?"

Liebevoll berührte sie seine Wange. Er versuchte zu sprechen.

Ich muss sie warnen, dachte Okpara. Sie ist in Gefahr!

Nur ein verzweifeltes Keuchen drang aus seinem Mund.

Oh, wie sehr sie sich um dich sorgt, kommentierte Runihura amüsiert. Dabei berührt sie gerade ihren zukünftigen Mörder! Was für ein wundervolles Geschöpf sie doch ist!

Wieder hallte laut das Lachen durch Okparas Kopf.

Nein! Ich werde Larissa niemals etwas antun, schwor sich Okpara. Niemals! Dazu kannst du mich nicht zwingen!

Oh, du bist stärker geworden, bemerkte Runihura bewundernd. Kompliment! Das hilft dir nur nicht. Ich werde dich besiegen. Ich bin stärker! Das war ich schon immer!

Okpara versuchte, sich mental zu wehren. Ich tue das für Larissa! Er schloss die Augen. Ich muss mich noch stärker konzentrieren. Runihura darf auf keinen Fall in meinem Körper bleiben!

Manchmal hatte er Echnaton schon aus seinem Körper drängen können, aber Runihura war nicht der Geister-Pharao, der kaum Ahnung von Magie hatte.

Der Geister-Hohepriester hatte einen Dolch als Lebensenergie-Speicher erschaffen. Ein gefährliches Artefakt. Das Bild der Waffe tauchte vor seinem inneren Auge auf.

Bald klebt ihr Blut an deinen, oh, an meinen Händen, triumphierte Runihura. Bald bin ich ein Gott mit einem neuen Körper! Jung und stark!

Nein, niemals! Okpara versuchte, verstärkt Runihura auszutreiben, doch der Hohepriester war nicht Echnaton und viel stärker.

Hat er sich in meiner Seele verkrallt?, fragte sich Okpara. Es fühlt sich furchtbar an. Als wollte er sie zerreißen.

Ja, so in etwa, bestätigte Runihura amüsiert. Du hast in letzter Zeit viel gelernt. Hat dir die Sphinx dabei geholfen?

Und wenn?, fragte Okpara zurück und begann heftig am ganzen Körper zu zucken.

Er taumelte und kämpfte um sein Gleichgewicht. Aus Versehen schlug er Larissa ins Gesicht. Sie versuchte, seine Hände festzuhalten.

„Bitte, Okpara beruhige dich!", sagte sie eindringlich. „Was hast du denn?"

Ich will dich doch nicht verletzen, dachte er entsetzt. Bleib bitte weg von mir!

Er fiel um, weil er das Gefühl hatte, dass sich alles um ihn herum drehen würde. Seine Sicht verschwamm. Er versuchte, sich irgendwo festzuhalten. Er wandte sich auf dem Boden hin und her.

Oh, du hast sie wieder geschlagen, sagte Runihura erfreut. Mach es noch mal! Schlag zu! Fester!

Er lachte.

NEIN!, schrie Okpara in seinen Gedanken Runihura entgegen.

Nur die beiden Trottel hinter dem Glas wissen, dass ich in dir stecke, meinte Runihura, und sie können es niemandem sagen. Ali und Doktor Naser stehen auf meiner Seite. Ali ist übrigens mein ergebener Diener.

Er lachte brüllend seinen Triumph durch Okparas Gedanken. Er war zu laut. Die Kopfschmerzen wurden wieder schlimmer.

Okpara, gib auf, forderte Runihura. Du kannst nicht siegen! Ich bin stärker als du!

„Okpara?" Larissa kniete sich neben ihn. „Was hast du? Holt Jochen! Schnell!"

Okpara spürte ihre warme Hand an seiner Wange und ihre Tränen, die auf sein Gesicht fielen. Seinen Kopf hatte sie in ihrem Schoss gebettet.

Larissa, lauf schnell weg!, schrie er lautlos. Runihura ist in mir! Er will dich durch meine Hand töten! Das darf nicht geschehen!

Verzweiflung breitete sich in ihm aus, da sich Larissa nicht rührte. Sie streichelte nur über seine Wange.

Oh, du willst es ihr gedanklich sagen?, meinte Runihura. Wie ungezogen von dir und wie sehr sie dich liebt! Wie niedlich! Es ist interessant, wie eng ihr verbunden seid. Das hilft mir! Enorm sogar!

Ich muss diese seelische Verbindung sofort trennen, dachte Okpara bestürzt.

Oh, diese Verbindung kannst du niemals lösen, erklärte Runihura lachend. Ihr seid Seelengefährten! Was interessant ist, da ihr beide aus unterschiedlichen Epochen stammt.

Was hat er nur?, fragte sich Larissa besorgt. Wann kommt Alex mit Jochen zurück?

Sie streichelte Okpara, dessen Körper unkontrolliert krampfte, über die Wange.

„Halte durch, Jochen ist gleich hier", beschwor sie ihn.

Der Arzt war plötzlich neben ihr.

„Jochen!", rief sie erleichtert.

„Was ist passiert?" Jochen kniete sich neben Okpara. „Sieht mir nach einem epileptischen Anfall aus, aber ich bin mir nicht sicher, weil sein Gehirn so alt ist."

Er war außer Atem und fühlte nach dem Puls an Okparas Hals.

„Tragen wir ihn in einen ruhigen Raum. Doktor Naser, zeigen Sie uns einen. Mir sind hier zu viele Gaffer!"

„Natürlich, kommen Sie hier entlang." Naser winkte übertrieben zum Ausgang.

Thomas hatte den seltsamen Blick des Ägyptologen bemerkt, den er auf den verglasten Bereich geworfen hatte. Er sah misstrauisch zu Tutachanum und Echntaon, die versuchten auf sich aufmerksam zu machen.

Was haben die beiden nur?, fragte er sich.

Auch Larissa spürte Tutanchamuns Aufregung und blickte zu den beiden zurück. Echnaton machte heftige Gesten, die sie nicht verstand.

Drehen die beiden jetzt auch noch durch?, fragte sie Thomas gedanklich.

Thomas zuckte knirschend mit den Schultern. „Frag Tut!"

Tut, was hast du?, fragte sie telepathisch, doch sie erhielt keine Antwort.

„Er hat leider noch keine Übung mit der Gedankenübertragung", sagte sie und seufzte. „Ich empfange nur seine verwirrenden Gefühle. Angst, Aufregung und Wut."

„Er ist wohl mehr ein Kopfmensch, so wie ich." Thomas lächelte einseitig.

„Ja, du brauchtest auch noch Übung", stimmt Larissa ihm zu, „und kannst es immer noch nicht richtig."

Echnaton deutete hektisch auf Okpara und schlug mit dem Stock gegen das Glas. Irgendeine Macht schleuderte ihn zu Boden. Wieder strömte die abwehrende Magie durch seinen Körper. Zuckend blieb er liegen.

Daniel, Alexander und Jochen hoben Okpara hoch. Ali wollte ihnen helfen, doch Larissa stellte sich ihm in den Weg.

„Don' touch him!", stieß sie wütend hervor.

„Larissa, was soll das?", fragte Daniel. „Wir können jede Hilfe gebrauchen. Okpara ist nicht mehr so leicht und ich bin nur ein schwacher Wissenschaftler, kein Bodybuilder."

Stöhnend trug er mit den beiden anderen Okpara zur Tür.

„Ich würde gern helfen", sagte Thomas, „aber ich würde ihn nur verletzen."

„Ich helfe euch!" Larissa nahm eines von Okparas Beinen.

Er ist wirklich schwerer geworden, dachte sie.

„Was heißt daun't tatsch?", wollte Thomas wissen.

Er folgte ihnen aus dem Saal.

„Nicht anfassen!", erklärte Larissa keuchend.

Sie trugen den jungen Altägypter durch den Gang, hinter Naser her.

Besucher blieben stehen, um die Gruppe zu beobachten.

Thomas fühlte Larissas furchtbare Angst um Okpara und beobachtete Ali, der sich ihr näherte.

„He, du da! Daun't tatsch sie", fuhr er den schlaksigen Assistenten an. „Welches Wort bedeutet anfassen? Tatsch oder daun't?"

„Touch", presste Larissa hervor. „Okpara ist wirklich schwer geworden."

„Daun't tatsch sie", wiederholte Thomas. „Sonst tatsch ich dich, klar?"

Er unterstrich seine Worte, indem er seine rechte Faust in die linke Hand schlug. Auch glühten seine Augen rot auf.

Ali nickte heftig und eilte an der Gruppe mit ihrer Last vorbei. Er ging neben Doktor Naser her und sprach leise mit dem Ägyptologen.

„Tom, nur weil du deutsche und englische Wörter mischst", stieß Larissa hervor, „ist das noch lang kein Englisch."

„Wieso? Er hat mich doch verstanden", beharrte Thomas unschuldig.

Daniel lachte gepresst. „Tom, du bist einmalig."

„Ich weiß, ich bin der einzige Kristallmensch auf dieser Welt", sagte Thomas.

Larissa schüttelte den Kopf. „Dan, du weiß das Denglisch keine Sprache ist, oder?"

Daniel versuchte, mit den Schultern zu zucken. „Wenn der Mix einen Namen hat, dann ist es auch eine Sprache."

„Nicht reden, tragen." Alexander stieß ein gepresstes Lachen hervor.

Sie brachten Okpara in die Kammer, in der Tutanchamun die erste Nacht im Museum verbracht hatte und legten ihn auf die Liege. Der junge Altägypter zuckte immer noch leicht.

Jochen begann ihn gründlicher zu untersuchen. „Sein Puls rast", bemerkte er besorgt. „Wildes Augenrollen, als wäre er in einem Alptraum gefangen. Das will mir gar nicht gefallen!"

Larissa begann zu weinen.

Jochen seufzte. „Wir sollten Okpara ins Hotel bringen. Dan, würdest du ein paar Proben entnehmen? Vielleicht finden wir dann den Grund für seinen Zustand."

„Natürlich. Wir haben doch ein paar Spritzen mitgenommen, oder?" Daniel übernahm Jochens Platz und sagte auf Englisch: „Ich brauche aber ein Labor."

„Ich kann ihnen eines besorgen", bot Naser an. „Es ist ja auch für den Goldenen Pharao wichtig. Nicht, dass er es auch bekommt."

„Ach ja?" Daniel sah den Ägyptologen erstaunt an. „Gut, kümmern Sie sich bitte darum."

Jochen fragte Naser wie beiläufig: „Warum haben Sie Tut das Kissen weggenommen?"

„Das Kissen gehört nicht in die Epoche des Alten Ägypten", erwiderte Doktor Naser verärgert. „Deshalb darf er es auch nicht behalten. Der Bereich soll authentisch für die Besucher sein."

„Glauben Sie wirklich, dass ein Kissen ihren Besuchern auffallen würde?", fragte Larissa.

„Nun, den Ägyptologen wird es bestimmt auffallen", blieb Naser hart. „Wir werden in nächster Zeit noch so manche Replikate für Tutanchamun herstellen. Er soll sich wohlfühlen."

„Vielleicht würden die Ägyptologen ihm ein Kissen trotzdem gönnen", erwiderte Larissa. „Oder sind alle Ägyptologen Unmenschen?"

„Was wollen Sie damit sagen?", fragte Naser aufgebracht und trat drohend auf sie zu.

Thomas streckte seinen Arm aus.

„Daun't tatsch sie!", sagte er.

„Es heißt *Don't touch her*!", verbesserte Larissa.

„*Don't touch* hör!", wiederholte Thomas. „Siehste, ich kann englisch!"

Er sah Naser mit rot glühenden Augen an.

Tuts Enthüllung

Im Hotel blieb ich lange bei Okpara im Zimmer. Sagira lief vor dem Bett unruhig hin und her. Ob sie in der Nacht überhaupt schlafen würde, wusste ich nicht.

Okpara wachte nicht wieder auf. Ich machte mir große Sorgen um ihn. Ein innerer Drang zwang mich, schlafen zu gehen. Schließlich fielen mir die Augen zu. Meine Gedanken kehrten immer wieder zu diesem entsetzlichen Ägyptologen zurück. Doktor Naser ließ niemanden mehr zu Tut und Echnaton, obwohl der Geister-Pharao hektisch winkte und bedeutete, dass er mit uns sprechen wollte. Ich war mir mittlerweile sicher, dass Doktor Naser etwas zu verbergen hatte. Nur was? Dass er Tut nicht gut gesinnt war, war mir schon klar! Er hatte sein Versprechen nicht gehalten!

Wie in der Nacht zuvor träumte ich von Tuts verlassenen Palast. Unter meinen nackten Füßen spürte ich den kühlen, glatten Steinboden.

„Tut!", rief ich. „Wo bist du?"

„Larissa!" Das Echo von Tuts Stimme hallte dumpf durch die Gänge. „Ich bin hier!"

Er trat aus einer Öffnung und lief auf mich zu. Stürmisch umarmte er mich und wollte mich küssen.

Ich wehrte ihn ab. Er ließ sich davon nicht verunsichern.

„Bin ich froh, dass du jetzt hier bei mir bist!" Erleichtert nahm er meine Hände sanft in seine. „Du musst etwas wissen. Komm mit mir!"

Er hastete durch die Gänge. Es kam mir vor, als würde uns jemand belauschen, so eilig führte er mich durch den Palast, der mir wie ein Labyrinth aus Korridoren, Räumen und Sälen zu bestehen schien.

Was hatte er nur vor? In der Realität hätte ich allein niemals wieder aus dem Palast gefunden – im Traum musste ich das nicht, aufzuwachen würde genügen. Das war praktisch.

Wir betraten einen wunderschönen Park. Die Sonne schien auf prachtvolle Blumenbeete. Darüber wunderte ich mich, weil es in Okparas und auch in Toms Träumen immer Nacht gewesen war. Ein herrlicher, blumiger Duft stieg mir in die Nase. Auf kleinen Grasflächen spendeten einige Bäume Schatten. Ich hörte Wasser plätschern. Als würde mich ein Hauch Ewigkeit streifen. Grashalme kitzelten meine Fußsohlen.

Tut ließ meine Hand nicht los, obwohl er wusste, dass ich mit Okpara zusammen war. Warum akzeptierte er das nicht einfach?

„Larissa, ich habe Angst um dich!", gestand er mir leise, als er endlich stehen blieb.

„Warum denn? Tom und Okpara passen doch auf mich auf", sagte ich und lächelte ihn aufmunternd an. „Ich bin sicher!"

Hielt er mich deshalb so fest?

„Es ist hier wunderschön", wich ich aus.

„Danke", sagte Tut stolz, „ich wollte an einen Ort, an dem ich mich frei fühlen kann."

Er atmete tief ein.

„Das kann ich gut verstehen." Ich setzte mich unter einen Baum und klopfte neben mich. „Komm, setzt dich zu mir."

Tut kam meiner Bitte sofort nach.

„Wir werden dich und deinen Vater befreien", versprach ich ihm. „Okpara-"

„Larissa, ich muss dir etwas Dringendes sagen!", fiel er mir ins Wort. „Es ... es geht um Okpara!"

Oh nein, nicht schon wieder! Ein Seufzen entwich mir bei der Befürchtung, dass dies in einem erneuten Versuch von ihm enden würde, mich Okpara auszuspannen.

„Hör zu, Tut-", begann ich, doch er unterbrach mich wieder.

„Larissa, es ist sehr wichtig!", rief er und kratzte sich hinterm Ohr. „Also, Vater und ich haben da etwas gesehen, als dieser ... wie hieß dieser komische Kerl, den du in der Duat verprügelt hattest?"

„Gaffarel?", half ich ihm. „Was ist mit ihm?"

„Also wir sahen wie ein Schatten in Okparas Körper eindrang." Tut sah mich nachdrücklich an.

„Was meinst du damit?" Mir wurde kalt.

„Vater sagte, dass es Runihura sei", berichtete Tut weiter.

„Runihura", hauchte ich und erschauderte. „Nein, nicht der schon wieder! Er ist doch in der Duat gefangen."

Tutanchamun schüttelte den Kopf. „Irgendwie ist er entkommen."

Oh nein, Okpara war besessen! Besorgt zog ich meine Beine an. Was wollte Runihura von ihm?

Ich dachte darüber nach und fror bis tief in meiner Seele. Mir fiel der Dolch mit dem vielen Kas, dem Lebenskraftspeicher, wieder ein.

Er hatte seinen Plan, mich zu opfern, bestimmt noch nicht aufgegeben. Kalt lief es mir über den Rücken. Er bräuchte diese Waffe, die sicher in einem Tresor auf Alexs Anwesen aufbewahrt wurde. Ohne sie konnte er mich auf keinen Fall töten, oder?

„Wenn Runihura in Okparas Körper steckt, wird Okpara euch wohl nicht befreien können", überlegte ich laut. „Wie sollen wir euch dann da rausholen? Verdammt noch mal!"

„Ich weiß es leider auch nicht." Tut lehnte seinen Kopf gegen meine Schulter. „Ich will frei sein! Komm, gehen wir spazieren! Vielleicht fällt uns dann etwas ein."

Er sprang auf die Füße und hielt mir mit einem breiten Lächeln die Hand hin.

„Was hast du?", fragte ich verwundert.

„Normalerweise wird mir immer beim Aufstehen geholfen", erklärte er mir, „aber jetzt helfe ich dir. Es tut gut."

Ich ließ mich von ihm hochziehen und machte mich mit Absicht schwerer. Gut, im Traum geht das nicht, aber ich wollte es Tut nicht zu einfach machen. Er lachte kurz auf.

Im Garten spazieren zu gehen, wäre so herrlich gewesen, wenn nicht Runihura und Tuts Gefangenschaft auf unsere Gemüter gedrückt hätte. Wir schlenderten beinahe achtlos an den vielen bunten Blumenbeeten vorbei.

„Das ist es!", rief ich plötzlich, weil mir wirklich etwas eingefallen war.

Tut zuckte erschrocken zusammen. Er war wohl tief in Gedanken versunken gewesen.

„Sag mal, Sphinxe können doch auch zaubern, oder?", fragte ich aufgeregt.

„Oh, ähm, ich weiß nicht", gestand Tut. „Sie sind allwissend. Es wäre möglich! Warum fragst du?"

Ich kicherte.

Also allwissend war Sagira nicht, aber sie konnte sich auf eine Art Wissen aneignen, wovon ich nur träumen konnte.

„Sagira ist Okparas kleine Schwester ..." Ich konnte nicht weitersprechen, weil sich Tut vor Lachen kaum noch auf den Beinen halten konnte.

Er kriegte sich lange nicht mehr ein.

„Oh Mann, der Witz war gut!" Er lachte wieder und schnappte nach Luft. „Der Sphinx ist eine Erscheinungsform des Pharaos. Er kann so sein Land und sein Volk beschützen."

Der Sphinx?, wunderte ich mich. Ach ja, weil die Agyptischen Sphinx immer männlich waren. Auch bei Kleopatra?

Musste ich ihm jetzt etwas von der Vererbungslehre erklären? Dafür hatten wir keine Zeit.

„Sagira und Okpara sind wirklich Geschwister", beteuerte ich bedeutungsvoll. „Ein DNA Test hat das sogar bestätigt!"

„Was für ein Test, für was?", fragte Tut. „Ich kann mir nicht vorstellen, dass Sphinxen schreiben können."

„Das sollte dir besser Dan erklären", wich ich aus. „Also, wenn Sagira zaubern kann, dann könnte sie euch beide doch befreien und ich lenke währenddessen Runihura von ihrem Tun ab."

Tut blieb wie erstarrt stehen.

„Das ist zu gefährlich!", rief er erschrocken. „Vater hat mir viel über diesen grausamen Hohepriester erzählt. Leider war nichts Gutes dabei. Ich verbiete es dir!"

Vielleicht auch weil Echnaton eine Reformation durchsetzen wollte, die weder den Priestern noch dem Volk gefallen hatte.

„Du kannst mir nichts verbieten, Tut!", erwiderte ich verärgert.

„Er könnte dir etwas antun! Dich töten!", beharrte er. „Ich will nicht wieder sterben."

„Ich werde vorsichtig sein", versprach ich, „außerdem ist doch Okpara bei mir."

„Der ist aber besessen! Ich habe Angst um dich." Tut umarmte mich fest. „Komm, wir sollten zu unseren Göttern beten. Sie werden dich bestimmt beschützen!"

„Es sind nicht meine Götter", widersprach ich, „oder noch nicht ganz."

Meinte er beten, wie beten? Oder …

Oh nein, mein Gesicht wurde ganz schön heiß.

Er meint doch nicht etwa Sex? Zu so etwas gehörten immer noch zwei. Ich würde Okpara auf keinen Fall fremdgehen – nicht einmal im Traum.

„Was hast du?", fragte Tut besorgt und griff nach meinem Arm. „Ist dir nicht gut? Macht Runihura im Moment etwas mit dir?"

„N-nein", stotterte ich.

„Du bist ganz schön rot im Gesicht", bemerkte er besorgt. „Du solltest aufwachen und zu einem Heiler oder zu Jochen gehen", empfahl er mir.

Oh nein, musste er das sagen? Mein Gesicht wurde noch heißer.

„Fällst du gleich um? Muss ich dich stützen?", sorgte er sich. „Ist dir schwindelig?"

„Nein, nein", wehrte ich ab. „Hör bitte auf zu reden."

Man, war mir das peinlich.

Wie gut kann er Gedanken lesen?, fragte ich mich.

Tut führte mich in eine Art Kapelle. Er öffnete einen Schrein mit reichverzierten Holztüren. Die marmorne Statue des Gottes Amun stand in der Mitte. In der linken Hand hielt die etwa ein Meter große Statur einen Stab.

Beten ist im Moment wirklich beten, dachte ich und atmete erleichtert auf. Den Göttern sei Dank. Ich sah mich schon in seinem Schlafzimmer.

Jemand kicherte leise in meinem Kopf.

Aber er hat noch andere Gedanken, stimmte mir eine weibliche Stimme zu. Er würde dich sofort beglücken. Du brauchst nur ein Wort zu sagen.

Das werde ich aber nicht tun! Wer bist du?, fragte ich in ein weiteres Kichern hinein.

Eine Kuh erschien vor meinem geistigen Auge. Leider konnte ich damit nichts anfangen und schüttelte den Kopf. Ob sich eine Göttin aus meinen Gedanken vertreiben ließ?

Sie antwortete nicht.

Sollte ich Tut fragen, für welche Gottheit die Kuh stand? Nein, besser nicht.

Ein Gefühl sagte mir, dass ich morgen lieber Sagira oder Okpara fragen würde.

„Tut, ich habe ein bisschen Angst vor dem morgigen Tag", gestand ich. „Aber es geht nicht anders."

Tut lächelte und nickte. Er umarmte mich.

„Ich wünschte, ich könnte dich beschützen."

„Glaubst du, dass ein Geist einen anderen aus dem Körper eines Menschen vertreiben kann?"

Tut grinste. „Du meinst, ob mein Vater Runihura aus Okparas Körper prügeln könnte?"

„Ja, so ähnlich", wich ich aus. „Ich hoffe nur, dass ein Kampf nicht nötig ist."

Ob es Okpara schaden würde, wenn sich zwei Geister in seinem Körper bekämpften.

„Ich werde Vater fragen", versprach Tut. „Er sollte es wenigstens versuchen."

Ich nickte nur.

Hoffentlich würde diese Auseinandersetzung gut für Okpara ausgehen. Er tat zwar immer so stark, aber er lebte nur durch seine Magie weiter. Manchmal war er so erschöpft und schlief zu viel. Das Ritual, das Tut geholfen hatte, war für ihn extrem kräftezehrend gewesen.

„Hier!" Tut reichte mir ein Sistrum, einen Klapperstab. „Den dürfen nur Frauen benutzen."

„Okay, ist es so richtig?" Ich schwang das Instrument, sodass die kleinen Scheiben, die daran befestigt waren, klirrten.

„Ja, wir beten zu unseren Göttern, damit sie uns ihren Schutz geben", sagte Tut und hob seine Arme. „Oh, mein Herr Amun ..."

Gewonnen?

Runihura fühlte sich sehr schwach, als er am Morgen in Okparas Körper aufwachte. Er hatte den Kampf gegen dessen Ba gewonnen.

Dieser Körper ist besser, als ich dachte, überlegte er und bewunderte die rechte Hand, die eine hellbraune Hautfarbe zeigte.

Er bewegte die Finger. Die Gelenke knackten leise. Die Linke war noch immer mit dieser lederartigen, grauen, Schicht überzogen. Runihura ballte sie zur Faust.

Nicht schlecht, fand er selbstgefällig. Diese Muskeln arbeiten schon gut.

Er lauschte auf seinen Atem, der immer noch leise rasselte und genoss wie die kühle Luft in Okparas Körper, der nun ihm gehörte, strömte.

Das ist das Leben. Das Ka von dieser Frau ist unglaublich, dachte Runihura. Einfach nur herrlich!

Er untersuchte seinen neuen Körper.

Yanara hatte Magie benutzt, um ihren Sohn zu mumifizieren. Ja, du warst ein schlaues, verschlagendes Weib, meine Liebe, sinnierte Runihura. Das muss ich dir zu gestehen! Dein Sohn lebt wieder, aber sein Ba wird es bald nicht mehr geben.

Etwas legte sich auf sein Bein. Er erschrak, als er die große Pfote bemerkte, die auf seinem Oberschenkel ruhte.

Die Sphinx ist hier? Okpara sieht in ihr eine Schwester, rief er sich in Erinnerung und lächelte. Warum schläft er mit der Sphinx und nicht mit dem Weib in einem Bett?

Vorsichtig zog er sein Bein unter der Pfote weg. Die Sphinx bewegte sich kaum und begann zu schnurren.

Hoffentlich erkennt sie mich in Okparas Körper nicht, sorgte Runihura sich. Das könnte zu einem Problem führen. Wer weiß wie mächtig sie ist? Mit ihr möchte ich mich nicht anlegen.

Er schlug vorsichtig die Decke zurück und schwang langsam die Beine über die Bettkante. Auf keinen Fall wollte er die Sphinx wecken.

„Du bist ja wach", meinte Sagira erfreut.

Erschrocken zuckte Runihura zusammen. Er blickte über seine Schulter auf die Sphinx, die verschlafen blinzelte.

Diese gelben Augen! Kann sie in mich hineinsehen?, fragte er sich und versuchte, nicht in Sagiras Gesicht zu blicken. Augen waren immerhin der Spiegel der Seele. Warum spricht sie kein Altägyptisch mit mir?

Er sah schnell wieder weg, damit Sagira ihn nicht allzu genau betrachten konnte.

„Ich bin so froh, dass du wieder wach bist", sagte sie. „Willst du etwa schon aufstehen? Du bleibst gefälligst liegen, großer Bruder!"

Runihura nickte, doch dann schüttelte er den Kopf.

Verdammt Okpara, gib mir diese blöde Sprache, forderte er gedanklich. Ich brauche sie jetzt!

Ich denke gar nicht daran, erwiderte Okpara schwach und langsam. Sagira ist schlau. Sie wird schon merken, dass du in mir steckst.

Wir werden schon sehen, wer am Ende deinen Körper besitzt,

konterte Runihura.

Er versuchte aufzustehen. Die Beine schienen ihn nicht tragen zu wollen. Er zitterte am ganzen Körper, weil es so anstrengend war.

„Okpara, bleib sitzen!", mahnte Sagira zischend. „Du bist noch viel zu schwach. Nach diesem furchtbaren Anfall solltest du dich schonen und im Bett bleiben."

Sie stand auf und streckte sich auf dem Bett.

Runihura hielt sein Gesicht von Sagira abgewandt. Er durchsuchte Okparas Gedächtnis nach deutschen Gedanken, die der junge Altägypter nicht vor seinem Zugriff verschlossen hatte.

Ich kann diese Sprache verstehen, aber nicht antworten, dachte er verärgert. Warum?

„Ich … zu ihr!", stammelte er undeutlich, damit Sagira nicht merkte, wie ungewohnt die Worte für ihn waren.

Okpara grinste gedanklich, auch wenn er Sorge und Traurigkeit ausstrahlte. Runihura zu behindern, war das Einzige, was er im Moment tun konnte.

Ich habe noch nicht ganz gewonnen, wurde Runihura klar. Verdammt!

So sieht es aus, bestätigte Okpara. Ich werde alles tun, um deine Pläne zu durchkreuzen!

Versuche es ruhig, dachte Runihura. Du hast nicht die Macht mir zu widerstehen.

„Was ist mit dir los?", fragte Sagira besorgt.

„Nichts", murmelte Runihura und konnte sich endlich auf die Füße quälen. „Zu ihr!"

„Du willst zu Larissa?", hakte Sagira nach. „Lass sie schlafen. Sie hat sich furchtbare Sorgen um dich gemacht. Genauso wie ich übrigens."

Runihura taumelte zur Tür. Seine Hand-Augen-Koordination stimmte nicht. Mehrere Male griff er neben die Klinke. Seine Fingerspitzen strichen über das Holz der Tür. Er musste sich am Türrahmen abstützen.

„Vielleicht solltest du dich wieder hinlegen", versuchte Sagira ihn zurückzuhalten. „Nicht, dass du uns wieder zusammenbrichst. Dieser Anfall hat Larissa und auch mir höllische Angst eingejagt."

Kann sie nicht Altägyptisch sprechen?, fragte Runihura Okpara verärgert, weil er einfach nicht nachvollziehen konnte, warum die Sphinx eine fremde Sprache ihrer eigenen vorziehen sollte.

Sagira mag Larissa sehr und fühlt sich ihr durch die Sprache verbunden, entgegnete Okpara. Sie spürt bestimmt etwas! Ich hoffe es zu mindestens.

Würde sie Verdacht schöpfen, wenn ich auf Altägyptisch antworte?, wollte Runihura wissen.

Endlich konnte er die Klinke herunterdrücken und öffnete die Tür. Er atmete erleichtert auf.

Ja, bestimmt, behauptete Okpara. Sie und Larissa werden einen Weg finden, dich aus mir herauszuholen.

Das kannst du vergessen, dacht Runihura triumphierend. Es wäre unglaublich, wenn es ihnen gelingt. Das 21. Jahrhundert ist magiefrei. Niemand kann mehr zaubern.

Ich kann aber zaubern, erinnerte Okpara ihn nachdrücklich.

Ich hatte es dir ausdrücklich verboten, ermahnte Runihura ihn. Seine Beine fühlten sich an wie aus Pudding, als er aus dem

Zimmer taumelte.

Du hast Angst vor Sagira, bemerkte Okpara. Ich spüre es.

Stimmt, deshalb will ich nur weg von dieser Sphinx, dachte Runihura. Lass das! Ich bin stärker als du und werde bestimmt nicht in dieses Zimmer zurückgehen.

Mit einer Hand stützte er sich beim Laufen an der Wand ab.

Wo ist die Kammer von diesem verfluchten Weib?, fragte er sich und blickte sich im großen Wohnraum um.

Ich werde Larissa auf jeden Fall beschützen, warnte Okpara ihn. Und nenn sie nicht Weib! Sie ist ein Engel! Mein Engel!

Du kannst es versuchen, konterte Runihura amüsiert, aber es wird dir nicht gelingen. Ich bin stärker als du!

Er sah Thomas, der mit verschränkten Armen vor einer Tür stand.

Ob das Weib hinter dieser Tür schläft?, fragte Runihura sich. Wie heißt dieses Monstrum, Okpara?

Lalalala, echote Okpara durch seine Gedanken.

Du kannst mich nicht aufhalten, dachte Runihura. Du bist jetzt schon mein Sklave! Dein Körper gehorcht mir immer besser, wie du siehst!

Ich bin nicht dein Sklave!, erwiderte Okpara lauter.

Runihura spürte Okparas Kopfschmerzen.

Halt den Mund, Elender!

„Guten Morgen", begrüßte Thomas ihn. „Hast du gut geruht?"

„Guten ... Morgen", wiederholte Runihura murmelnd und nickte.

Thomas machte ihm Platz. Aus dem Augenwinkel beobachtete Runihura den Kristallmann, als er die Klinke berührte.

Ja, ich bin gleich am Ziel und mit dem Weib ganz allein, triumphierte er im Stillen.

Ich bin noch da, widersprach Okpara. Du kannst ihr kein Haar krümmen!

Halt endlich dein verdammtes Maul!, forderte Runihura ihn gedanklich auf. Was denkst du, wer du bist?

Ich bin ihr Freund!, sagte Okpara aus tiefer Überzeugung.

Nur … ein … Freund?, dachte Runihura und lachte innerlich. Das reicht nicht aus!

So sagt man es heute, erklärte Okpara. Wir nannten es Gefährtin, Geliebte oder Frau! Ich liebe Larissa so sehr und werde sie irgendwann bitten, mich zu heiraten.

Runihura lachte wieder gedanklich. Du kannst nicht lieben, Okpara!

Oh doch, das kann ich!, beharrte Okpara. Du sagtest, sie sei meine Seelengefährtin. Wir verbanden uns durch einen Kuss!

„Was?", fragte Runihura und stockte.

Er blickte wieder auf Thomas.

Hat er mein Zögern bemerkt?, überlegte er, oder meine Reaktion?

„Okpara, geht es dir wirklich gut?", hakte Thomas prompt nach. „Was hast du?"

„Nichts!", murmelte Runihura.

Langsam schob er die Tür auf und roch Larissas Parfüm, das nach Vanille duftete.

Das Laufen fiel ihm schon leichter, als er den abgedunkelten Raum betrat. Vor ihrem Bett blieb er stehen.

Wie süß und unschuldig diese Weiber immer aussehen, wenn sie schlafen, dachte er und berührte Larissas braunes Haar. Mein Weg, ein Gott zu werden, war lang, aber jetzt bin ich bald an meinem ersehnten Ziel.

Seine Hand zitterte. Er hatte sich kaum noch unter Kontrolle.

Larissa bewegte sich und gähnte. Sie rieb sich verschlafen die Augen und zuckte zusammen.

„Okpara!", rief sie und setzte sich auf. „Du hast mich erschreckt!"

Runihura lächelte verkrampft.

„Bist du schon lange hier?", fragte Larissa.

Runihura schüttelte den Kopf.

„Ich muss noch Traumtagebuch führen." Larissa griff nach ihrem Handy und öffnete den Messenger. „Du weißt, du darfst nicht gucken."

Runihura nickte und blieb bewegungslos stehen. Er sah weg.

Ich kann diese Zeichen sowieso nicht lesen, dachte er.

Ja, sie sind sehr schwierig, bestätigte Okpara amüsiert. Sechsundzwanzig Buchstaben in großen und kleinen Zeichen. Dann noch die drei Umlaute und das ß. Keine Hieroglyphen.

Larissa tippte den Chat mit Daniel an und schrieb: Okpara ist von Runihura besessen. Frag Sagira, ob sie den oder die Zauber von Tut und Echnaton brechen kann. Tut wird oder hat schon mit Echnaton gesprochen, damit er Runihura aus Okpara vertreiben kann. Wir müssen sie unbedingt befreien.

Das Handy piepste verräterisch.

Ich habe vergessen, es auf lautlos zu schalten, erkannte sie besorgt und schielte zu Okpara. Runihura hatte anscheinend nichts gemerkt. Ihr kam zugute, dass er von neuer Technologie keine Ahnung hatte.

Daniel: Geist gegen Geist? Ob das überhaupt funktionieren kann?

Larissa: Ich hoffe es für Okpara. Ich werde Runihura ablenken, während Sagira die Zauber bricht.

Daniel: Bist du wahnsinnig? Das ist zu gefährlich! Weißt du, wo Okpara/Runihura gerade ist?

Larissa: Ja, er ist bei mir.

Daniel: OMG! Dann behalte ihn bei dir und ruf Tom zu dir. Ich flitze sofort zu Sagira und spreche mit ihr.

Larissa: Gut, mach das. Drück uns fest die Daumen!

„Okpara, setz dich doch zu mir." Sie klopfte auf die Bettdecke. „Du schwankst mir noch zu heftig. Du solltest dich ausruhen."

Vorsichtig ließ Runihura sich neben ihr nieder.

Er starrt mich an, dachte sie. Ich sehe keine Freundlichkeit in seinem Gesicht.

„Sollen wir heute statt ins Museum, auf den Basar gehen?", schlug sie vor. „Ich würde gern etwas einkaufen. Ein paar Souvenire für meine Familie, wenn du verstehst."

„Basar", sagte Runihura und nickte.

Sein Lächeln wurde entspannter.

Larissa berührte mit den Fingerspitzen seine Hand. „Ich bin so froh, dass es dir wieder besser geht."

Sie wunderte sich, dass sich Okparas Hand wärmer anfühlte als sonst.

Geht es ihm körperlich besser?, fragte sie sich. Ob mich mein Ankh vor Runihura beschützen kann? Nicht, dass es Okpara verletzt.

Sie zog ihr ägyptisches Kreuz hervor und beobachtete Okparas Gesicht. Keine Reaktion!

Ali, hör mir zu, versuchte Runihura seinen Diener telepathisch zu erreichen. Ich werde mit dem Weib und Okpara auf dem Basar gehen.

Er bekam keine Antwort!

Das funktioniert anscheinend nicht, warf Okpara erleichtert ein.

Er kann nur nichts erwidern, dachte Runihura. Diese Leute haben alles Magische vergessen, aber er hört mich. Da bin ich mir sicher.

Bereite alles vor, befahl er telepathisch. Ich will, dass du die Frau zu unserem Versammlungsplatz bringst!

Sagira hob den Kopf, als es an der Tür klopfte. Sie war noch sehr müde und blinzelte.

Wieder klopfte es. Dieses Mal drängender.

Sie gähnte herzhaft. „Herein!"

Blöde menschliche Angewohnheiten, dachte sie verärgert. Ich würde einfach so hereinkommen.

Daniel öffnete die Tür nur einen Spalt breit und schlüpfte in den Raum.

„Ich wollte schon fragen, ob du schon angezogen bist." Er lachte kurz.

Er benimmt sich wie immer seltsam, dachte Sagira.

„Ach, weißt du, ich denke noch über mein heutiges Outfit nach", erwiderte sie und grinste. „Welche Farbe soll ich heute tragen?"

„Oh, soll ich in fünf Minuten wiederkommen?", fragte Daniel.

„Dan, seit wann ziehe ich mich an?", hakte sie nach. „Bist du noch nicht richtig wach?"

„Doch, aber ich werde normalerweise nicht durch einen Chat geweckt." Daniel schloss die Tür leise, nachdem er noch einmal nach draußen gesehen hatte. „Wir müssen dringend über etwas sprechen."

„Spielt du Geheimagent?", zog sie ihn genervt auf. „Ich hoffe, Okpara ist bei Larissa."

„Ja, das ist er", bestätigte Daniel und setzte sich zu ihr auf das Bett und begann von dem Plan zu erzählen.

„Ich weiß nicht", meinte Sagira. „Ich habe nur einmal gezaubert. Normalerweise überlasse ich das Okpara. Ich habe ihn schließlich unterrichtet, weil meine Herrin ... meine Mutter ihm das Zaubern nicht beibringen wollte."

„Aber du kannst es doch noch einmal versuchen, oder?", hakte Daniel nach. „Es ist sehr wichtig!"

„Natürlich! Ich weiß!" Sagira sah ihn durchdringend an. „Ich bin neugierig, ob ich die Magie beherrsche. Öffne mir bitte die Tür, ich will jetzt Okpara sehen."

„Aber ..." Daniel folgte der Sphinx aus dem Zimmer und raunte: „Es könnte unseren Plan gefährden."

„Guten Morgen, Sagira", begrüßte Thomas die Sphinx. „Sei vorsichtig, hier liegen überall Splitter von mir herum. Nicht, dass sie dir in die Pfoten schneiden."

„Wirklich?" Daniel kniet sich sofort hin und untersuchte den Teppich. „Du fällst uns doch hoffentlich nicht auseinander. Ich weiß noch nicht alles über deine Beschaffenheit."

„Ich glaube, es ist nur die Oberfläche, die abbricht", meinte Thomas.

„Es könnte auch am Klima liegen", überlegte Daniel laut. „Ich sollte ein paar Untersuchungen anstellen!"

„Dan, wirklich?", rief Sagira und schüttelte den Kopf. „Das ist jetzt nicht wichtig!"

„Tom zu helfen ist wichtig", entgegnete Daniel nachdrücklich.

Aus Höflichkeit klopfte Sagira mit ihrer Pfote gegen die Tür.

Nur bei Larissa klopfe ich an, dachte sie.

„Herein!", rief Larissa von innen.

Thomas öffnete Sagira freundlich.

„Willst du nicht schlafen gehen?", fragte Daniel den Kristallmann.

Thomas schüttelte den Kopf. Die kristallene Oberfläche knirschte leise.

„Larissa hat Angst, da ist es besser, wenn ich wach bleibe", flüsterte er.

Sagira betrat den Raum und beäugte Okpara, der sich unter ihren Blick unwohl zu fühlen schien.

„Du wirst dich heute ausruhen, großer Bruder", sagte sie bestimmt. „Du sollst doch wieder gesund werden."

Larissa umschloss mit beiden Händen Okparas Rechte.

„Okpara und ich werden nur ganz kurz auf den Basar gehen. Dann wird er sich wieder hinlegen und ich werde nicht von seiner Seite weichen."

„Gut, aber danach ruhst du dich wirklich gründlich aus!", verlangte Sagira streng. „Ich kenne dich viel zu gut, mein lieber Bruder."

Runihura nickte nur.

„Aber vorher werden wir noch auf der Dachterasse frühstücken." Larissa angelte nach dem Telefon. „Einverstanden?"

„Ja, das ist eine sehr gute Idee. Du solltest dich wirklich stärken", pflichtete Sagira Larissa bei. „Ich frühstücke mit den anderen im Speiseraum, um danach sofort zum Museum zu fahren."

Runihura nickte wieder.

„Mach es dir doch auf meinem Bett bequem", bot Larissa ihm an, küsste ihn auf die Wange und bestellte ein Frühstück für zwei.

Sagiras magische Stunde

Ohne Alexander, der heimlich Larissa und Okpara auf den Basar folgen sollte, ging die Gruppe zum Museum.

„Ich hätte Larissa auch nachgehen sollen", meinte Thomas besorgt.

„Du wärst aufgefallen wie ein bunter Hund", erwiderte Daniel und musste grinsen.

Auch Thomas lächelte einseitig. Beide erinnerten sich an Okpara, der die Redewendung vor einigen Wochen sehr verwirrt hatte.

Hoffentlich wird Okpara diesen Runihura schnell wieder los, dachte Daniel besorgt. Mir ist unser alter Okpara viel lieber! Ob der Plan, Geist gegen Geist, gut ist?

„Was wollen Sie denn schon wieder hier?", schimpfte Naser ungehalten.

„Ich möchte Tut sehen", verlangte Jochen. „Wir fliegen bald nach Hause, da will ich sicher gehen, dass er sich gut erholt hat. Sie wollen doch einen gesunden Pharao, oder etwa nicht?"

„Ja, ja natürlich", beteuerte Naser eifrig. „Kommen Sie, Doktor Holzschneider, aber nur Sie! Die anderen müssen hierbleiben und warten!"

Daniel und Thomas nickten. Sie hatten sowieso nichts anderes erwartet.

Sagira lächelte geheimnisvoll wie die Mona Lisa, nur mit längeren

Eckzähnen, die aus ihren Mundwinkeln schauten. Sie folgte Daniel und Thomas in den Saal, in dem die Besucher Tutanchamun sehen konnten. Die beiden Männer winkten den beiden Pharaonen zu.

Jochen betrat den Bereich hinter der Glasscheibe. Ihm folgte Ali, der an der Tür stehenblieb und ihn nicht aus den Augen ließ.

Für einen Wächter ist er zu schmächtig, dachte Jochen. Ich könnte ihn bestimmt überwältigen. Gegen Echnaton hätte er keine Chance, wenn der Zauber nicht wäre.

Tutanchamun richtete sich sofort auf, als er ihn sah.

„Jochen", rief er erfreut und versuchte, allein aufzustehen.

„Tut, bleib sitzen!", sagte Jochen. „Du bist noch zu schwach."

„Ich muss aber dringend mit dir reden", erwiderte Tutanchamun. „Allein!"

Er trug einen dieser mit Edelsteinen geschmückten Kragen nach der Mode der alten Ägypter.

Das ist unverantwortlich, dachte Jochen und schüttelte den Kopf.

„Doktor Naser, dieser Kragen ist nicht gut für Tutanchamun", rief er und ging auf den Goldenen Pharao zu. „Dieses Ding ist viel zu schwer für seinen Rücken."

Er blickte sich um. *„Ali, where is Doctor Naser?"*

„He is not here!", erwiderte Ali und grinste.

„Ich weiß schon alles", flüsterte er an Tutanchamuns Ohr. „Larissa hat es uns geschrieben."

„Das war aber leichtsinnig von ihr und gefährlich", meinte Tutanchamun leise. „Wenn Runihura den Papyrus gefunden hätte, wäre alles aus gewesen!"

Jochen verschluckte sich an seinem Lachen, holte sein Handy aus der Tasche und hielt es dem Goldenen Pharao hin. „Hier, ich zeige es dir."

Er drückte auf den Knopf an der Seite, um das Display ein zu schalten.

„Oh", staunte Tutanchamun. „Ist das eine neue Art von Magie?"

„Nein, das ist Technik", erklärte Jochen. „Fast jeder besitzt ein Handy."

„Bekomme ich auch eines?", wollte Tutanchamun wissen. „Ich brauche sowas schon seit Ewigkeiten."

„Ja, wenn wir dich hier raus haben", versprach Jochen amüsiert.

„Doktor Holzschneider packen Sie sofort das Handy weg!", rief Naser wütend auf Englisch.

Der Lautsprecher, aus dem seine Stimme drang, schien zu vibrieren.

„Ich muss dringend diese Sprache lernen, was will er denn von dir?", fragte Tutanchamun.

Jochen übersetzte leise.

Tutanchamun griff nach dem Handy und nahm es Jochen weg. „Entschuldige, aber so kannst du es nicht mehr wegpacken. Was ist das für ein geheimnisvolles Ding?"

Er sah sich das kleine Gerät genau an. Nasers Stimme überschlug sich vor Zorn.

Jochen schüttelte lächelnd den Kopf. „Warte, ich entsperre es für dich."

Naser sprach mit Ali auf Ägyptisch-Arabisch.

Ali wollte auf die beiden zugehen, um ihnen das Handy wegzunehmen, doch Echnaton hielt ihn an der Tür fest.

Jochen tippte seelenruhig sein Passwort ein, ohne dass er es wieder in die Hand nehmen musste. Umständlich, aber machbar.

„Tipp auf das grüne Symbol da unten in der Ecke mit dem weißen Hörer", wies er ihn an.

„Was ist ein Hörer?", fragte Tutanchamun.

„Das da!" Jochen zeigte auf das kleine Symbol.

Er blickte zufrieden zu Echnaton, der den schlaksigen Mann hochgehoben hatte. Ali strampelte wie ein trotziges Kleinkind mit den Füßen und schrie. Er schlug um sich, konnte Echnaton aber nicht treffen.

Geister können sehr praktisch sein, dachte Jochen grinsend. Dieser Ali wird sich nur verausgaben.

Tutanchamun folgte Jochens Anweisung. „Und jetzt?"

Er hatte keinen Blick für den fluchenden Assistenten.

„Such den Namen Dan, in dem du nach unten scrollst", erklärte Jochen weiter.

Tutanchamun rieb sich über die Stirn. Kleine braune Hautfetzen fielen wie welke Blätter herunter.

„Oh, ich falle immer noch auseinander!", rief er entsetzt.

„Das wird sich auch nicht so schnell ändern", meinte Jochen besorgt. „In Deutschland könnten wir dich besser behandeln."

„Ich habe leichte Kopfschmerzen und mir ist oft schwindelig", klagte Tutanchamun. „Ich habe Probleme mit euren Buchstaben. Sie sind mir noch zu neu, obwohl das Wissen da ist. Das ist so komisch."

„Die Kopfschmerzen hast du, weil dein Körper noch sehr ausgetrocknet ist", erklärte Jochen. „Ach, ich habe da etwas für dich."

Er zog ein weißes T-Shirt aus seiner Arzt-Tasche. „Hier, das ist von Larissa. Sie hat es extra für dich gekauft."

Tutanchamun blickte vom Handy zum Oberteil.

„Erst das hier." Er hob das kleine, schmale Telefon an. „Dann werde ich mir das ansehen."

„Da ist Dans Name." Jochen zeigte auf das Display.

„Hier? ... Oh, was ist passiert? Ich habe nur kurz ...“

Das Bild auf dem Display hatte sich verändert.

„Schon gut. Drück auf den grünen Hörer", forderte Jochen ihn auf.

Tutanchamun war dem gerade nachgekommen, als sich Naser an Echnaton, der den zappelnden Ali immer noch festhielt, vorbei in den Raum drängte.

„Ich sagte, sie sollen das Handy verschwinden lassen!", brüllte er.

Er war tiefrot im Gesicht. „Diese Technik ist nichts für den Pharao! Sie verderben ihn mir nur!"

„Er sieht den ganzen Tag Leute mit Handys und Kameras durch diese Glasbarriere", erwiderte Jochen verärgert. „Außerdem, wissen Sie doch, das Tut Skoliose hat, da ist so ein schwerer Kragen zu viel für seinen Rücken."

„Wirklich?" Naser blieb verwundert stehen.

„Tut, halt es dir ans Ohr, aber sei vorsichtig. Dein Ohr sieht aus, als würde es zerbröseln", warnte Jochen ihn.

Er stellte sich dem zornigen Museumsdirektor in den Weg.

Tutanchamun stieß einen Seufzer aus.

„Sie werden mir jetzt helfen Tut diesen Kragen abzunehmen",

verlangte Jochen.

„Ich werde gar nichts tun!", rief Naser. „Sie werden jetzt sofort diesen Bereich und mit Ihren Freunden dieses Museum verlassen. Ich erteile Ihnen hiermit Hausverbot!"

„Nein!", entgegnete Jochen entschieden. „Glauben Sie wirklich, dass Sie einen Arzt, der sich mit belebten Mumien auskennt, finden werden? Ich bin der einzige im Moment!"

Naser schnappte nach Luft.

Tutanchamun wunderte sich, als jemand im Handy „Hallo", sagte. Er bestaunte es von allen Seiten.

Wo kam diese Stimme her?, fragte er sich und hielt sich das Handy wieder ans Ohr.

„Wer ist denn da?", wollte er wissen.

„Ich bin es Dan", sagte die Stimme und lachte. „Warte mal, ich stelle lauter ... So, jetzt können die anderen beide dich auch hören."

„Dan, wie bist du in das Gerät gekommen?", wunderte sich Tutanchamun. „Und wer sind die anderen beiden?"

Daniel lachte. „Sieht hoch ... etwas nach rechts."

Tutanchamun hob den Kopf und blickte in die Richtung. Er sah Daniel winken.

„Das ist ein unglaubliches Zauberding", staunte Tutanchamun.

Er war verwirrt, Daniel im Saal stehen zu sehen und gleichzeitig aus dem kleinen Gerät zu hören.

„Ist es nicht, aber es dir jetzt zu erklären, dauert viel zu lange. Wenn wir dich Zuhause haben, bekommst du auch eins, das verspreche ich dir", sagte Daniel.

„Wirklich?" Tutanchamun freute sich. „Ich kann es kaum erwarten. Kriegen Pharaonen ein besseres als das hier?"

Daniel lachte. „Nein, ich glaube nicht. Sag Echnaton, er soll weder die Wände noch das Glas berühren", bat er. „Stell auf laut, damit Jochen und dein Vater uns auch hören können!"

„Wie mache ich das?", fragte Tutanchamun.

„Da ist ein Lautsprechersymbol", erklärte Daniel.

„Woher sollte Tut wissen, was ein Lautsprecher ist?", fragte Sagira und schüttelte den Kopf. „Tut, es ist so ein Trapez mit einem kleinen Strich."

„Gefunden! Glaube ich wenigstens." Tutanchamun gab die Warnung an seinen Vater weiter und drückte auf den Lautsprecher.

Echnaton zog Ali mit sich von der Tür weg. Der schmächtige Assistent stolperte, ruderte mit den Armen, konnte aber nicht fallen.

„Dann ist Sagira also soweit!", rief Jochen. „Das ist gut."

Er hielt immer noch Naser fest, der versuchte an das Handy zu kommen.

„Sie traut sich nur die Geisterfalle zu lösen", erklärte Daniel. „Sie will dir nicht wehtun, Tut. Diese magischen Fesseln soll Okpara später entfernen."

„Verstehe! Ich finde es gut", stimmte Tutanchamun dem Plan zu. „Ich lebe gern wieder! Es gibt so viele Dinge, die ich sehen möchte."

„Tut, zieh jetzt das T-Shirt an", sagte Daniel.

„T-Shirt?", fragte Tutanchamun.

„Das weiße Ding da auf deinem Schoss", erklärte Daniel. „Die kleinen Öffnungen sind für die Arme und die etwas größere für deinen Kopf. Nein, du hältst es verkehrt herum. Leg das Handy in deinen

Schoss."

Tutanchamun besah sich das T-Shirt genauer. Er war ratlos, wie er das anziehen sollte.

„Jochen, kannst du diesen Kragen endlich lösen?", fragte er. „Ich schaffe es nicht allein. Er stört mich."

Jochen sah sich den Kragen näher an und fand schließlich die kleinen Haken und öffnete den schweren Schmuck und drückte ihn Naser, der an dem T-Shirt zog, in die Hand.

„Lassen Sie diesen Blödsinn!", knurrte er verärgert. „Würden Sie hier halbnackt sitzen wollen?"

„Tutanchamun ist das gewöhnt", beharrte Naser, „mit dem Kragen war er zeitgemäß angezogen und nicht halbnackt. Nur teilweise."

„Das ist Haarspalterei", erwiderte Jochen. „Warum stellen Sie nicht eine dieser Modepuppen hier auf und ziehen ihr diesen dämlichen Kragen an?"

„So etwas können die Besucher überall auf der Welt in Museum sehen", empörte sich Naser, „aber hier sehen sie einen lebendigen Pharao. Tutanchamun sollte stilecht gekleidet sein."

„Was für ihn gesundheitsschädlich ist", blieb Jochen bei seiner Meinung.

Andere Besucher wurden bewusst, dass Daniel mit dem Goldenen Pharao sprach.

„Hallo Tut", rief ein Mädchen mit pinken Haaren hinter dem Bio-Chemiker, der erschrocken zusammenzuckte „Nein, nein, du machst das ganz falsch."

Ein Piercing zierte ihre Nase.

Das Mädchen begann ausführlich zu erklären und zu zeigen, obwohl Jochen ihm schon helfen wollte, wie er es anziehen sollte.

Tutanchamun hatte ihn zur Seite gedrückt, um einen besseren Blick auf das flippig aussehende Mädchen werfen zu können.

Meine Güte, dachte er bewundernd. Sie ist ein bisschen wie Larissa aber viel schriller. Sie redet schneller und ist zappeliger.

Das Mädchen erklärte lauthals und gestenreich, wie sie imaginär ein T-Shirt anzog.

„Hier, dann brauchst du nicht so zu brüllen." Daniel hielt ihr das Handy hin. „Kommst du aus Deutschland?"

„Ja, hi." Sie lachte. „Ich bin Cindy. OMG! Seht nur! Er tut wirklich, was ich ihm erklärt habe. Boah, ist das nice!"

„Ja, das ist echt abgefahren", stimmte Daniel ihr zu.

Ihre Wangen wurden trotz starkem Make-up dunkler. Tutanchamun zog sich das T-Shirt etwas umständlich über den Kopf.

„Tut, du bist großartig!" Cindy reckte beide Daumen in die Höhe. „Ich liebe dich!"

Sie kreischte und führte einen wilden Tanz auf. Die Ketten um ihren Hals klirrten gegeneinander.

„Was bedeutet das mit dem Daumen?", wollte Tutanchamun wissen und machte die Geste nach, was Cindy noch lauter kreischen ließ.

„Gut gemacht, Tut. Ich liebe dich!", rief sie und klatschte in die Hände. „Tolle Idee, ihm ein Handy in die Hand zudrücken."

Sie hüpfte auf und ab.

Auch andere Besucher klatschen, als sich Tutanchamun in dem T-

Shirt präsentiere.

„Komisch man hört ihn lachen, aber er bewegt sein Gesicht gar nicht", bemerkte Cindy.

„Das kommt noch", sagte Daniel. „Es wird noch etwas dauern, bis er seine Gesichtsmuskeln bewegen kann."

„Entschuldigen Sie! Cindy, benimm dich bitte!", tadelte eine ältere Frau – sie war wohl Cindys Mutter.

„Ach." Daniel winkte ab. „Sie hat unsere Mumienerweckerin gut vertreten."

„OMG! Wirklich?", kreischte Cindy. „Du kennst die Frau, die Tutanchamun geweckt hat? Darf ich sie kennenlernen? Bitte! Wo ist sie denn? Kriege ich ein Autogramm von ihr?"

Sie drehte sich um und suchte nach Larissa, obwohl sie sie nicht kannte.

„Sorry, aber sie ist leider nicht hier", bedauerte Daniel.

„Ja, das ist echt schade", pflichtete Tutanchamun ihr bei. „Ich vermisse sie sehr, obwohl ich sie spüren kann."

„Schade! Darf ich wenigstens die Sphinx einmal streicheln?", bat Cindy und begann wieder zu zappeln, als habe sie Hummeln im Hintern.

„Nein." Sagira wand den Kopf in ihre Richtung. „Ruhe! Ich muss mich konzentrieren."

„OMG! Sie kann ja sprechen. Boah, wie nice ist das denn?! Ich dachte, sie sei ein besonderes Ausstellungsstück oder ein Roboter oder sowas." Cindy drückte die gekrümmten Finger gegen ihr Gesicht. „Doppelschade! ... Hey, Tut, kriege ich von dir ein Autogramm?"

„Was ist ein Autogramm?", wollte Tutanchamun wissen.

Cindy begann schnell zu erklären und hängte ein flehendes Bitte-Bitte hinten dran.

„Cindy, du bist schon fünfzehn Jahre alt! Bitte benimm dich doch endlich dem entsprechen!", schimpfte die Frau streng.

Daniel presste die Lippen aufeinander, weil er sich ein Lachen verkneifen musste.

„Wenn ich hier raus kann, gern", versprach Tutanchamun. „Das mit dem Autogramm habe ich noch nicht wirklich verstanden, aber du kriegst eines."

„Und auch ein Foto von dir und mir? Bitte, bitte", bettelte Cindy weiter. „Wann kommst du da raus?"

„Bald", behauptete Tutanchamun.

Daniel schüttelte den Kopf und legte einen Finger an die Lippen. „Psst!"

„Ich werde es niemand verraten", flüsterte Cindy und quietschte laut. „Boah, ich und Tut. Der Hammer!"

Sie kann auch leise sprechen, unglaublich!, dachte Daniel amüsiert. Ich wünschte, ich könnte mit Tut telepathisch kommunizieren. Jetzt haben bestimmt viele von unserem Ziel erfahren.

Er blickte sich verstohlen um. Die meisten Besucher sahen ihn an.

„Ruhe jetzt!", warf Thomas ein.

„OMG! Bist du die Kristallmumie aus Deutschland?", kreischte Cindy wieder. „Ich habe einen Bericht über dich in der Glotze gesehen!"

„Was ist eine Glotze?", wunderte Thomas sich.

„Sag Kristallmann zu ihm", forderte Tutanchamun sie auf. „Mumie hört sich so tot an!"

„Mit dir darf ich doch ein Foto machen, oder?", rief Cindy. „Bitte!"

Thomas nickte. „Nur fass mich nicht an! Du könntest dich an mir aus Versehen verletzen."

„Tom, was soll das?", beschwerte sich Sagira. „Ich soll doch …"
Sie seufzte.

Cindy holte ihr Handy aus ihrer kleinen, neongelben Handtasche. „Sag cheese, lieber Kristallmann!"

„Cheese?", brummte Thomas. „Was ist cheese?"

Das Blitzlicht flammte kurz auf. Cindy freute sich über ihr neues Selfie mit Thomas.

„Super, vielen Dank!", rief sie. „Echt nice dieser Urlaub. Ghetto-Faust!"

Sie grinste und reckte ihm die Hand entgegen.

„Was, bitte?" Thomas wirkte irritiert.

„Cindy, komm jetzt mit!" Die Frau griff nach dem Arm des Mädchens. „Du sollst nicht immer andere Leute stören."

„Cheese ist ein englisches Wort und bedeutet Käse", erklärte Cindy noch und winkte. „Bye, war echt nice von euch."

„Warum sagt man Käse, wenn man sich fotografieren lässt?", wollte Thomas verständnislos wissen.

„Cindy, komm!", mahnte die Frau.

„Oh, dass … weiß ich nicht. War echt nice euch kennengelernt zu haben!", rief Cindy und winkte Tutanchamun noch einmal zu. „Tschüssi. Bis bald, lieber Tut!"

Daniel legte einen Finger auf die Lippen. „Tom, lass es dir bitte von Larissa erklären. Sie kann das am besten."

„Und was meinte sie mit echt nice?", hakte Thomas weiter nach.

Daniel seufzte. „Später bitte!"

„Puh, endlich ist sie weg." Sagira atmete auf. „Ich bin so nervös. Was ist, wenn es nicht klappt? Was ist …"

Ihr Herz raste immer noch. Sie schloss die Augen, um sich besser konzentrieren zu können.

„Dann sind Okpara und Larissa am Arsch", flüsterte Daniel. „Es hängt eine Menge von dir ab, liebe Sagira."

„Daniel!" Thomas stemmte seine Fäuste in die Hüften. „Ich muss dir bessere Umgangsformen beibringen. Setz Sagira nicht noch mehr unter Druck!"

Er wandte sich an die Sphinx: „Sagira, du kannst es dann noch einmal wiederholen, bis es klappt."

„Danke, Tom, das ist sehr lieb von dir", sagte Sagira verlegen. „Aber es sollte beim ersten Mal gelingen."

Thomas nickte. „Du kannst es! Ich glaube ganz fest an dich."

Sagira wurde rot. Das von Thomas, der ein frommer Christ aus dem 18. Jahrhundert war, zuhören, kam für sie einem sehr großen Lob gleich.

„Die Aufpasser haben an uns das Interesse verloren", flüsterte Daniel, „als wäre das ein ganz normaler Museumsbesuch für uns."

„Vielleicht lag es an Cindy", gab Thomas zu bedenken.

Daniel lachte. „Das kann ich mir beim besten Willen nicht vorstellen."

Auf dem Basar

Runihura ist dominant, erkannte Larissa an Okparas abweisendem Verhalten.

Normalerweise, wenn sie mit ihrem Amun-Priester Händchen haltend spazieren ging, bot er ihr immer die rechte Hand, die frei von der mumifizieren Haut war, an und lächelte die ganze Zeit, weil er glücklich war, am Leben zu sein. Jetzt trennte sie ein Handschuh von seiner Haut. Die Freundlichkeit war aus seinem Gesicht verschwunden. Sein Blick war hart und eiskalt. Er war wie ein Fremder für sie. Jemand, in den sie sich nicht hätte verlieben können.

Hoffentlich wird er bald wieder wie früher, dachte sie und erschrak. Runihura könnte meine Gedanken über Okpara mitbekommen!

Sie sah ihn prüfend an. Leider konnte sie nur sein Profil sehen.

Ich sollte vorsichtiger sein, mahnte sie sich innerlich. Hilft Okpara mir?

Ein magerer Junge mit ausgezerrtem Gesicht kam auf sie zu und sprach hektisch mit Okpara auf Ägyptisch-Arabisch.

Okpara nickte und erwiderte etwas.

Der Junge rannte schnell davon.

„Du hast den Jungen erschreckt", warf sie ihm vor, obwohl sie es besser wusste.

Okpara spricht kein Ägyptisch-Arabisch, fiel ihr ein. Runihura ist sehr unvorsichtig.

„Er wollen Geld", erklärte Runihura schroff. „Ich sagen nein."

Klar doch! Dabei hattest du genickt, dachte Larissa. Der Junge hätte ihm die Hand entgegengestreckt, wenn er nach Geld gebettelt hätte.

„Bedeutet Nicken in Ägypten Nein?", fragte sie.

Runihura sah sie verwundert an, antwortete aber nicht.

Larissas Sorgen um ihren Freund wurden von Minute zu Minute größer. Eine tiefe Traurigkeit ging von ihm aus, nur konnte sie ihn schlecht fragen, was er hatte. Dass Alexander ihnen zur Sicherheit folgte, beruhigte sie etwas. Manchmal sah sie den Millionär aus dem Augenwinkel in einiger Entfernung zwischen den vielen Menschen. Sie wunderte sich über die Einheimischen, die viel Platz zu ihr und Okpara ließen.

Manche verbeugten sich sogar vor ihm. Sie wissen, dass es sich um Runihura handelte. Sind viele seiner Anhänger hier?

Sie zog Okpara zu einem Stand.

„Oh, schau mal! Ist das Tuch nicht schön?", rief sie und ließ den Stoff durch ihre Finger gleiten. „Fühl doch mal!"

„Sein rein Seide", sagte der Händler in schlechtem Englisch. „Handgemacht!"

„Really?" Larissa befühlte den Stoff.

Das glaube ich weniger, dachte sie und blickte den jungen Alt-ägypter an. Runihura gibt sich gar keine Mühe, sich wie Okpara zu benehmen. Glaubt er, ich trage die berühmte rosarote Brille und bemerke sein hartherziges Verhalten nicht einmal?

Sie zuckte zusammen, als Runihura barsch mit dem Händler auf Ägyptisch-Arabisch sprach.

Der denkt wohl, ich bin blöd, ärgerte sich Larissa. Da ist der Junge wieder oder ist es ein anderer?

„*It gift for you, princess*", sagte der Händler ängstlich.

Er blickte gehetzt zu Okpara und verbeugte sich leicht vor Larissa. Hastig packte er das Tuch in eine Tüte und ließ mit zitternden Fingern noch eine grüne Kette hineinfallen.

„*I'm not a princess*", erwiderte Larissa verwirrt und nahm die Tüte entgegen. „*Thank you very much!*"

„*Good luck! Princess! Good luck!*" Der Händler hielt ihre Hand einen Tick zu lange fest.

Seine Hände waren rau und kalt. Er blickte in den Himmel und schien etwas zu murmelnd.

Larissa spürte, den Schweiß auf seiner Haut und wie sehr er zitterte. Eigentlich mochte sie es nicht, wenn Fremde sie berührten.

Betet er für mich?, fragte sie sich und lächelte den Händler an. Das ist sehr nett von ihm!

Sie blickte zu Okpara, der den Händler böse anstarrte und etwas sagte.

Seltsam bei diesen Temperaturen müsste er doch warme Hände haben, dachte sie und versuchte, sich überschwänglich zu freuen.

„*Thank you very much!*", sagte sie noch einmal. „Das ist wirklich sehr nett von Ihnen."

„*Are you afraid?*", flüsterte sie, als sie sich zum Händler vorbeugte.

„*Yes, go please*", bat der Händler leise. „Er sein böse Mann. *Go fast! Go please!* Möge Allah Sie beschützen!"

„*Thank you very much! Good bye!*" Larissa winkte und wandte sich ab.

Ich glaube, da passt schon ein anderer Gott oder eine Göttin auf mich auf, hoffte Larissa und blickte in den wolkenlosen, strahlend blauen Himmel. Kann Runihura die Macht der Götter abwehren?

Runihura zog sie grob an sich. „Du sollen nicht … bleiben stehen."

Keine negativen Gedanken mehr, mahnte sich Larissa innerlich. Heute Abend wird Okpara wieder geistfrei sein. Heute Abend werde ich mich glücklich in seine Arme kuscheln.

Runihura drückte schmerzhaft ihren Oberarm und zog sie weiter durch den Gang zwischen den Ständen. Er rempelte immer wieder Leute an oder stieß sie von sich.

Wo will er denn hin?, fragte sich Larissa. Ist es ein Fehler mit ihm über den Basar zugehen?

„Okpara, du tust mir weh!", beschwerte sie sich und merkte, wie sich sein Griff lockerte.

In Okparas Augen sah sie ein ängstliches Flackern.

„Okpara?", fragte sie leise.

Nur ein knappes Nicken mehr konnte Okpara ihr nicht geben.

Du bist noch da, dachte sie erleichtert. Runihura, wir werden dich austreiben! Hoffentlich schlägt dich Echnaton windelweich!

Sie klammerte sich an diesen Gedanken.

Das hoffe ich auch, hörte sie Okparas Stimme in ihrem Kopf wispernd.

Runihura führte Larissa weiter ins Zentrum des Basars. Er schimpfte leise vor sich hin. Einige Einheimische machten ängstlich Platz. Manche tuschelten hinter ihrem Rücken.

Woher wissen sie, dass Runihura in Okpara steckt?, fragte sich

Larissa. Telepathisch? … Der Junge! Da ist er ja schon wieder.

„Hey, wo willst du eigentlich hin?", fragte sie.

„Basar!", sagte Runihura und zeigte tiefer in den Markt hinein. „Gut Ort! Ich zeigen dir!"

Wenn Okpara das sagen würde, würde ich mir nichts dabei denken, dachte Larissa, aber hier spricht Runihura, dem darf ich nicht trauen.

Er zog sie einfach weiter.

„Wir sind doch schon auf dem Basar", wendete Larissa ein. „Ich wollte ein bisschen bummeln, aber du scheinst es sehr eilig zu haben."

Runihura starrte sie nur an.

Larissa stolperte.

Ich kann kaum meine Füße sehen, dachte sie. Hier sind viel zu viele Menschen mit weiten Gewändern.

„Oh, schau mal!" Sie blieb an einen anderen Stand stehen. „Das sind aber schöne Sachen!"

Sie versuchte, unauffällig zurückzublicken.

Alexander mühte sich durch das Gedränge, um ihnen auf den Fersen bleiben zu können.

Runihura knirschte mit den Zähnen, weil Larissa nicht weiter gehen wollte.

„Lass das!", fuhr Larissa ihn plötzlich an. „Das ist schlecht für … deine Zähne!"

Oh Mann, beinahe hätte ich Okparas Zähne gesagt, dachte sie. Ich muss besser aufpassen!

Runihura nickte und knurrte: „Was dir gefallen?"

„Da muss ich überlegen." Larissa drehte sich zu ihm um. „Wir spielen ein Spiel, okay? Du musst raten!"

Sie lächelte und sah sich jetzt alles genauer an. Das eine oder andere berührte sie kurz.

Okpara hätte gelächelt, wenn er gekonnt hätte. Er verschloss erfolgreich viele seiner Gedanken vor dem Geister-Hohepriester.

Sie weiß es, dachte er verzweifelt, aber warum bringt sie sich in so große Gefahr?

Die Angst um sie wuchs mit jeder Sekunde, die sie auf dem Basar blieben. Er kannte Runihuras Pläne nicht, da auch der Geister-Hohepriester seinerseits viele seiner Gedanken verbarg. Er ahnte nur, was Runihura vorhaben könnte und das gefiel ihm überhaupt nicht.

Das Spiel ist nicht schlecht. Vielleicht kann ich ihr so etwas mitteilen, ohne dass Runihura etwas bemerkt.

Um ihr helfen zu können, sammelte er im Stillen seine Kräfte. Er hoffte, dass Runihura bis zum Schluss nichts auffiel.

Sagira, du hast mir sehr geholfen, dachte er. Hoffentlich kann ich es dir persönlich sagen und dich noch einmal umarmen.

Er versuchte seinen schmerzhaften Griff um Larissas Oberarm zu lockern. Seine Finger gehorchten ihm nicht. Sie hatte eine leichte Schwellung im Gesicht, die sich langsam dunkler verfärbte.

Bin ich das gewesen?, fragte er sich besorgt.

Ja, das warst du!, antwortete Runihura zufrieden. Du kannst nicht all deine Gedanken vor mir verbergen. Deine Sorgen um dieses Weib sind groß und widern mich an. Du solltest nicht lieben, Dummkopf. Liebe macht blind, wie du siehst. Sie hat noch nicht einmal bemerkt, wie fies du oder besser gesagt ich zu ihr bin.

Wahre Liebe macht auch stark, widersprach Okpara. Es ist die Stärke für den geliebten Menschen zu kämpfen bis zum Tod!

Du willst kämpfen?, höhnte Runihura. Du stehst auf verlorenem Posten, Junge! Gibt endlich auf!

Nein, niemals!, konterte Okpara unbeirrt.

Er sprach mit dem Händler auf Ägyptisch-Arabisch. Auch dieser Mann hatte plötzlich Angst vor ihm.

Okpara bemerkte, dass Larissa eine Büste von Echnaton länger berührte, streichelte und mit einigen Ketten das Wort Hilfe formte.

„Okpara, fragte den Mann doch bitte, was das für ein Stein ist." Larissa wandte sich zu ihm um.

Runihura gehorchte und fragte den Händler.

Okpara hätte gern gelacht, da Runihura eine Antwort bekam, aber das deutsche Wort für den Stein nicht kannte, um Larissas Bitte zu erfüllen.

Okpara, du hilfst mir jetzt oder … Runihura unterstrich seine Worte mit einem stärkeren Druck auf Larissas Oberarm.

„Autsch, Okpara, du tust mir schon wieder weh!", beschwerte sie sich. „Was hat er denn jetzt gesagt?"

Okpara besah sich das Sammelsurium.

Gib ihr den Skarabäus aus Malachit, riet Okpara Runihura.

Bei den alten Ägyptern war der Malachit ein Symbol der Hoffnung und der Zuversicht. Der Skarabäus war ein Zeichen des Lebens.

Es gibt für euch keine Hoffnung!, dachte Runihura und lachte innerlich, aber wenn du meinst, gebe ich diesem Weib ein bisschen falsche Hoffnung.

Bitte versteh das, Larissa, dachte Okpara.

„Egal ... Der sein guter." Runihura griff nach dem moosgrünen Mistkäfer, der kleine helle Flecken hatte.

Er wies auf den Händler. „Er schenken ihn dir."

„Aber das geht ... Aua!", rief Larissa. „Du tust mir schon wieder weh!"

„Egal. Du nur Weib!", erklärte Runihura und zog sie vom Stand weg.

„Hier!" Er drückte ihr den Stein in die Hand.

Im selben Moment nutzte Okpara seine Magie. Er ließ den Skarabäus kurz aufleuchten und hoffte, dass der Zauber stark genug sein würde.

Er hatte sich mit Larissa vor Wochen ein Buch über Heilsteine angesehen, weil Larissa alles über den Gebrauch dieser Steine im alten Ägypten wissen wollte. Er konnte ihr damals nicht viel über die Nutzung erklären.

Er hoffte nun, sie erinnerte sich an die Bedeutung des Malachits.

„Vielen Dank!" Larissa drückte sich den Stein an die Brust, dorthin, wo sie ihr Ankh unter dem T-Shirt verbarg.

Das ist gut, dachte Okpara. Runihura weiß nichts von dem Ankh unserer Götter.

Was sollte das?, wollte Runihura von Okpara wissen.

Larissa hätte etwas gemerkt, wenn ich den Stein nicht verzaubert hätte, log Okpara. Das machen wir immer so. Wenn du willst, dass sie misstrauisch wird, kannst du ihr auch gleich sagen, dass du in mir steckst und sie töten willst.

Hoffentlich glaubt er mir, dachte Okpara im Geheimen. Sie hat mich verstanden.

„Kommen weiter!", herrschte Runihura Larissa an. „Da hinten, ich zeigen dir gut Dinge."

Sei netter zu ihr!, rief Okpara verärgert.

Warum sollte ich zu einer Todgeweihten nett sein?, fragte Runihura. Sie ist bald tot!

„Oh, wirklich?", hakte Larissa nach und hielt immer noch den Skarabäus an ihre Brust.

Für Alexander wurde es immer schwieriger, Larissa und Okpara zu folgen. Er bemerkte auch, dass Runihura die Händler in Angst und Schrecken versetzte und nie für die Sachen bezahlte. Das wollte er nachholen. Er ging zu dem Stand, an dem Larissa das Tuch bekommen hatte.

„Hallo, ich möchte das Tuch bezahlen", sagte er langsam auf Englisch und zeigte auf Larissa, „dass sie der Frau dort gegeben haben."

„*No, no! Please go away!*", stotterte der Händler leise und wedelte wild mit den Armen. „Mann sein mit bösen Geist besessen, besser Ihr gehen. Arm Frau verloren."

„Woher wissen Sie das von Runihura?", wollte Alexander wissen.

„Sssscht! Nicht Name sagen von böse Geist, bitte", sagte der Händler. „*Go away please!*"

„Reden Sie! Ich will die Frau retten", drängte Alexander leise.

„Ali sagen es, Frau sein verloren", erklärte der Händler, nachdem er sich hektisch umgesehen hatte. „Alle wissen das!"

„Ali? So ein dünner Kerl?", hakte Alexander nach. „Der Assistent von Doktor Naser?"

Der Händler sah ihn verwirrt an.

„Im Moment, denken ich, ja", rückte der Händler heraus, „aber er sein erster Diener von böse Geist."

„Danke", erwiderte Alexander und ging weiter.

Zeitweise musste er sich auf die Zehenspitzen stellen, um Larissa und Okpara entdecken zu können. Er hatte während des Gesprächs versucht, Larissa nicht aus den Augen zu lassen.

Ich habe mir viel zu viel Zeit mit dem Händler gelassen, erkannte er verärgert. Hoffentlich bekomme ich die Gelegenheit den anderen das mit Ali mitteilen zu können. Dass der nicht ganz sauber ist, wissen wir ja schon.

Larissa blieb wieder an einem Stand stehen.

Du hast wohl gemerkt, dass ich mit dem Händler gesprochen habe, dachte er. Ich wäre jetzt gern eine deiner Mumien, dann könnte ich dir telepathisch mitteilen, was ich weiß.

Er kam dem Stand näher. Damals war er nicht dabei gewesen, als Okpara gegen Runihura gekämpft hatte. Deshalb hoffte er, dass Runihura ihn nicht kannte. Auch in der Ruine, wo Okpara Gaffarel in die Duat und somit Runihura aus Versehen befreit hatte, war Alexander nicht vor Ort gewesen.

Nun drückte Alexander sich selbst und Larissa die Daumen.

Daniel hatte ihn vorsorglich gewarnt und war ohne von Runihura entdeckt zu werden aus der Suite geschlüpft.

Sagira blieb in die Mitte vor der Glaswand stehen. Sie hoffte, es war der beste Platz, um die Geisterfalle zu lösen. Echnaton sah sie hoffungsvoll an. Er hielt Ali fest. Jochen versperrte Naser den Weg.

Sagira blendete die Stimmen der Besucher aus und atmete tief durch. Nichts sollte sie noch stören, wenn sie mit dem Zauber begann.

Okpara könnte das bestimmt besser als ich, dachte sie nervös und schloss die Augen. Ich muss mit der Magie eins werden. Ich kann das! Ich habe es schon einmal geschafft!

Leise begann sie die alte Zauberformel zu sprechen. Sie spürte, wie sich die Geisterfalle wehrte.

Ich muss noch stärker werden, dachte sie und presste die Augenlider aufeinander. Runihura ist ein mächtiger Zauberer. Ich bin nur eine junge Schlangensphinx, die zwar viel weiß, aber alles ist nur Theorie.

Schweiß bildete sich auf ihrer Stirn. Noch nie zu vor hatte sie geschwitzt.

Licht begann auf dem Glas zu pulsieren, um dann wie ein Regenbogen über die Scheiben und die bemalten Wänden zu laufen.

„Das ist beängstigend und schön zugleich", hörte sie Tutanchamuns Jenseitsstimme aus dem Handy. „Wird es noch lange dauern?"

In der Leitung knackte es, als würde etwas die Verbindung stören.

„Ich weiß es nicht", raunte Daniel. „Ich bin Wissenschaftler, kein Zaubermeister. Wir sollten leise sein und abwarten!"

Das Licht erlosch. Sagira atmete erleichtert auf und freute sich über ihren Erfolg.

„Ich habe es geschafft!", jubelte sie. „Ich bin immer noch aufgeregt."

Ihr Schwanz zuckte vor Freude.

„Das ist ganz normal." Daniel strich ihr über das Fell. „Das ist menschlich."

Er grinste.

„Was willst du damit sagen?", fragte Sagira empört. „Echnaton sollte versuchen sein Gefängnis zu verlassen."

„Ich kann euch jetzt auch so hören!", rief Tutanchamun. „Wollte ich nur mal erwähnen."

„Gut, dann beenden wir das Gespräch." Daniel steckte sein Handy weg.

Echnaton ließ Ali los, lief auf die Glasscheibe zu und drang durch sie hindurch. Er sprang vor Freude in die Luft.

Thomas klatschte in die Hände. Splitter brachen ab und fielen klirrend auf den Boden.

Andere Besucher taten es ihm gleich.

„Vielen Dank." Sagira neigte den Kopf.

„Hey, wollt ihr mich hier allein lassen?", fragte Tutanchamun panisch. „Vater, bitte bleib hier!"

„Wir kommen mit einem geistfreien Okpara zurück", versprach

Daniel. „Hab ein bisschen Geduld."

„Ich bin der Pharao", sagte Tutanchamun bestimmt. „Geduld ist nicht meine Stärke!"

„Na, das habe ich schon vermutet", warf Sagira ein.

„Ich glaube, Doktor Naser wird bestimmt nicht zulassen, dass dir etwas passiert", beruhigte ihn Jochen. „Du bist für ihn die Gans, die goldene Eier legt."

„So eine Gans will ich auch haben", erwiderte Tutanchamun.

Daniel lachte. „Das mit der Gans erklären wir dir später, okay?"

Endlich konnte Naser Tutanchamun das Handy wegnehmen, weil Jochen kurz durch Echnaton abgelenkt war. Der Museumsdirektor brüllte den Goldenen Pharao auf Altägyptisch an.

Echnaton drang noch einmal durch das Glas, packte den Direktor des Museums am Kragen und ging zurück. „Das reicht!"

Der Ägyptologe knallte gegen die Scheibe und rutschte am Glas nach unten. Die Besucher lachten, jubelten und klatschten in die Hände.

Jochen schnappte sich sein Handy und steckte es ein.

„Brüll meinen Sohn nie wieder an, du räudiger Hund!" rief Echnaton auf Englisch. „Ich habe viele Fehler gemacht, aber ich lasse nicht zu, dass du meinen einzigen Sohn anschreist."

Benommen sah Naser nach oben. Echnaton hielt ihn immer noch fest.

„Er soll das T-Shirt ausziehen!", verlangte Naser, nachdem er wieder aufgestanden war.

„Nein!", riefen die Besucher.

„Wie du siehst, möchten die Leute, dass mein Sohn es anbehält", brummte Echnaton auf Altägyptisch. „Passiert Tutanchaton etwas, passiert dir etwas. Ist das klar?"

„Das Kissen hätte ich gern zurück", meldete sich Tutanchamun. „Ich habe es von Larissa, meiner zukünftigen Königin, bekommen."

Echnaton übersetzte es für die Gruppe.

„Was?" Doktor Naser ging auf ihn zu. „Wie war das?"

„Larissa ist meine zukünftige Königin", wiederholte Tutanchamun bestimmt.

„Auf keinen Fall!", rief Naser wütend. „Ich werde dir ein Kissen besorgen lassen und auch eine Königin, wenn du eine willst."

„Das Kissen von Larissa", forderte Tutanchamun. „Kein anderes!"

Naser stöhnte auf und sprach mit Ali auf Ägyptisch-Arabisch.

Der schlaksige Assistent nickte und eilte hastig davon.

„Zufrieden?", fragte Naser auf Englisch.

„Nein, das Kissen ist noch nicht hier", entgegnete Echnaton bestimmt.

Er ließ den Direktor des Museums endlich los.

Ali kam schneller wieder als gedacht und sagte auf Englisch: „Bitte Kissen, mein Pharao."

Er verbeugte sich spöttisch.

Daniels Handy klingelte. „Ja, ... ach du Scheiße. Was?"

Er blickte zu Ali und runzelte die Stirn. „Ja, gut. ... Komm her. Wir werden hier auf dich warten!"

Er beendete das Gespräch.

„Was ist passiert?", fragte Jochen.

„Alex hat Larissa verloren, obwohl sie alles getan hat, um ihm die Verfolgung leichter zu machen", erklärte Daniel.

„Nein, das darf nicht wahr sein!", rief Thomas beunruhigt. „Wir müssen hinterher! Ich weiß, wo sie ist."

„Nur die Ruhe, Tom! Wir würden dich nicht hierlassen", versuchte Daniel ihn zu beruhigen. „Wir sollten aber nicht kopflos losstürmen. „Alex wird ein Auto besorgen."

Er dachte an die Dämonen, denen sie vor ein paar Wochen beinahe in die Arme gelaufen wären. Astaroth hätte sie bestimmt alle getötet oder Schlimmeres mit ihnen angestellt, wenn nicht der Flammenengel Uriel erschienen wäre und mit dem Erzdämon gekämpft hätte.

Der Weg zur Opferung

Larissa sah sich immer wieder um, doch Alexander konnte sie nirgendwo entdecken. Ihr Blick wurde hektischer.

Wo ist er nur?, sorgte sie sich.

Sie umklammerte immer noch den Skarabäus. Ihre Knöchel traten dabei weiß unter der Haut hervor. Die Finger schmerzten schon, so verkrampft hielt sie ihn fest. Sie versuchte Okpara gedanklich zu erreichen, um ein wenig Trost zu finden.

Psst!, mahnte seine Stimme durch ihren Kopf.

Er ist immer noch da, dachte sie den Tränen nahe. Ich bin nicht allein. Ich ... bin ... nicht ... allein!

Sie hatte mittlerweile die Orientierung verloren, da Runihura sie kreuz und quer über den Basar zerrte.

Er ließ nicht länger zu, dass sie an Ständen stehenblieb. Jedes Mal zerrte er sie bestimmt mit sich. Ihr Oberarm tat schon höllisch weh.

Warum hat er es denn nun so eilig?, fragte sie sich und blieb einfach mitten im Gedränge stehen. Hatte der Junge ihm etwas Wichtiges gesagt?

„Laufen!", knurrte er und schob sie weiter. „Schneller!"

Irgendwann führte Runihura sie aus dem überfüllten Basar auf eine belebte Straße. Larissa versuchte, die Gebäude wiederzuerkennen, doch sie waren ihr alle fremd. Sie war weit weg vom Hotel oder dem Museum.

Der Hohepriester brachte sie zu einem altersschwachen, verdreckten Kleinbus, der irgendwann mal blau gewesen sein musste. Die verbeulte Seitentür wurde von einem dürren Ägypter aufgeschoben. Sie ratterte und quietschte laut.

Das hört sich an wie bei einem Güterzug, dachte Larissa. Wenn sie nicht so viel Angst gehabt hätte, wäre es fast amüsant gewesen.

„Rein da!" Runihura schupste sie zum Einstieg.

„Okpara, dir ist schon klar, dass wir uns-"

„Egal sein! Rein da!", brüllte Runihura dazwischen.

Ein widerlicher Geruch strömte Larissa entgegen. Die Sitze waren zerschlissen und starr vor Dreck. Sie sträubte sich, einzusteigen. Runihura verstärkte seinen Griff um ihren Oberarm. Seine Finger pressten sich wie Schraubstöcke um ihre Haut.

„Okpara, was ist nur los mit dir? Den ganzen Tag verletzt du mich schon und es wird immer schlimmer", beschwerte sie sich. „Mein Arm ist schon grün und blau."

„Das sein egal!", zeigte er sich gleichgültig. „Rein da! Sofort!"

„Okpara, du willst mich doch nicht etwa entführen, oder etwa doch?", hakte Larissa mit einem aufgesetzten, zittrigen Lachen nach, immerhin sollte Runihura denken, dass sie ihn immer noch für Okpara hielt.

Ihr Herz raste vor Angst.

Wann werde ich den sanften Blick in seinen Augen wiedersehen?, fragte sie sich. War es ein Fehler, mit ihm auf den Basar zu gehen?

Sie sah ihn flehend an.

„Nein", knurrte Runihura und griff mit der rechten Hand in ihre Haare. „Rein! Schnell!"

Ich habe keine andere Wahl, dachte Larissa und stieg ein.

Der dünne Ägypter schubste sie auf einen Sitz. Larissa war nun über die Tüte froh, in der das Seidentuch steckte, auch wenn sie es niemals tragen würde. So schön es auch war, würde es sie immer an diese schrecklichen Stunden erinnern. Sie brauchte etwas an dem sie sich festhalten, festkrallen, konnte. Nachdem die Seitentür geschlossen wurde und keine frische Luft eindringen konnte, ließ der Gestank sie würgen.

„Wo … wo fahren wir denn hin?", fragte sie Runihura, als dieser auf dem Beifahrersitz Platz nahm. „Zurück zum Hotel? Wir könnten doch ein Taxi nehmen. Du muss zurück ins Bett!"

„Nein, an besonder Ort", erklärte Runihura und grinste. „Wo uns zwei Leben ändern. Dein zu tot. Mein zu Gott."

Es ist vorbei, erkannte Larissa und presste die Tüte noch fester gegen ihre Brust. Endlich gibt er sich zu erkennen!

Der Skarabäus drückte schon schmerzhaft gegen ihre Handfläche. Ihre Finger waren verkrampft.

„Das wird Okpara niemals zulassen! Niemals!", schrie sie. „Wir werden einen Weg finden dich in die niederen Höllen zuschicken oder sonst wo hin, das schwöre ich dir."

„Er zu schwach sein." Runihura lachte. „Du nicht können. Du zu dumm. Du nur sein Weib! Weib immer dumm!"

Du denkst, ich bin nicht intelligent genug, dachte Larissa. Da hast du dich geschnitten.

„Okpara, ich vertraue dir, hörst du!", rief sie verzweifelt. „Ich vertraue dir sehr!"

Der dürre Ägypter stieg auf der Fahrerseite ein.

„Schnauze!", brüllte Runihura und sprach mit dem Ägypter, der nickte und den Motor startete.

Dieser Kerl ist kein guter Autofahrer, dachte Larissa, als sie durchgeschüttelt wurde. So ein Wagen dürfte in Deutschland nicht mehr auf der Straße fahren.

Die Federung quietschte erbärmlich. Auch beim Abbremsen gab es Geräusche, die alarmierend klangen.

Fehlt nur noch, dass er zum Abbiegen den Arm rausstreckt, weil die Blinker nicht mehr funktionieren, dachte sie besorgt. Dieses Gefährt könnte jeden Moment auseinanderfallen. Ihr wäre das nur recht!

Larissa sah aus dem verdreckten Fenster. Die Häuser rasten nur so an ihr vorbei. Ihr Blick verlor sich ins Leere. Manchmal wackelte der Wagen bedrohlich. Die Luft wurde immer heißer. Larissa begann stark zu schwitzen. Der Fahrer öffnete ein Fenster, sodass wenigstens etwas Wind in ihr glühendes Gesicht wehte.

Tom und Tut können nicht ohne mich weiterleben, sorgte sie sich traurig. Ohne mich werden sie sterben, das haben sie nicht verdient.

Ich werde um ein Leben kämpfen, schwor sie sich. Wie weit wäre sie bereit zu gehen, um sich selbst zu retten? Könnte sie Okpara verletzen?

Sie sah auf seinen kahlen Hinterkopf.

Tom und Tut können mich überall finden, dachte sie weiter. Ja,

Tom wird mich finden!

Dieser Gedanke machte ihr Mut.

Runihura wusste nichts über die seelische Verbindung zu den beiden. Die, zu Okpara war anders, seit sie sich zum ersten Mal geküsst hatten.

„Hast du nicht etwas vergessen?", fragte sie, da ihr plötzlich der Dolch mit den Kas, mit der gespeicherten Lebensenergie einfiel.

„Dieses komische Messer hast du nicht. Opfern fällt also flach."

Runihura lachte wieder. „Dolch war lang mit Okpara. Okpara hier!"

Er tippte sich gegen seine Brust. „Dolch haben Okparas Blut geschmecken. Ich bald Dolch haben."

Larissa gefror bei den Worten vor Angst die Seele ein. Sie rieb sich über die Arme und bemerkte, dass sie immer noch an dem Skarabäus festhielt. Sie öffnete ihre schmerzenden Finger und sah sich den grünen Mistkäfer an. Er leuchtete leicht.

Was für einen Zauber mochte Okpara auf diesem Stein angewendet haben? Oder stand das Leuchten lediglich dafür, dass er immer noch bei ihr war?

Da erinnerte sie sich, dass der Händler auch eine Kette zu dem Tuch gepackt hatte. Sie holte die Kette heraus, die aus vielen kleinen Steinen in verschiedenen grünen Tönen bestand. Sie glänzten, als wären sie aus Glas. Der Skarabäus dagegen wirkte stumpf und speckig.

Larissa bemerkte, wie sich Runihura wieder zu ihr umdrehte. Seine Augen weiteten sich.

Hat er Angst vor der Kette?, fragte sich Larissa. Er erkannte die Steine. Fürchtete er sich vor ihnen?

Chrysopras, hörte Larissa Okparas geflüsterte Stimme in ihrem Kopf.

Larissa, denk nach, forderte sie sich auf. Was war mit Chrysopras? Warum fiel ihr in solchen Situationen, so etwas einfach nicht ein? Das war so typisch!

Sie versuchte sich an das Buch, das sie sich zusammen mit Okpara angesehen hatte, zu erinnern.

Was hatte dort zu Chrysopras gestanden? In diesem Buch gab es so viele grüne Steine.

Daniel ging mit den anderen nach draußen. Er wartete auf Alexander.

Was für ein Wagen wird Alex besorgen?, fragte er sich.

„Sie entfernt sich immer schneller", meldete sich Thomas plötzlich. „Ich habe Angst sie zu verlieren."

„Tom, deine Verbindung zu Larissa ist stark", bestärkte Sagira ihn. „Du kannst sie nie verlieren, auch wenn sie am anderen Ende der Welt wäre. Du wirst sie immer finden, wenn du es willst."

„Diese Arschlöcher haben bestimmt die Stadt verlassen, verdammte Scheiße", fluchte Daniel.

„Dan, bitte nicht solche Ausdrücke", tadelte Thomas ihn leise. „Du versündigst dich und befleckst deine Seele."

„Es war doch klar, dass sie die Stadt verlassen", erwiderte Jochen trocken. „Hier würde eine Opferung bestimmt auffallen."

Endlich hielt ein klimatisierter Bus neben ihnen am Straßenrand. Der schwarze Lack glänzte in der Sonne. Die Türen wurden geöffnet.

„Na los, alle einsteigen!", forderte Alexander die Gruppe auf.

Daniel entdeckte hinter dem Lenkrad ein bekanntes Gesicht.

„Hallo Judith, schön, dass du auch mitkommst!", rief er und lachte freudlos. „Na da, finden wir bestimmt wieder zum Hotel zurück. Hallo Zoey!"

„Hey", grüßte Judith Assistentin und grinste. „Es ist immer aufregend mit euch unterwegs zu sein."

„Tom, du sitzt vorne", sagte Alexander und kletterte nach hinten. „Nur du weißt, wo Larissa ist."

Der Beifahrersitz war schon mit einem Geflecht aus Draht überzogen. Ein Versuch das Polster vor Thomas' Kristallschicht zu schützen. Im Flugzeug hatte es gut funktioniert.

Thomas setzte sich und wies ihnen die Richtung. Judith fuhr sofort los.

Der dürre Ägypter lenkte den schäbigen Kleinbus über einen holprigen Weg. Die Räder wirbelten immer mehr Staub auf, der als braune, konturlose Fahne hinter ihnen herwehte.

Larissa fühlte sich krank von der Schaukelei, von der Hitze und dem widerlichen Gestank, der im Bus herrschte. Krampfhaft hielt sie sich an einem klebrigen Griff fest. Diese alte Klapperkiste hatte keine Sicherheitsgurte mehr. Larissa hoffte, dass der Griff, an den sie sich klammerte, nicht abriss. Sie hatte das Gefühl schon ewig unterwegs zu sein.

Der Wunsch, den Geister-Hohepriester ohne Echnatons Hilfe aus Okpara herausreißen zu können, wurde von Minute zu Minute mächtiger.

Okpara ist bei mir, sagte sie sich immer wieder im Stillen. Er wird mir niemals etwas antun. Niemals!

Dieser Gedanke ließ sie durchhalten und nicht schreiend zusammenbrechen, trotzdem hatte sie Angst, ob sie diese Fahrt überleben würde. Konnte Runihura wirklich durch ihren Tod zu einem Gott aufsteigen?

Der Motor heulte gequält auf, als der Weg anstieg. Der Bus fuhr eine Anhöhe hinauf. Die Stoßdämpfer, wenn es sie noch gab, leisteten keine Arbeit mehr. Das Gefährt quietschte qualvoll unter der Belastung.

Larissa wurde heftig durchgeschüttelt. Sie hatte vor einiger Zeit noch davon geträumt, in Ägypten Urlaub machen zu können. Vielleicht mit einem süßen Typen an ihrer Seite. Nun war sie schon zum zweiten Mal innerhalb kürzester Zeit unfreiwillig zu einer Reise durch dieses geheimnisvolle Land, dessen Vergangenheit noch so manche Rätsel aufgab, aufgebrochen.

Wie geht es Okpara?, fragte sie sich.

Sie blickte wieder aus dem Fenster und entdeckte in einiger Entfernung die Pyramiden von Gizeh.

Draußen war der sandige Wüstenboden Felsen gewichen. Der Wind frischte auf und trieb feinen Sand wie tanzende Schleier vor sich her. Larissa entdeckte kaum noch Bäume, die dem trockenen Grund trotzten.

Sie fühlte sich so einsam und verlassen. Sehnsüchtig sah sie zu Okpara. Nichts täte sie lieber als sich in seine Arme zu flüchten. Nur für einen Moment, um das Grauen um sie herum, zu vergessen.

Endlich hielt der dürre Ägypter den Bus an und lachte. Er sprach mit Runihura auf Ägyptisch-Arabisch.

Larissa verstand kein Wort. Nur durch die Gesten spürte sie, dass es wohl um sie ging. Ihr Herzschlag wurde lauter und dröhnte in ihren Ohren.

Ist das der Ort, an dem ich sterben soll?, fragte sie sich.

Sie beobachtete, wie der Ägypter ausstieg und um den Bus herumlief. Eilig steckte sie die Kette in die Hosentasche und hielt den Skarabäus wieder fest umklammert. Die Tüte ließ sie liegen.

Der Ägypter öffnete die Seitentür.

„Come out!", sagte er im schlechten Englisch und winkte sie nach draußen. *„Come out, little chicken!"*

Er grinste sie frech an.

Klar, du sitzt im Moment am längeren Hebel, dachte sie bitter und stieg aus. Da kann man wohl auch respektlos sein und mich kleines Hühnchen nennen.

Ein anderer Mann in geflickter Jeans und zerrissenen T-Shirt, der wohl auf sie gewartet hatte, packte sie grob an den Armen und drehte diese schmerzhaft nach hinten.

„Hey!", rief sie und versuchte, sich zu befreien. „Okpara, hilf mir!"

Runihura ignorierte sie.

Der dürre Ägypter band ihr die Hände mit Stricken auf ihrem Rücken zusammen.

„Sit down!", befahl er barsch und stieß sie in den Staub.

Er fesselte mit Hilfe des anderen Mannes auch ihre Fußgelenke.

Na toll, dachte sie und wehrte sich nicht. Sie hatte ohnehin nicht vorgehabt, wegzulaufen.

Sie wollte ihre Kräfte sparen.

Der andere Mann griff ihr in die Haare. *„Don't run away, bitch!"*

Ihr seid Idioten, schimpfte Larissa innerlich. Ich werde es euch noch zeigen! Wartet es nur ab!

Die beiden Männer lachten und hoben sie hoch. Sie trugen sie weiter nach oben auf einen kleinen Platz, wo sich schon viele Menschen versammelt hatten. Die meisten redeten miteinander und saßen auf Decken.

Mit lautem Jubel wurde sie empfangen. Frauen standen auf und begannen zu tanzen. Einige Männer schlugen auf Trommeln. Viele klatschten oder sangen.

Die freuen sich, weil ich sterben soll, dachte Larissa schaudernd. Was hat Runihura ihnen versprochen? Reichtum? Macht? Ewiges Leben?

Ihr wurde abwechselnd heiß und kalt vor Angst.

Okpara ist bei mir, sagte sie sich wieder. Ich muss dran glauben, dass er mir nichts tun wird!

Die beiden Männer setzten sie hinter den letzten Anhänger von Runihura ab. Der Dürre blieb als Wächter bei ihr. Der Andere gesellte sich zu den Trommlern und bewegte sich zum Rhythmus der Musik.

Runihura schritt wie ein König durch die Reihen dieser armen Leute und trat vor seine Anhänger, die sich vor ihm verbeugten. Er hob gebieterisch beide Arme.

Die Trommeln verstummten augenblicklich. Die Frauen setzen sich sofort hin, wo sie gerade noch gestanden hatten. Eine unglaubliche Stille legte sich über die Gruppe.

Runihura nickte Gaffarel zu, der in der ersten Reihe saß und sich über die Lippen leckte. Ein breites Grinsen lag auf dem Gesicht des Dämons.

Er ist ein starker Verbündeter, erkannte Runihura zufrieden und blickte in die Runde.

Er begann zu sprechen, doch Larissa verstand kein Wort, ob das besser war, wusste sie nicht. Sie schielte zu ihrem Wächter, der nach vorne schaute.

Das ist die Gelegenheit, dachte sie und lehnte sich langsam zurück, krümmte den Rücken, hob ihr Becken an und versuchte ihre Hände unter ihren Po zuschieben. Die Stricke schnitten schmerzhaft in ihre Haut. Sie musste ihre Hände vor die Brust bekommen, um mit ihren Zähnen die Knoten lösen zu können, oder notfalls die Stricke einfach durchzunagen.

Leicht war es nicht, aber durch die vielen Yoga-Übungen war sie sehr gelenkig geworden. Nun zahlte sich das tägliche Training aus. Ihr kamen die vielen Momente in den Sinn, wenn Okpara ihr zugesehen hatte.

„Du strahlst eine unglaubliche Harmonie aus", hatte er damals gesagt. „Du bist dann noch schöner."

Gut, zu dem Zeitpunkt waren seine Deutschkenntnisse nicht so gut gewesen. Er wollte es auch versuchen, doch seine Muskeln und Gelenke waren noch zu steif gewesen.

Würde es wieder so werden?, fragte sie sich und lächelte bei der Erinnerung daran. Ja, ich werde für uns kämpfen, Okpara! Runihura darf nicht gewinnen.

Sie biss die Zähne zusammen und ließ langsam ihre Hände an ihrem Po vorbei zu der Rückseite ihrer Oberschenkel wandern. Sie streckte ihre Beine gegen den Himmel, zog die Knie an ihren Bauch und beugte die Knie. Die schon blutigen Handgelenke passierten ihre Füße.

Teil eins ist geschafft!, dachte sie erleichtert, als sie die Hände vor der Brust hatte.

Zuerst löste sie die Fesseln an ihren Knöcheln, damit sie entweder weglaufen oder um sich treten konnte. Kampflos würde sie hier nicht sterben! Ihre Finger zitterten, trotzdem fiel der erste Strick. Nun waren die Hände dran. Das gestaltete sich schwieriger, weil sie das Tau nur mit den Fingerspitzen berühren konnte.

Also doch mit den Zähnen, dachte sie und machte sich an die Arbeit.

Mit nacktem Oberkörper ließ Runihura sich im Schneidersitz auf den Boden nieder und schnitt sich mit einem Messer in den linken Arm. Nachdem er so lange als Geist auf Erden gewandelt war, überraschte ihn der Schmerz. Er zuckte leicht zusammen und blickte zu seinen Anhängern.

Sie hatte seinen Moment der Schwäche aber nicht bemerkt.

Das Blut wollte er in einer Schale auffangen. Er war sehr konzentriert und sah nicht, dass hinter seinen Anhängern Beine in die Höhe gestreckt wurden.

Okpara hat nicht genug Blut, ärgerte er sich. Und dann sieht es auch noch so komisch braun aus und stinkt fürchterlich.

Dann musst du auf dein Opfer wohl verzichten, meinte Okpara ihn gedanklich.

Ein Gefühl der Erleichterung breitete sich in ihm aus.

Das könnte dir so passen, konterte Runihura und zog die Ränder des Schnittes auseinander. Das Fleisch hatte eine bräunliche Färbung und der Geruch nach Verwesung drang hervor. Er drückte auf die Wunde. Es flossen nur wenige Tropfen Blut in die Schale. Runihura biss die Zähne zusammen. Der Schmerz war höllisch.

Das wird niemals reichen, meinte Okpara mit einem Lachen.

Ich bin der, der zuletzt lacht, Okpara, dachte Runihura und sprach die Zauberformel, um das bisschen Blut zu vermehren.

Der widerliche Geruch wurde schlimmer.

Sieh her, Okpara! Die Schale füllt sich.

Langsam stieg das Blut in die Höhe.

Triumphierend hob er das Gefäß an und spürte Okparas Entsetzen. Er sah zu seinen Anhängern.

„Singt!", befahl er.

Wie bei Gaffarels Befreiung begann der eigenartige Singsang. Er schwoll an und ab. Die Anhänger wiegten sich wie Grashalme im Wind hin und her.

Runihura tauchte zwei Finger in das braune Blut und zeichnete Symbole auf seine Brust. Dabei murmelte er uralte Zauberformeln.

Danach malte er Zeichen auf den steinernen Boden.

Nur Gaffarel beteiligte sich nicht an dem Ritual. Der Dämon beobachtete ihn und wartete ruhig auf das Ende.

Leise murmelte Runihura die magischen Worte, um den Dolch herbeizuholen.

Niemand kann mich jetzt noch aufhalten, triumphierte er lächelnd.

Niemand!

Larissa holte derweil ihr Ankh hervor und hängte sich auch noch zur Sicherheit die andere Kette um ihren Hals.

Sicher ist sicher, dachte sie. Ich glaube an die Macht der Steine. Ich glaube an die Macht der ägyptischen Götter und ich glaube, na ja, an mich! Und ich glaube an dich, Okpara!

Das ist gut, sagte eine männliche Stimme in ihrem Kopf. Ich bin auf dem Weg zu dir.

Wer bist du?, wollteLarissa erschrocken wissen.

Könntest du nicht weiter ... öhm na ja, beten?, fragte die Stimme amüsiert.

Oh, das war beten?, wunderte sie sich.

So in etwa, meinte die Stimme und lachte. Eine moderne Form des Betens!

Langsam stand Larissa auf und war erstaunt sich, dass ihr Wächter nicht einmal nach ihr gesehen hatte.

Runihura musste ihm ein unglaubliches Versprechen gemacht haben, ob er es auch halten würde?

Bestimmt nicht, antwortete die Stimme.

Das Bild eines goldenen Falken huschte durch ihre Gedanken.

Welcher Gott hat den Falken als Symbol?, fragte sie sich. Ra?

Jaa, aber knapp daneben, sagte die Stimme und lachte wieder.

Ja, ja, wir armen, schwachen, wehrlosen Weiber, dachte Larissa sarkastisch und tippte ihrem Wächter auf die Schulter.

Ohne ein Wort zu sagen, drehte er sich zu ihr um.

Larissa riss im richtigen Moment ihr Knie hoch und traf seine Weichteile.

Er gab noch einen erstickten Laut von sich und klappte wimmernd zusammen.

Also ehrlich, er hätte aufschreien können, mahnte die Stimme. Sei doch bitte vorsichtiger!

„Das tut mir furchtbar leid, wirklich", behauptete Larissa auf Englisch, „aber ich, the little chicken, muss Okpara helfen."

Du solltest ihn bewusstlos schlagen, riet ihr die Stimme.

Du meinst so richtig k.o.?, fragte Larissa und blickte ihrem Wächter ins Gesicht. Das kann ich nicht.

Der dürre Ägypter wollte nach ihrem Knöchel greifen. Larissa wich geschickt seiner Hand aus.

„The little chicken macht sich jetzt auf den Weg", sagtesie leise und ging langsam auf Runihura zu.

Du musst noch viel lernen, meinte die Stimme. Vielleicht sollte dich Seth unterrichten.

Ist er nicht ein böser Gott?, fragte Larissa.

Ein Seufzer drang durch ihren Kopf.

Was habt ihr Monotheisten nur alle mit diesem Gut und Böse? Dieser Christus hat alles durcheinandergebracht, klagte die Stimme tadelnd. Jeder Gott ist gut und böse zugleich. Meistens kommt es auf seine Laune an!

Das habe ich mir schon gedacht, erwiderte Larissa.

Eine Menschenfrau, die denken kann, rief die Stimme. Das gefällt mir.

He, was fällt dir ein?, beschwerte Larissa sich gedanklich. Das ist diskriminieren, weißt du das?

Ich bitte vielmals um Entschuldigung, beteuerte die Stimme spöttisch.

Ein mutiges Opfer?

Vor Runihura auf dem Boden schimmerte es bläulich auf und der Dolch materialisierte sich. Das Metall der Klinge reflektierte das Sonnenlicht. Wie ein rohes Ei mit hauchdünner Schale hob Runihura die Waffe mit beiden Händen vorsichtig hoch.

„Seht ihn euch an!", rief er triumphierend. „Ich habe meinen Ritualdolch zurück!" Er sah auf und entdeckte Larissa, die ihren Wächter angegriffen hatte.

„Ergreift sie!", befahl er seinen Anhängern auf Ägyptisch-Arabisch. „Lasst sie nicht entkommen!"

Er staunte über das Verhalten dieser, für ihn dem Tode geweihten, Frau.

Larissa machte keine Anstalten wegzulaufen. Stolz ging sie auf die Anhänger zu, die nach ihr griffen und an ihr zerrten. Sie wehrte sich nicht.

Die Frauen und Männer schrien sie auf Ägyptisch-Arabisch an. Die Frauen gebärdeten sich schlimmer als die Männer. Sie zerkratzten ihr die Haut an den Armen.

Larissa wäre freiwillig zu Runihura gegangen. In seinen Händen sah sie den Dolch mit den Kas, mit der gespeicherten Lebensenergie.

Woher hat er die Waffe?, fragte sie sich. Das ist unmöglich! Sie sollte gut verschlossen in einem Tresor in Deutschland liegen.

Angst flatterte durch ihre Gedanken, die sie nicht zulassen wollte. Mit Entsetzen bemerkte sie den Schnitt an Okparas Arm, obwohl er nicht blutete.

Hoffentlich ist die Wunde nicht zu tief, sorgte sie sich.

Runihura sagte etwas zu seinem Anhänger, die sie losließen und einige Schritte zurücktraten. Mit hoch erhobenem Kopf ging Larissa langsam auf ihn zu.

Du bist entweder sehr mutig oder sehr dumm, sagte die Stimme bewundernd.

Mutig finde ich besser, erwiderte Larissa gedanklich. Er hat Okpara weh getan! Das geht gar nicht!

Oh, diese Wut, meinte die Stimme amüsiert. Ach, muss die Liebe schön sein!

„Du verdammter Mistkerl!", schrie sie Runihura an. „Wieso hast du Okpara verletzt? Wenn ich könnte, wurde ich dir die Eigengeweihe herausreißen! Leider hast du schon lange keine mehr."

„Ich sein Blut für Dolch brauchen, dumm Weib", erwiderte Runihura. „Warum du rennen nicht weg?"

„Ohne Okpara werde ich nicht von hier verschwinden!", sagte Larissa und stieß ihm gegen die Brust. „Sieh hier auf mein Ankh. Es wird mich vor dir beschützen."

Sie hielt es vor sich, wie sie es oft in alten Filmen bei katholischen Priestern gesehen hatte, die das Kreuz des Herrn vor sich hielten, um das Böse von sich fernzuhalten.

Du machst das gut, lobte die Stimme sie amüsiert. So was habe ich noch nie mit einem Ankh gesehen! Aber es gefällt mir. Die

Christen haben so viel von unserem Glauben übernommen, da ist es nur fair, wenn wir uns auch an ihren Traditionen bedienen.

Der Amethyst leuchtete violett auf und hüllte Larissas Körper in schützendes Licht ein.

„Du wollen Okpara schaden?" Runihura lächelte und tippte sich gegen die Brust. „Er auch hier sein."

„Runihura, verschwinde aus Okparas Körper!", rief Larissa laut. „Sag deinen dreckigen Pfeifen, sie sollen sofort von hier verschwinden. Ich habe keine Angst vor dir! Ich glaube, dass die Magie, das Gute vom Bösen unterscheiden kann. Okpara wird nichts passieren."

Hm, interessante Denkweise, meinte die Stimme. Hoffentlich hast du recht.

Ich muss recht haben, erwiderte Larissa gedanklich.

Runihura blieb der Mund offenstehen. „Ich Dolch haben. Du bald tot sein. Du kein Zauberer."

Er richtete die Klinge auf sie.

„Du bist nur ein erbärmlicher Scheißkerl!", rief Larissa. „Jemand wie du ist es nicht wert ein Gott zu werden. Du bist zu schwach. Okpara braucht niemanden um zaubern zu können, auch wenn er aus dem letzten Loch pfeift."

Gutes Argument, sagte die Stimme.

„Was dir einfallen?", fragte Runihura zornig. „Ich nicht alles verstehen!"

„Mir fällt eine Menge ein!", rief Larissa. „Das ist deine letzte Chance, aus Okparas Körpber zu weichen, bevor ich dich vernichte."

Das Echo eines lauten Brüllens, das von einem Löwen stammen könnte, hallte über den Platz.

Die Anhänger stießen aufgeregte Rufe aus und wurden unruhig. Sie blickten sich ängstlich um.

„Seid ruhig!", schrie Runihura auf Ägyptisch-Arabisch. „Ich werde euch alle vor jedem Raubtier beschützen."

Sagira tauchte mit zuckendem Schwanz auf der Anhöhe auf. Sie war den Weg mit riesigen Sprüngen vorgelaufen. Ihre gelben Augen leuchteten.

„Das ist eine Sphinx!", riefen einige Anhänger Runihuras aufgeregt.

„Schlangensphinx, bitte", verbesserte Sagira.

Sie ging langsam auf die Anhänger zu. Ihre beiden Giftzähne schoben sich über ihre Lippen.

„Geht, dann bleibt ihr am Leben!", zischte sie laut auf Ägyptisch-Arabisch. „Mein Gift ist schlimmer, schmerzhafter und tödlicher als alles was ihr kennt."

Die Anhänger schrien durcheinander und rannten davon.

„Bleibt gefällstigst hier, ihr Narren!", rief Runihura ihnen hinterher. „Das ist nur eine junge, dumme Sphinx."

„Dumm? Los, Echnaton!", forderte Sagira den Geister-Pharao auf, „du bist jetzt dran. Zeig dem Hohepriester, wer hier der beste Geist ist."

Sie spannte die schuppigen Lappen an der Seite ihres Kopfes wie das Schild einer Kobra auf. Gelbe Flächen mit zwei blauen Horus-Augen mit glühenden Pupillen zeigten sich.

Echnaton erschien neben Sagira und lächelte grimmig.

„Eine Sphinx an der Seite zu haben, ist fantastisch", sagte er und raste auf Okpara zu.

Er stoppte kurz und bewunderte Larissas Mut. Stolz stand sie vor Runihura, der den Dolch mit den Kas, mit der gesammelten Lebensenergie, in der Hand hielt.

„Du bedrohst meinen Schützling", sagte Echnaton verärgert.

„Bist du gekommen, um zu sehen, wie ich ein Gott werde, Pharao Echnaton?", fragte Runihura spöttisch.

„Nein", erwiderte Echnaton kalt. „Ich bin gekommen, um dich auszutreiben."

„Du willst mich austreiben?", höhnte Runihura schallend. „Was glaubst du, wer du bist? So ein idiotischer Christenpfaffe mit Exsor oder wie auch immer dieses Ritual heißt?!"

„Ich bin Pharao Echnaton!", rief der Geister-Pharao. „Okpara ist mein Jekyll zu meinem Hyde."

„Was ist ein Jerkill oder Hide?", wunderte Runihura sich verwirrt.

„Ich … Nein wir zeigen es dir!" Echnaton blickte ihn entschlossen an. „Nicht wahr, Okpara?"

Okpara nickte knapp, zu mehr war er unter der Kontrolle von Runihura nicht in der Lage.

Echnaton raste als weißer Nebel auf Okpara zu und drang in dessen Körper ein.

Ob nun Okpara oder Runihura schmerzhaft aufschrie, konnte Larissa nicht sagen. Der qualvolle Laut ging ihr durch Mark und Bein. Die Angst um ihren Freund krallte sich in ihrer Seele fest und schnürte ihr die Kehle zu. Nur ein erstickter Laut drang über ihre Lippen. Tränen liefen über ihre Wangen. Wieder begann Okpara zu zucken und zu schwanken. Gern hätte sie ihn umarmt, um ihm zu zeigen, dass sie für ihn da war. Noch hielt er krampfhaft den Dolch fest.

Okpara ging in die Knie und streckte seine Hände nach ihr aus. Er stöhnte.

„Larissa!", rief er.

Sie spürte seien Verzweiflung und konnte ihm nicht helfen.

„Nein", hauchte sie und drückte ihre Hände vor den Mund. „Bitte nicht. Okpara, lass den Dolch fallen! Nicht, dass du dich noch an seiner Klinge verletzt."

Gern hätte der junge Altägypter Gewalt über seine Hand gehabt. Seine Finger waren um den Griff gekrallt. Für ihn wäre es unerträglich, Larissa mit der Klinge zu verletzen.

Okpara, reiß dich gefälligst zusammen!, ermahnte ihn Echnaton. Runihura, du bist kein Krieger! Wir werden dich zu fallen bringen! Okpara ist mächtiger als du!

Vor seinem inneren Auge sah Okpara wie der Geister-Pharao Runihura angriff.

Die Schmerzen waren kaum auszuhalten, als die beiden Geister in seinem Körper tobten. Okpara versuchte seine Seele von Runihura zu befreien. Der Geister-Hohepriester zerrte höllisch an ihr.

Er zerreißt mich!, dachte Okpara panisch. Echnaton, hilf mir, bitte!

Zuerst kümmern wir uns um deine Hand, meinte Echnaton. Larissa soll diesen verfluchten Dolch an sich nehmen und ihn aus deiner, aus seiner, Reichweite bringen.

Jochen rannte an Larissa vorbei.

„Wo kommst du denn her?", fragte sie erschrocken. „Hilf ihm bitte!"

Jochen wandte Okpara mit Anstrengung den Dolch aus der Hand.

„Hier, nimm ihn und renn schnell weg! Vorsichtig, da ist der Dämon!"

Er deutete auf Gaffarel. Der Dämon kam grinsend auf sie zu.

Sie umklammerte den Holzgriff der Waffe. Ihre Handfläche kribbelte. Sie spürte die Macht der vielen Kas, die im Metall des Dolches gespeichert waren. Kurz glaubte sie, Okparas Gesicht in der Klinge zu sehen.

Das ist unmöglich!, dachte sie traurig.

Sagira sah, wie sich Gaffarel Larissa näherte.

„Hey du, Dämon!", rief sie. „Ich habe da noch ein Hühnchen mit dir zu rupfen."

Mit einem lauten Brüllen sprang sie ihn an. Sie spürte seine spitzen Fingernägel, die sich schmerzhaft durch ihr Fell und in ihre Haut bohrten.

„Dein Pelz gefällt mir", feixte Gaffarel. „Ich werde mich damit schmücken."

„Glaubst du etwa, ich lasse mich so einfach töten?" Sagira holte aus und schlug mit ihrer Pranke tiefe Wunden in sein Gesicht.

Das schwarze Blut spritzte und brannte wie Säure auf ihrem Fell, doch sie durfte jetzt nicht aufgeben.

Sein Blut ist giftig, mahnte sie sich, aber ich muss ihn beißen. Ich spucke sein Blut sofort aus.

Ihre Giftzähne gruben sich tief in seine Schulter.

Gaffarel schrie schrill auf und versuchte, von seiner größeren Gegnerin wegzukommen. Sagira sprang zurück und spie das dunkle Blut aus. Ihr Fell sträubte sich.

Der Dämon taumelte und hielt sich die Schulter. Sagira attackierte ihn wieder.

„Du wirst sterben!" Sie drückte ihn auf den Boden.

Ihre Zunge war wund von seinem Blut. Ihre ganze Mundhöhle begann furchtbar zu brennen.

„Du wirst sterben!", zischte Gaffarel. „Ich bin unsterblich."

„Ich bin eine Sphinx", widersprach sie. „So leicht sterbe ich nicht."

Blicke nach oben!, sagte die Stimme in Larissas Kopf.

Am Himmel schimmerte ein goldener Fleck. Der Ruf eines Falken hallte vom Himmel über den Platz. Jochen hatte sich gerade über den jungen Altägypter gebeugt, der unkontrolliert zuckte, und wollte ihn untersuchen.

Ein glänzender Vogel näherte sich, der wie eine kleine, geflügelte Sonne leuchtete.

Das langgezogene Heulen eines Schakals folgte.

Ich bin gleich bei dir, rief die Stimme. Du kannst mich jetzt schon sehen.

Du bist also der Falke, erkannte Larissa staunend.

Die Stimme lachte. Manchmal.

Larissa umklammerte ihr Ankh mit der Hand, in der sie auch den Skarabäus hielt. Sie hatte gar nicht gemerkt, dass sie ihr ägyptisches Kreuz an den grünen Mistkäfer gedrückt hatte.

In ihrer Nähe landete der goldene Falke. Er sah sie mit seinen saphirblauen Augen an. Ein schwarzer Schakal wuchs aus dem Boden. Er schüttelte den Staub aus seinem Fell.

Ist das Anubis?, fragte sich Larissa ängstlich. Ausgerechnet der.

„Nana, keine Angst! Er will doch nur helfen!", beschwichtigte der Falke sie amüsiert.

Beide Tiere schimmerten und verwandelten sich in Horus, der Gott mit den Falkenkopf und Anubis, der Gott mit dem Schakalkopf.

„Du hast mich gerufen", richtete Horus das Wort an Larissa, ehe er sich verwundert an Anubis wandte: „Hallo Vetter, warum bist du hier?"

Anubis knurrte nur. „Auch ich vernahm diesen magischen Ruf! Nur rede ich nicht so viel wie du!"

„Ich habe ...", setzte Larissa an, stoppte dann aber und schüttelte den Kopf. „Wirklich? Nur weiß ich gerade nicht, wie ich das angestellt habe."

Horus zeigte auf ihr Ankh und den grünen Skarabäus. „Es trägt mein Zeichen."

Anubis nickte. „Du hast an mich gedacht, Larissa."

Hatte ich das?, fragte sie sich. Gut, kurz tauchte das Bild eines Schakals in meinen Gedanken auf.

„Nette Sachen hast du da." Horus' Falken-Kopf verschwand und ein normaler Menschenkopf erschien.

Seine Augen leuchteten in einem satten blau. „So sehe ich wohl für dich besser aus, oder?"

Larissa lächelte schüchtern. „Helft Okpara, bitte."

„Das brauchen wir nicht mehr!", meinte Horus.

Okpara fiel in diesem Moment auf die Seite und ein menschlicher, dunkler Schatten löste sich von seinem Körper, bevor er davonschoss.

„Den schnapp ich mir!" Horus wuchsen goldene Flügel aus dem Rücken und er jagte hinter dem flüchtenden Geist her.

Ist Horus ein Engel?, wunderte Larissa sich.

Er bräuchte sich nicht hinter Uriel zu verstecken. Mit der hellbraunen Haut sieht er sogar besser aus als der blasse Flammenengel.

„Nana", rügte Anubis sie für ihre Oberflächlichkeit.

„Okpara?" Larissa kniete sich neben ihren Freund in den Staub und rüttelte ihn leicht an der Schulter. „Sprich mit mir, bitte."

Okpara öffnete langsam die Augen.

„Okpara, den Göttern sei Dank." Larissa lachte befreitauf, obwohl ihr immer noch die Tränen über das Gesicht liefen.

Sie küsste ihn erleichtert auf den Mund.

„Nicht Okpara. Ich bin Echanton", stöhnte der Geister-Pharao durch den jungen Altägypter. „Ich glaube, der Junge wird sterben, wenn ich ihn jetzt verlasse."

„Dann bleib bitte in ihm", flehte Larissa weinend.

„Keine Sorge", sagte Echnaton und strich ihr sanft über die nasse Wange. „Der Junge ist mir schon vor einer Weile sehr ans Herz gewachsen. Ich lasse ihn nicht noch einmal sterben."

Er lächelte traurig.

„Vielen Dank", hauchte Larissa und küsste Okpara auf die Wange.

„Echnaton, kannst du mir sagen, was für Verletzungen Okpara

hat?", wollte Jochen wissen. „Wo hat er Schmerzen?"

„Ich werde es versuchen, Moment." Okpara schloss die Augen.

Daniel näherte sich der Gruppe mit einem Notfallkoffer.

Horus kam mit Runihura zurück. Er hielt dem Geister-Hohepriester die Arme auf den Rücken.

„Das habe ich mal bei Polizisten gesehen", sagte er und grinste spitzbübisch. „Es ist sehr praktisch. „Anubis, du solltest diesen hier in der Duat anketten, damit er nicht noch einmal abhauen kann."

Anubis knurrte und nickte.

„Oder lass ihn von Ammit fressen", schlug Horus noch vor.

„Ammit will ihn nicht", sagte Anubis. „Das habe ich schon versucht. Irgendetwas ist an ihm, was Ammit nicht mag oder abstößt."

„Er ist vielleicht zu verdorben." Gaffarel stöhnte.

Seine Schulter war angeschwollen.

„Dann gehört er ins tiefste Loch, das unsere Duat zu bieten hat", fand Horus.

„Die Duat hat keine Löcher", widersprach Anubis gereizt.

„Dann grab halt eins", schlug Horus vor.

„Bin ich ein Hund?", knurrte Anubis.

„Nein, aber du siehst so aus, als könntest du gut Löcher buddeln", zog Horus ihn mit einem breiten Grinsen auf. „Wir könnten ja mit einem Knochen üben."

„Willst du mich verärgern, Vetter?", fragte Anubis gereizt. „Soll ich jetzt Gefängniswächter spielen?"

„Du wolltest doch eine neue Aufgabe", gab Horus sich unschuldig.

„Jetzt hast du eine und bist trotzdem nicht zufrieden. Du musst ihn noch nicht mal füttern. Er ist schon tot."

Wie nett von Horus, dachte Larissa. Könnten die beiden nicht end-lich mit diesem Runihura verschwinden? Sofort in die Duat mit ihm!

Horus grinste sie an. „Du hast ganz schön vorlaute Gedanken, meine Süße."

Larissa fühlte sich ertappt. Ihre Wangen wurden heiß.

„Komm, Anubis! Ich helfe dir einen netten Ort für Runihura zu fin-den", bot Horus an. „Er macht der jungen Dame Angst. Ach ähm, du übrigens auch. Los, komm mit!"

Anubis blickte Larissa aus seinen roten Augen an und fletschte die Zähne.

„Aus, Anubis!" Horus musste lachen, als Anubis ihn böse ansah. „Tut mir leid! War nur ein Witz. Hat gerade so schön gepasst."

Er winkte Larissa mit der freien Hand zu. „Auf Wiedersehen, En-gelsseele. Wir sehen uns bestimmt mal wieder."

Beide Götter versanken im Boden, wobei sie Sand aufwirbelten. Nicht mehr als eine Staubwolke blieb von ihnen zurück.

Engelsseele?, wiederholte Larissa verwundert. Was meint er da-mit? Okpara und auch Tom haben gesagt, dass sie Flügel auf mei-nem Rücken sehen.

Larissa wandte sich wieder Okpara zu, der in diesem Moment auf-schrie. Seien linke Hand stand plötzlich in Flammen.

„Er ist total verrückt geworden", rief Okpara oder besser gesagt Echnaton. „Helft mir bitte oder ihm! Hilfe! Wir brennen!"

Jochen wickelte schnell seine Jacke um den brennenden Arm und erstickte so die Flammen.

„Ich habe ganz vergessen, wie sich Schmerzen anfühlen", gestand Echnaton stöhnend. „Ich fürchtete schon um mein Leben."

Er lachte nervös.

„Okpara, warum hast du das getan?", wollte Larissa wissen.

„Das ist eine sehr gute Frage, Junge", bestätigte Echnaton.

Er wartete auf eine Antwort von Okpara, die ausblieb.

Tränen rannen über Larissas Wangen.

„Kannst du … kann er aufstehen?", fragte Jochen Echnaton und half Okpara auf die Füße, nachdem dieser genickt hatte. „Dan, komm her und stütz ihn von der anderen Seite."

„Wir sollten vielleicht mal eine Rangordnung einführen", murrte Daniel plötzlich. „Immer soll ich das tun, was du sagst."

„Hier geht es um eine medizinische Behandlung", rügte Jochen ihn. „Ich bin der Arzt! Ich untersuche Okpara im Bus."

„Kann ich die verbrannte Haut haben?", rutschte es Daniel unüberlegt heraus..

„Dan!", rief Larissa entsetzt.

„Sorry!" Daniel grinste sie entschuldigend an.

Echnaton sah ihn verwirrt an, als er langsam einen Fuß vor den anderen setzte. „Was?"

„Dan ist und bleibt ein verrückter Wissenschaftler, der Steine in Gold verwandeln will." Jochen lachte. „Wenn sie sich ablöst, ja. Okpara wird dann wohl nichts dagegen haben."

Echnaton nickte. „Das hat sich nicht verändert. Dan, willst aus der Haut Gold machen?"

„Nein, nur untersuchen." Daniel kicherte. „Ich will kein Gold machen! Bin nur neugierig. Wissen ist Macht und so!"

Larissa folgte ihnen und merkte gar nicht, dass Sagira neben ihr herlief.

„Ich würde dich am liebsten übers Knie legen, wenn ich es könnte", zischte die Sphinx verärgert. „Was sollte das? Bist du lebensmüde?"

„Nein, aber ich wollte Okpara helfen und ihn nicht allein lassen", erwiderte Larissa. „Runihura musste aus seinem Körper ... Sagira, du bist ja verletzt."

In Sagiras hellbraunem Fell waren offene, rote Stellen.

„Halb so wild, so sagt ihr doch", sagte die Sphinx und lächelte schief. „Ich würde gern meinen Mund ausspülen."

„Im Bus haben wir Wasser", meinte Alexander. „Ist es sehr schlimm?"

„Dämonenblut brennt wie Säure", klagte Sagira, „aber ich glaube ich habe nichts davon heruntergeschluckt."

Selket erwartete die Gruppe im Bus. Auch Judith und Zoey waren dort. Sie begutachteten den schrottreifen Van, mit dem Larissas hergebracht worden war.

„Jochen, soll ich dir helfen?", fragte die Skorpiongöttin besorgt.

„Das wäre nett", erwiderte Jochen. „Verbrennungen können sich schnell entzünden und ich bin müde."

Wieder verschmolzen ihre Hände und sie begannen damit gemeinsam Okparas Verletzung zu heilen.

Selket, kannst du mich hören?, dachte Jochen.

Ja, was ist, mein Lieber?, antwortete Selket telepathisch. Warum willst du auf dieser Weise mit mir sprechen?

Ich habe über dein Angebot nachgedacht, erklärte er. Ich weiß nicht, ob ich ein guter Priester wäre. Ich halte es wie Larissa, mein Glaube existiert nur noch auf dem Papier.

Verstehe, seufzte Selket.

Nein, das sollte keine Ablehnung sein, erklärte Jochen. Ich würde es ausprobieren, als Novize oder so was in der Richtung.

Selket zog sich aus ihm zurück und nahm wieder ihre körperliche Form an. Glücklich strahlte sie ihn an und küsste ihn auf die Wange.

„Aua, das tut weh", beschwerte sich Echnaton.

„Entschuldigung, Pharao", erwiderte Selket. „Besser bekommen wir es jetzt nicht hin."

Echnaton blickte verwirrte von einem zum anderen. Er versuchte, die Finger zu bewegen. Die Haut, die sich gebildet hatte, war sehr dünn und durchsichtig.

„Nicht!" Vorsichtig legte Jochen einen Verband an. „Die Hand sieht schon gut aus."

Er suchte etwas, woraus er eine Schlinge für Okparas Arm machen konnte.

„Hier!" Larissa hatte die Tüte aus dem alten Bus, der verlassen dastand, geholt und reichte ihm das Tuch. „Dann dient es wenigstens einem guten Zweck."

„Alex hat uns alles erzählt", sagte Jochen. „Hattest du keine Angst?"

„Schon, aber ich wollte auch nicht, dass Okpara zu einem Mörder wird", erklärte Larissa und streichelte dem jungen Altägypter liebevoll über die Wange. „Danke, Echnaton."

Echnaton grinste spitzbubenhaft und deutete auf den Mund. „Wie wäre es mit einem Kuss für deinen Freund?"

Larissa wurde rot.

„Den bekommt er, wenn er wieder ganz er selbst ist", erklärte sie und sah weg.

„Schade", sagte Echnaton und seufzte theatralisch. „Ich werde mir noch einen Kuss von dir auf dem Mund verdienen. Warte es nur ab!"

Vorsichtig umarmte Larissa Okpara.

„Ich bin froh, dass dein Plan, bis auf die Sache mit der Entführung, gut geklappt hat", sagte Echnaton und erwiderte die Umarmung herzlich.

Jochen nickte nur.

„Ich wurde nicht entführt!", widersprach Larissa empört. „Ich bin freiwillig mit ihm mitgegangen. Auf keinen Fall hätte ich Okpara allein gelassen."

Jochen und Echnaton schüttelten nur den Kopf.

Der Geister-Pharao träumt

Es war ein herrliches Gefühl duschen zu können! Wasser auf der Haut zu spüren, auch wenn der größte Teil dieser Haut noch mumifiziert war. Am liebsten hätte ich gelacht, als das warme Nass auf Okparas Körper niederprasselte. Es war zwar nicht das erste Mal, dass ich in Okparas Körper duschte, aber ich genoss es jedes Mal aufs Neue. Von Okpara hatte ich leider kein Wort gehört. Es betrübte mich sehr, dass der Junge sich so benahm. Larissa ging es doch gut. Sie war noch nicht mal verletzt worden. Ein bisschen abgeschürfte Haut und ein paar blaue Flecke, sonst nichts. Für eine Frau bewundernswert. Sie war unglaublich mutig. Daher verstand ich sein Verhalten überhaupt nicht. Er sollte stolz auf seine Gefährtin sein!

Jochen hatte Okparas verbrannten Arm vor dem Duschen gut mit einer Folie umwickelt, um den Verband vor dem Wasser zu schützen und nachdem ich … wir fertig waren, begutachtete er ihn erneut. Der Arm sah nicht gut aus und schmerzte weiterhin.

Neben Sagira einzuschlafen, war nicht gerade angenehm, aber sie würde mir, oder besser gesagt Okpara, niemals etwas antun.

Ich hatte vergessen, wie wunderbar Schlaf sein konnte und benutzte zum ersten Mal eine Decke. Nun wusste ich, wie sich Okpara fühlte. Es war herrlich!

Sagira war erst zufrieden, als ich bis zum Hals zugedeckt war. Sie machte sich auch große Sorgen um den Jungen, was ich gut verstehen konnte. Okparas Erschöpfung setzte mir zu. Normal hätte ich seinen Körper verlassen, doch ich spürte, dass es meinem jungen Freund nicht gut tun würde. Ich ließ den Schlaf zu.

Nun träumte ich von einem Ort, an dem ich noch nie gewesen war. Dies war Okparas Traum. Zu ärmlich erschien mir das kleine Dorf. Ich war schließlich der Pharao Echnaton!

Über mir funkelten die Sterne am nächtlichen Himmel. Ein leichter Wind strich über meine Haut. Ich spürte den Sand, der in meine Sandalen und zwischen meine Zehe drang.

War das Okparas Heimatdorf?

Alles wirkte so ausgestorben. So leer! Als würde es mein Volk nicht mehr geben.

Der Gedanke versetzte mir einen tiefen Stich ins Herz. Unsere Kultur war schon lange ausgestorben.

Wo war der Junge nur?

Ich begann ihn zu suchen. Warum hatte er sich in den letzten Stunden nicht gemeldet? Ein Rätsel, das ich nun lösen würde. Larissa hatte seine tiefe Traurigkeit und seine Schuld auch gefühlt.

Warum fühlt sich der Junge nur so schuldig?, fragte ich mich und schwor mir: Ich würde es auf jeden Fall herausfinden! Das war ich dem Jungen schuldig!

Als ich durch die staubigen Straßen schritt, verstand ich, wie sich Larissa fühlte, wenn sie in einem Traum von jemand anderem war.

Verdammt noch mal, wo ist der Junge nur?, fragte ich mich besorgt und verärgert zugleich.

Vielleicht könnte er mich in den Traum meines Sohns bringen. Er hatte es schon einmal geschafft, um mit Larissa zu träumen. Ich würde gern meinen Jungen in die Arme schließen. Seinen Körper spüren. Tutanchaton war erst vier Jahre alt gewesen, als ich starb. Ich hatte ihn zu früh allein gelassen. Es tat mir furchtbar leid. Er musste viel zu früh den Thron besteigen. Als Kinder-Pharao war er nur eine Marionette seiner Wesire gewesen.

Außerdem könnte Larissa von Angesicht zu Angesicht mit diesem jungen Dummkopf reden und ihn hoffentlich zur Vernunft bringen.

Endlich entdeckte ich Okpara. Er saß auf dem flachen Dach eines Hauses und starrte ins Leere, dabei wirkte er wie ein verlorenes Kind.

„Okpara!", rief ich streng.

Er blickte traurig zu mir herunter und wunderte sich wohl über meine Anwesenheit.

„Echnaton?", fragte er. „Wie kommst du hierher?"

„Warte, ich komme zu dir hoch!", erwiderte ich bestimmend.

Nicht, das er verschwand und ich ihn wieder suchen musste. Als Geist wäre ich einfach zu ihm hinaufgeschwebt. Das ging jetzt leider nicht.

Ich fand an der Seite des Hauses zum Glück eine Leiter und stieg die Sprossen empor.

Früher hätte ich einfach meine Soldaten rauf geschickt und hätte ihn herunterholen lassen. Früher war alles besser.

„Jetzt verrate mir mal, warum du dir das selbst angetan hast", forderte ich, nachdem ich mich neben ihn gesetzt und auf seinen Verband gedeutet hatte.

Langsam hob er seinen linken Arm, als hätte er Mühe ihn zu bewegen. „Mit dieser Hand habe ich Larissa verletzt."

Bei Aton, der Junge war total verliebt! Was sollte ich jetzt nur mit ihm machen? Er bestraft sich selber!

„Ich dachte Larissas Abschürfungen stammen von den Stricken, mit den sie gefesselt wurde", wunderte ich mich. „So sahen die Wunden für mich zumindest aus."

Andere Verletzungen hatte sie auch nicht gehabt.

„Ihr rechter Oberarm ist voller blauer Flecken." Der Junge starrte wieder ins Leere.

„Hat Runihura sie geschlagen, als er deinen Körper kontrollierte?", wollte ich wissen.

„Ich … ich weiß es nicht. Gestern vielleicht als ich gegen Runihura gekämpft habe!" Der Junge schüttelte hilflos den Kopf. „Ich habe sie auf dem Basar zu grob angefasst. Auf ihrer blassen Haut sieht umso schlimmer aus", gestand er. „Ich habe ihr sehr weh getan."

Tränen liefen über sein Gesicht.

„Männer weinen nicht", wies ich ihn streng zurecht.

„Das ist mir egal", schluchzte er. „Sie hasst mich jetzt und sie hat jedes Recht dazu. Ich war zu schwach. Niemals hätte ich zulassen dürfen, dass Runihura ihr, durch meine Hand, weh tut."

„Sie liebt dich, du Dummkopf, und hat dir das schon längst verziehen", meinte ich mit einem wissenden Lächeln. „Wenn sie es dir überhaupt vorwerfen würde. Sie vermisst dich macht sich große

Sorgen um dich!"

„Wirklich?" Er blickte mich erstaunt an.

War das Hoffnung in seinen Augen? Ein leichtes Lächeln zeigte sich auf seinen Lippen.

„Sie ist sehr besorgt darüber, dass du dich selbst verletzt hast", machte ich ihm deutlich. „Im 21. Jahrhundert denkt man anderes, glaub mir!"

Hoffentlich war das nicht gelogen, da ich mich nicht allzu gut mit der Gegenwart auskannte.

Für gewöhnlich mied ich es, mich den Menschen zu zeigen. War das ein Fehler?

„Du warst doch im Traum meines Sohns, oder?", fragte ich nach einer Weile.

Okpara nickte nur knapp.

„Könntest du noch einmal versuchen, in seinen Traum zu gelangen?", fragte ich hoffnungsvoll.

Meine Neugierde, wie mein Sohn ausgesehen hatte, als er noch lebte, war sehr groß. Das musste ich zu geben.

Ich glaubte zwar nicht, dass der Junge sich mit Folter auskannte, aber er schwieg mir ein wenig zu lange.

„Wenn … Larissa wieder mit ihm träumt, könnte ich es bestimmt schaffen", meinte er schließlich verlegen und stand auf. „Wir sollten aber nicht sitzen, wenn wir den Traum wechseln."

Ich atmete auf und ließ mir von ihm aufhelfen, obwohl ich allein aufstehen konnte. War es mein Wunsch nach körperlicher Nähe? Als Geist konnte es sehr einsam sein.

Okpara war ein netter Kerl und ich bedauerte mittlerweile zutiefst, ihn damals getötet zu haben. Ich war zwar durch einen Zauber, mehr oder weniger gezwungen worden, aber es macht die Schuld, die auf mir lastete nicht kleiner. Manchmal ertappte ich mich bei dem Gedanken, wie es gewesen wäre, Okpara zu Lebenszeiten an meiner Seite gehabt zu haben. Leider würden wir das niemals erfahren. Bei ihm wäre Tutanchaton in guten Händen gewesen. Dann wäre mein Sohn vielleicht nicht so früh gestorben.

Die Umgebung schimmerte um uns herum. Die kleine Siedlung verschwand und wurde zu einem bunten Palastgarten. Der nachtschwarze Himmel erstrahlte taghell. Ich musste blinzeln.
„Okpara, würdest du auf meinen Sohn achtgeben?", fragte ich.
Er sah mich verwundert an. „Du bist doch auch noch da."

Nicht weit von uns entfernt, hörte ich zwei Personen lachen. Es waren mein Sohn Tutanchaton und Larissa.
„Los, lass uns zu den beiden gehen", forderte ich ihn auf.
Okpara schüttelte traurig den Kopf und setzte sich auf die Stufen, die zum Eingang des Palastes führten.
Was konnte er doch nur für ein dummer Esel sein, der sich das Leben schwerer als nötig machte!
Larissa musste dringend mit ihm reden und ich würde das in die Wege leiten.

Mir stockte es den Atem, als ich Tutanchaton, meinen Sohn, sah. Er war unversehrt und wirkte glücklich.

Larissa war eine Zauberin, die keine Zaubersprüche murmeln oder die Götter um Beistand bitten musste, um in die Herzen von Menschen eindringen zu können. Sie schaffte es durch Verständnis und ein liebenswertes Lächeln. Genau das, was mein Junge ... und auch Okpara brauchten.

Ich staunte über die durchsichtigen, feinstofflichen Flügel auf ihrem Rücken. Seit wann hatte sie die denn?

„Echnaton, wie bist du denn hierhergekommen?" Larissa stand auf und kam verwundert auf mich zu.

Sie umarmte mich herzlich. „Danke, dass du Okpara hilfst."

Ich lächelte und wies über meine Schulter. „Der Junge braucht dich jetzt dringend. Du solltest auch ein ... ach, vielleicht auch zehn, ernste Worte mit ihm sprechen."

Sie strahlte, küsste mich auf die Wange und lief los, obwohl mein Sohn sie noch festhalten wollte.

„Larissa, bitte bleib bei mir", flehte er. „Ich brauche dich so sehr."

„Lass sie, mein Sohn!", sagte ich streng. „Ich möchte gern ein bisschen mit dir allein sein. Hören wie dein Leben so war."

„Aber ..." Tutanchaton blickte Larissa sehnsüchtig hinterher.

Nein, auch das noch!

Auch er war in Larissa verliebt. Das hatte mir gerade noch gefehlt. Herrin Hathor, du bist ein verdammtes Biest. Larissa ist Okparas Seelengefährtin und wird somit niemals meinen Tutanchaton lieben.

Ich umarmte meinen Sohn. Es war schon etwas anderes, wenn man einen Körper hatte, auch wenn es nur ein Traumkörper war.

„Setzen wir uns!"

Tutanchaton blickte immer wieder neugierig in die Richtung, in der Larissa verschwunden war.

„Was willst du wissen?", fragte er verärgert. „Mein Leben war viel zu kurz."

Das stimmte leider.

„Es tut mir sehr leid", sagte ich bedauernd. „Ich habe Fehler gemacht."

„Ich weiß", erwiderte Tutanchaton genervt. „Und jetzt machst du wieder einen Fehler! Ich muss Larissa für mich gewinnen."

„Das wird dir nur nie gelingen", widersprach ich ihm eindringlich. „Okpara und Larissa sind für einander bestimmt."

„Das ist nicht wahr!", rief Tutanchaton. „Ich muss nur ein Weg in ihr Herzen finden."

Das kann doch nicht wahr sein! Ich seufzte.

Die Befreiung

Am Morgen, zwei Tage später, kam Zoey grinsend in die Suite. Sie war ein Teil von Plan zur Befreiung von Tutanchamun. Unter dem Arm trug sie ein braunes Bündel.

„Ist Echnaton wieder im Museum?", wollte sie wissen.

„Nein, ich bin hier", rief er mit Okparas Stimme und winkte. „Der Junge braucht mich im Moment. Der Kampf zwischen mir und Runihura war leider zu heftig für ihn."

Jochen hatte den Verband entfernt. Okparas linke Hand sah rosig aus, weil sich die Haut noch nicht ganz regeneriert hatte.

Zoey runzelte verwirrt die Stirn, sagte aber nichts weiter dazu. Auch sie wusste, dass Echnaton Okpara umgebracht hatte.

„Dies sind die beiden Flugtickets für Judith und unseren neuen, alten Freund." Alexander wedelte mit einem länglichen Umschlag und gab ihn Jochen, der ihn einsteckte. „Wir haben auch schon alles gepackt. Die Suite ist für drei weitere Tage bezahlt. Du kannst sie nach unserer Abreise nutzen."

„Super. Ich bin ja so aufgeregt", rief Zoey erfreut und faltete das Bündel auseinander. Es war ein Umhang mit Kapuze.

„Kann ich verstehen", meinte Larissa. Sie saß auf der Couch. „Mögen die Götter auf unserer Seite sein."

Zoey lachte. „Du hörst dich schon wie eine Altägypterin an."

„Dafür ist sie ein bisschen zu blass", meinte Echnaton grinsend, „aber sie würde als mutige Kämpferin unserem Volk alle Ehre machen."

„Oh, vielen Dank, mein Pharao", murmelte Larissa verlegen und neigte leicht den Kopf. „Gegen Dämonen und bösen Geistern bin ich bestens gewappnet."

Echnaton lachte.

„Wir sollten langsam los", sagte Alexander. „Zeit ist kostbar." Er klatschte in die Hände. „Auf, auf!"

Jochen führte Zoey und Okpara durch das Museum. Er suchte Naser. Zoey trug den Umhang, unter dem sie den hellen Rock, der nach der Mode der Altägypter gestaltet war, verbarg. Sie humpelte, weil Tutanchamun nicht gut zu Fuß war.

„Ich bin froh, dass Tutanchamun auch ein T-Shirt trägt", flüsterte sie.

„Kann ich mir vorstellen", gab der Arzt leise zurück.

Naser eilte auf die drei zu.

„Doktor Holzschneider, was wird das nun schon wieder?", fragte der Museumsleiter verärgert.

„Ich möchte nach Tutanchamun sehen", erklärte Jochen ruhig. „Die beiden begleiten mich."

Naser brachte die drei in die Abteilung mit Tutanchamuns abgetrenntem Bereich.

„Ist das nicht die Assistentin von Doktor Judith Cunningham?", hakte er verwundert nach und musterte Zoey eingehend.

„Ja, deshalb ist sie auch hier", erklärte Jochen. „Sie kennt sich mit Mumien aus und hat auch einen Erste-Hilfe-Kurs besucht, somit ist sie die perfekte Krankenschwester für unseren Pharao

Tutanchamun."

„Ali kann das alles auch erledigen!", warf Naser verärgert ein, „und Tutanchamun ist nicht Ihr Pharao."

„Ali ist aber keine Frau", beharrte Jochen.

„Was soll Okpara hier?", hakte Naser misstrauisch nach und nickte in seine Richtung.

Er versucht herauszufinden, ob Runihura noch in mir ist, erkannte Okpara.

Ich bin hier, meinte Echnaton amüsiert.

„Okpara zeigt Tut…anchamun, dass er die gleichen Probleme hat", erklärte Jochen und klopfte gleichzeitig Okpara leicht auf die Schulter. „Tut…anchamun soll sehen, dass er mit der Mumifizierung seines Körpers nicht allein ist."

„Das verstehe ich nicht so ganz", gab Naser zu. „Tutanchamun hat Okpara doch schon kennengelernt."

„Schon, aber die beiden sollten die Gelegenheit bekommen, sich ausführlich miteinander zu unterhalten", erklärte Jochen. „Okpara kennt die Beschwerden die das Erwachen in einem mumifizierten Körper mit sich bringen und kann Tut…anchamun darauf vorbereiten."

„Ah gut, wenn es wirklich nötig ist." Naser war nicht restlos überzeugt.

„Kann ich jetzt meinen Patienten sehen?", drängte Jochen ungeduldig. „Ich habe nicht viel Zeit!"

„Ja, doch." Naser schloss die Tür zum abgetrennten Raum auf. „Bitte sehr, treten Sie ein."

Okpara staunte über die vielen Details, mit denen man Tutanchamuns Bereich eingerichtet hatte. Auch das, was die Museumsbesucher nicht sehen konnten. Die Möbel waren allesamt Nachbauten der Vergangenheit.

„Hallo", begrüßte Tutanchamun sie erfreut. „Frauenbesuch für mich, wie wundervoll. Sollst du bei mir bleiben, schöne Blume mit dem goldenen Haar?"

Zoey lachte verlegen und knickste. „Leider nein, mein Pharao."

Jochen übersetzte für Naser und fügte hinzu: „Wie Sie sehen, gefällt Tut...anchamun Damenbesuch."

Naser brummte.

„Wir bringen Tut ins Badezimmer", flüsterte Jochen . „Wir sollten ihn stützen, damit man meint, er kann ohne Hilfe nicht laufen."

„Das habe ich in den letzten Tagen weiter so gehandhabt", sagte Tutanchamun leise. „Ali hat ganz schön gestöhnt und bekam von so einem schmierigen Kerl Hilfe. Solche Leute würde ich niemals als Diener akzeptieren."

Er ließ sich mit Absicht hängen und machte nur kleine Schritte.

„Mir tut der linke Fuß weh", jammerte er. „Jeder Schritt tut höllisch weh."

„Ich werde mich schon noch darum kümmern", versprach Jochen, „aber ich glaube die Mumifizierung muss erst mehr verschwunden sein."

Tutanchamun stöhnte. „Echt jetzt! Dauer das lange?"

„Das weiß ich noch nicht", gab Jochen zu und öffnete die Tür.

Im Badezimmer setzte sich Tutanchamun auf den Stuhl und

blickte neugierig von einem zum anderen. Jochen verschloss die Tür vor Nasers Nase.

Der Ägyptologe begann gegen die Tür zu klopfen und laut zu schimpfen. „Doktor Holzschneider, das können sie nicht tun! Machen Sie wieder auf! Sofort!"

„Wo ist mein Vater? Ich habe ihn seit Tagen nicht gesehen", sagte Tutanchamun. „Nicht, dass ich ihn sehr vermisse, aber warum kommt er nicht zurück zu mir? Ich fühle mich hier so einsam und verlassen, auch wenn ich Larissa in meinen Träumen sehen kann."

„Ich bin noch immer in Okparas Körper", erklärte Echnaton. „Es geht ihm nicht gut genug um ihn zu verlassen, mein Sohn."

„Ach so", erwiderte Tutanchamun. „Das tut mir sehr leid für dich, Okpara."

Okpara schloss die Augen und murmelte den Zauberspruch, den er am Tag zuvor lange mit Sagira geübt hatte, um die magische Fessel lösen zu können. Gedanklich tastete er sich langsam vor. Er wollte Tutanchamun nicht verletzen. Mit Echnatons Gedanken im Kopf fiel es ihm schwer, sich zu konzentrieren, da Naser immer noch gegen die Tür hämmerte.

Am liebsten wurde ich mir diesen Naser vornehmen, grummelte Echnaton.

Ssssscht!, dachte Okpara.

Jochen und Zoey packten die Sachen aus, die sie mitgebracht hatten. Sie halfen Tutanchamun beim Umziehen. Zoey band ihm die Turnschuhe zu.

„Die Schuhe gefallen mir sehr", freute Tutanchamun sich und bewegte langsam seine Beine, um seine neuen Schuhe von allen Seiten bewundern zu können. „Au, vorsichtig mein linker Fuß."

„Sorry", erwiderte Zoey und schenkte ihm ein zerknirschtes Lächeln.

„Doktor Holzschneider, machen Sie sofort die Tür auf!", forderte Naser von außen. „Ich lasse sonst die Tür aufbrechen!"

„Kannst du das noch einmal machen?", bat der Goldene Pharao Zoey. „Ich möchte es lernen."

„Später!", bestimmte Jochen. „Du wirst noch reichlich Gelegenheit bekommen, dir selbst die Schuhe zubinden."

„Ich würde gern grinsen, aber ich kann es noch nicht", bedauerte Tutanchamun.

Okpara stützte sich an der Wand ab. Er zitterte leicht.

„Alles in Ordnung?", fragte Jochen besorgt.

Okpara nickte nur. Er war viel zu konzentriert, um etwas zu sagen.

„Er lügt", warf Echnaton ein. „Gebt ihm eine Minute!"

„Wir geben ihm auch zwei oder drei", meinte Jochen. „Okpara, überanstrenge dich bitte nicht!"

Zoey reichte Tutanchamun einen durchsichtigen, farblosen Stein, der in die Kuhle seines Handtellers passte.

„Hier, sieh mir jetzt in die Augen!" Sie kniete sich vor ihn hin. „Sagira hat mich genau unterrichtet."

„Warum?", wollte Tutanchamun wissen.

„Weil du für eine Weile wie ich aussehen musst und ich wie du", erklärte sie. „Da wir etwa gleich groß sind, passt das sehr gut. Die Steine werden einen Teil von Okparas magischer Kraft aufnehmen."

„Du darf ihn auf keinen Fall loslassen", sagte Echnaton streng, an

Okparas Stelle.

„Langsam höre ich einen Unterschied, wenn ihr beiden sprecht", meinte Jochen. „Echnatons Aussprache ist härter, autoritärer."

Echnaton schob sein Gesicht vor und lag für einige Sekunde durchsichtig über Okparas.

„Echnaton, lass den Blödsinn!", verlangte Jochen streng. „Das ist unheimlich und könnte Okpara stören."

„Entschuldigung", murmelte Echnaton und zog sich wieder zurück.

Zoey schüttelte amüsiert den Kopf.

„Umschließe den Stein mit deinen Fingern oder mit beiden Händen", wies sie Tutanchamun an.

Der junge Pharao befolgte ihre Anweisung. „Gut so?"

„Ja, das machst du wunderbar", lobte Zoey ihn.

„Ich bin soweit", meldete sich Okpara. „Zoey, du musst dich jetzt neben Tut knien und berühre ihn bitte. Am besten haltet ihr euch an den Händen."

„Dannach Hände waschen, Zoey", sagte Jochen schnell.

„Soll ich auch knien?", wollte Tutanchamun wissen.

„Nein, nicht nötig." Okpara legte beiden eine Hand auf den Kopf. „Jochen hat mir von deinen Krankheiten erzählt. Du solltest dich schonen."

Tutanchamun wurde immer aufgeregter. Sein Herz schlug schneller.

Bald werde ich diese neue Welt da draußen sehen dürfen, dachte er glücklich.

Ihm wurde schwindelig. Er drückte Zoeys Hand fester.

„Alles in Ordnung, Tut?", versicherte sie sich besorgt.

„Ich weiß nicht", gab er zu.

Okpara sprach leise die Zauberformel. Magie kribbelte auf Tutanchamuns Haut.

Zoeys und sein Körper begannen sich zu verändern. Kurz sahen beide gleich, wie eine Mischung aus Mensch und Mumie, aus.

Dann wurde Zoey zu Tutanchamun und Tutanchamun zu Zoey. Nur die Magensonde hatte Okpara nicht verändern können. Jochen klebte Zoey ein Stück zurechtgeschnittenen Schlauch an die Nase.

„Fühlt sich widerlich an", murrte Zoey, „so einen Schlauch in der Nase zu haben."

Tutanchamun nickte. „Du hast ihn nur in der Nase."

„Ihr dürft beide die Steine erst loslassen, wenn ihr euch zurück-verwandeln sollt", erklärte Okpara.

Er stützte sich wieder an der Wand ab. Für einen Moment schloss er die Augen.

„Wann weiß ich das?", wollte Tutanchamun wissen.

„Judith wird es dir sagen", meinte Jochen.

„Das ist die alte Frau, richtig?", hakte Tutanchamun nach.

„Genau. Hier, Tut, den Umhang musst du tragen." Jochen reichte dem Goldenen Pharao das lange, braune Cape. „Zieh dir die Ka-puze tief ins Gesicht."

Naser polterte nun stärker gegen die Tür. Das Holz splitterte.

„Die Tür wird nicht mehr lange halten", gab Zoey leise zu beden-ken.

„Wir bringen dich zu deinem Bett", meinte Jochen und wendete sich Tutanchamun zu. „Dann nehmen wir dich mit."

„Zoey, vielen herzlichen Dank, dass du das für mich tust", sagte Tutanchamun, „und auf Wiedersehen!"

Zoey umarmte ihn. „Viel Glück, mein Pharao Tut."

Die Tür flog auf und prallte gegen die Wand, gerade als Jochen an Zoeys Seite eilte, um sie in Tuts vermeintlichem Körper zu stützen.

„Was haben Sie hier drin so lange gemacht?", verlangte Naser misstrauisch zu erfahren.

Er blickte sich prüfend um.

„Uns in Ruhe unterhalten", entgegnete Jochen. „Okpara, Tut braucht deine Hilfe."

Okpara nickte kraftlos.

„Vielleicht sollte das Ali übernehmen", schlug Naser vor. „Okpara sieht sehr geschwächt aus."

„Eine gute Idee", stimmte Jochen ihm zu. „Das ist sehr zu vorkommen."

Tutanchamun beobachtete, wie Jochen und Ali Zoey aus dem Badezimmer brachten. Zum Glück folgte Naser ihnen. Er hörte die Besucher jubeln, als sie den vermeidlichen Pharao sahen.

Was macht sie da?, fragte sich Tutanchamun. Sie scheint diesen Rummel richtig zu genießen.

Er blickte besorgt zu Okpara, der sich schweratmend an der Wand lehnte.

„Ich glaube, du klappst eher zusammen als ich", flüsterte er leise.

„Hoffentlich nicht", sagte Echnaton. „Wir müssen noch hier raus."

Wie beiläufig nahm Jochen den Stock. Er sah wie Zoey den Besucher Luftküsse zu warf und grinste.

„Das machst du gut", lobte er sie und brachte die Gehhilfe ins Badezimmer.

„Hier, aber verstecke ihn unter deinem Umhang", wies er Tutanchamun an. „Wenn Doktor Naser dir die Kapuze vom Kopf zieht, sagst du, hey, don't touch me, wiederholte es."

„Hey, don't touch me", sagte Tutanchamun mit seiner Jenseitsstimme mehrere Male. „Was bedeutet das?"

„Hey, fass mich nicht an!", übersetzte Jochen.

Tutanchamun wiederholte es noch einmal.

„Okpara, du musst noch etwas an seiner Stimme ändern", sagte Jochen. „Der Mund bewegt sich, aber diese Stimme fällt sofort auf."

Er machte dem jungen Amun-Priester Platz.

Okpara legte eine Hand auf Tutanchamuns Kehle und murmelte eine weitere Zauberformel.

„Wiederhole den Satz noch einmal", forderte Jochen Tutanchamun auf.

„Hey, don't touch me", sagte der Goldene Pharao mit hoher Stimme.

„Gut, kannst du noch ein bisschen weiblicher sprechen?"

Tutanchamun versuchte es ein weiteres Mal.

„Super, so geht es", freute Jochen sich und half Tutanchamun beim Aufstehen.

Jemand klopfte wieder drängend gegen die Tür. Jochen öffnete.

„*Yes*?", fragte er Naser, der wütend vor der Tür stand.

„Was machen Sie immer noch hier, im Badezimmer?", entgegnete der Ägyptologe barsch.

„Zoey hat sich gestern den Knöchel verstaucht", erklärte Jochen, „und gerade ist sie falsch aufgetreten. Sie hat höllische Schmerzen und hat sogar geweint."

„*Ah, I see*", gab Naser sich verständnisvoll.

„Wir müssen ihr jetzt beim Laufen helfen", behauptete Jochen. „Sie darf den Fuß nicht zu stark belasten."

Okpara stützte Tutanchamun von rechts. Jochen von links.

Sie hatten gerade Tutanchamuns Gefängnis verlassen, als sich Naser plötzlich zu ihnen umdrehte.

„*Show me you face*", verlangte er.

Okpara flüsterte etwas.

Tutanchamun hatte zwar kein Wort von Naser verstanden, aber Jochen zeigte auf die Kapuze. Er zog sie etwas zurück.

„Ich weiß nicht, was sie wollen", sagte Jochen auf Englisch und lenkte Doktor Nasers Aufmerksamkeit auf Zoey. „Tutanchamun sitzt doch dort auf seinem Bett und winkt den Besuchern fröhlich zu."

Naser blickte aufmerksam zur Tür hinein. „Wie haben Sie ihn dazu bekommen?"

Jochen lächelte. „Okpara sagte ihm, wie wichtig es heutzutage ist einen Job zu haben."

Okpara zog schnell die Kapuze wieder über Tutanchamuns Kopf.

„*Hey, don't touch me!*", rief Tutanchamun.

Okpara zuckte erschrocken zusammen.

Naser sah Tutanchamun verwundert an.

„Well done, Okpara. Good bye“, sagte er und tätschelte Okparas Arm. *„See you tomorrow.“*

„Ja, bis morgen“, verabschiedete sich Jochen und dachte: Morgen sind wir alle in Deutschland. Naser hat wohl vergessen, dass Okpara kein Englisch spricht.

„Kommt, wir gehen zum Ausgang“, drängte Jochen leise. „Das war sehr gut, Tut.“

„Vielen Dank“, flüsterte Tutanchamun. „Ich wollte diesen Satz nicht umsonst gelernt haben.“

„Du hast Okpara damit erschreckt.“ Echnaton lachte.

„Ssscht“, rügte Jochen die Gruppe.

„Warum hat dieser Naser die Magensonde eigentlich nicht bemerkt?“, wunderte Jochen sich.

„Okpara hatte sie kurz verschwinden lassen“, erklärte Echnaton leise.

„Du hast mitgedacht, Okpara. Das war sehr gut“, lobte Jochen.

Okpara lächelte verlegen.

„Ich bin so aufgeregt“, flüsterte Tutanchamun, „wie die Welt da draußen aussieht. Mir wird sogar richtig schwindelig vor Glück.“

„Halt durch! Es ist nicht mehr weit“, versprach Jochen. „Okpara, stütz ihn mehr!“

„Ich trage ihn einfach“, bot Echnaton an.

„Geht das denn?“, hakte Jochen skeptisch nach. „Okpara ist ganz schön fertig.“

„Das geht!“, versichert Okpara. „Wird bestimmt nicht lange dauern.“

Jochen achtete darauf, dass Tutanchamun nicht fiel, als Echnaton ihn hochhob. „Los, weiter!"

Er lief hinter Okpara her und atmete erleichtert auf, als sie das Museum endlich verlassen hatten.

Draußen wartete schon Judith an einem Auto auf sie. Tutanchamun sah sich um.

„Das ist so unglaublich!", rief er. „Eure Zeit ist fantastisch. Nein, der helle Wahnsinn!"

„Tut, so würde sich Zoey niemals benehmen", erinnerte Jochen ihn. „Du wirst noch viel von dieser Welt zu sehen bekommen!"

Judith öffnete die Autotür. „Los, schnell rein mit dir!"

„Du musst dich anschnallen", sagte Echnaton.

„Ich weiß doch gar nicht, was du damit meinst oder wie man das macht", wehrte sich Tutanchamun und betastete die Polsterung. „Dieser Stuhl ist wirklich sehr weich und sehr bequem. Das ist ein komischer Raum und er ist viel zu nah am Museum. Naser wird mich hier bestimmt finden!"

Okpara, eigentlich Echnaton, nahm den Sicherheitsgurt und zog ihn über Tutanchamuns Brust. „Da musst du dieses Ding reinstecken ... So, fertig."

„Danke!" Tutanchamun umarmte Okpara. „Das 21. Jahrhundert ist so unglaublich. Was sind das für seltsame Fahrgeräte? Sie bewegen sich ja ganz ohne Pferde."

„*Cars!*", antwortete Judith und lachte.

„So heißen sie auf Englisch. Das sind Autos, mein Sohn", erklärte Echnaton leise. „Wir sehen uns in Deutschland."

Er machte die Autotür zu.

„Bis bald!" Jochen winkte.

Judith fuhr los.

„Ich liebe Autos. Sie sind so schnell!" Tutanchamun jubelte.

„Wir fahren gar nicht so schnell, mein Pharao", erwiderte Judith.

„Dann fahr schneller!", befahl der Goldene Pharao.

„Das geht nicht. Wir müssen uns an die Verkehrsregeln halten."

„Was sind denn Verkehrsregeln?"

Judith stöhnte. „Oje, das wird eine lange Reise."

Schwindelig!

Die Gruppe wartete nun schon seit zwei Stunden auf einen Anruf von Judith. Sie beobachteten, wie Zoey sich gegen Ali wehren musste, weil der Assistent ihr Wasser in die durchsichtige Schlauchattrappe spritzen wollte. Jochen hatte sich mit Okpara zu den anderen gestellt.

„Daran, hätte ich auch denken müssen", sagte er leise.

Larissa nickte. „Doktor Naser hat sie schon mehrmals angebrüllt."

„Der ändert sich nie", warf Alexander ein und schüttelte den Kopf.

„Leider", brummte Daniel.

„Er hat mich schon besorgt gefragt, was er denn jetzt machen soll?", sagte Jochen.

„Und? Was hast du ihm geantwortet?", wollte Daniel amüsiert wissen.

„Hoffentlich können wir dieses Theater schnell beenden", seufzte Jochen.

Okpara sah sich zum tausendsten Mal Larissas linken Oberarm an.

„Okpara, die blauen Flecken werden vom Angucken nicht schneller verschwinden", murrte Larissa schließlich genervt, weil sie seinen besorgten Blick nicht mehr ertrug. „Lass es bitte und setze dich auf einen Stuhl. Du kippst mir noch um!"

„Können Sie mir mal sagen, was Sie immer noch hier treiben?", fuhr Naser sie verärgert an, als er in den Zuschauerraum stolziert kam.

„Wissen Sie, ich habe immer eine ... wie soll ich es am besten erklären, eine enge Verbindung zu meinen ... also, es sind dann ja keine Mumien mehr, wenn Sie verstehen, was ich meine", erklärte Larissa umständlich auf Englisch und drückte Okparas Hand. „Ich würde ihm gern noch etwas nahe sein, weil wir bald abreisen werden."

„Und", fügte Alexander hinzu, „wir sind ein Team. Wir fühlen uns mit verantwortlich."

„I see", erwiderte Naser. „Ich würde Sie gern zu Tutanchamun lassen, aber dann wollen andere Besucher es auch, das verstehen Sie sicher."

„Dabei waren wir es, die ihn weckten", gab Alexander zu bedenken. „Das sollte eigentlich etwas zählen."

„Außerdem muss ich ihn noch etwas beobachten", sagte Jochen, „weil er sich gegen das Wasser wehrt."

„Ich bringe Sie zu ihm", schlug Naser überraschend vor.

„Nein, das brauche ich nicht", lehnte Jochen den Vorschlag ab. „Im Moment ist noch alles in Ordnung."

„Ich spreche mit ihm schon telepathisch darüber", erklärte Larissa und amüsierte sich über Nasers erschrockenen Gesichtsausdruck.

„Das meinen Sie nicht ernst, oder?", stammelte Naser. „Kann er Ihnen antworten?"

Larissa nickte.

Der Ägyptologe wurde blass.

Da fiel ihr etwas ein. „Okpara, was hat es mit dieser grünen Kette auf sich?"

337

Okpara lächelte. „Der Händler wollte dich beschützen, mein Engel."

Er strich ihr zärtlich über das Haar und umarmte sie. „Chrysopras soll vor schwarzer Magie und der Pest, so heißt die Krankheit, glaube ich, beschützen. Nur war die Kette nicht mit Magie aufgeladen. Das werde ich Zuhause nachholen."

Larissa stellte sich auf die Zehenspitzen und küsste ihn. Überrascht nahm Okpara ihr Gesicht zärtlich zwischen seine Hände und erwiderte den Kuss leidenschaftlicher, als sie es erwartet hätte.

Erschrocken wich sie zurück.

„Echnaton!", rief sie atemlos und drückte Okpara von sich weg. „Was soll das?"

„Ich wollte dem Jungen nur zeigen, wie man richtig küsst", meinte Echnaton unschuldig, konnte aber ein Grinsen nicht unterdrücken. „Du hast es doch auch genossen!"

Daniel und Alexander lachten.

„Nun, du kennst die Regeln, die Okpara und Larissa auch beim Küssen zu beachten haben", mahnte Jochen streng. „Da gibt es einige Mumiengifte, die könnten Larissa gefährlich werden."

„Okpara brüllte es mir in Gedanken zu", erklärte Echnaton trocken und lachte, „aber er hat bestimmt etwas gelernt."

Larissas Gesicht wurde glühend heiß.

Jochens Handy rettete sie, vor noch mehr Peinlichkeit. Er blickte mit einem zufriedenen Lächeln auf das Display und gab Zoey einen Wink.

Hinter der Glaswand legte Zoey den Bergkristall kurz aus der Hand und nahm wieder ihr altes Aussehen an. Sie löste schnell das

Stück Schlauch von ihrer Nase und hob die Daumen.

Naser blieb der Mund offenstehen.

„Das darf doch nicht wahr sein." Er rannte los.

„Wir sollten Zoey helfen", meinte Jochen.

„Ja, nichts wie hinterher", rief Daniel.

Die Gruppe folgte dem Museumsdirektor, um Zoey zu retten.

„*Where is Tutanchamun?*", schrie Naser Zoey an. „Sie haben ihn entführt!"

„Wie sollte ich das denn gemacht haben?", verteidigte Zoey sich. „Ich war doch die ganze Zeit hier."

„Tut sitzt in einem Flugzeug auf dem Weg nach Deutschland", antwortete Jochen ruhig.

„Er sollte hier nicht eingesperrt und wie ein Affe begafft werden", stieß Zoey hervor. „Das ist für einen Pharao unwürdig!"

„Für jeden anderen übrigens auch", fügte Echnaton hinzu.

„Außerdem ist er freiwillig gegangen", meinteLarissa. „Somit kann man hier nicht von einer Entführung sprechen, da er über 18 Jahre alt ist."

„Und es gibt Menschenrechte", sagte Daniel. „Sie sind eigentlich international. Vielleicht haben Sie das kurz vergessen?!"

„Wie Sie es so schön sagen, Doktor Schmidtke, Menschenrechte!", ereiferte Naser sich. „Tutanchamun ist aber eine Mumie. Mumien haben keine Rechte. Sie sind Kulturgüter, die man ausstellt."

„Okpara ist wie mein Sohn Tutanchaton", erwiderte Echnaton und tippte sich gegen die Brust. „Der Junge hier ist kein Kulturgut, oder?"

„Tut reagiert wie ein Mensch, atmet wie ein Mensch", zählte Jochen auf. „Sein Herz schlägt wie bei einem Menschen und er fühlt wie ein Mensch."

„Er ist ein Mensch!", fügte Larissa schnell hinzu.

„Sie haben es also alle gewusst", erkannte Naser aufgebracht.

„Ja, weil wir es alle genauso sehen", sagte nun Alexander. „Da ich Okpara und auch Tom kennengelernt habe, sehe ich in jeder erweckten Mumie einen Menschen."

„Und alle Menschen haben nun mal Rechte", warf Daniel ein.

Okparas und Thomas' Augen glühten rot auf. Naser wich vor ihnen zurück.

„Wir nehmen Zoey jetzt mit uns", entschied Alexander. „Sie werden sie in den nächsten Tagen in unserer Suite finden, wenn Sie sie suchen. Wenn Sie Tut besuchen wollen, melden Sie sich doch bei mir und ich mache dann einen Termin für Sie aus."

„Ich weiß nur nicht, ob er Sie gern sehen würde", warf Larissa ein.

„Ich denke Tut wird in Deutschland bestimmt Asylrecht bekommen", fügte Daniel hinzu, „weil er hier nicht ordentlich behandelt wird."

Als sie vor dem Museum standen, umarmte Zoey alle nacheinander.

„Nicht", warnte Thomas sie. „Du würdest dich nur an mir verletzen."

„Das war so irre!", rief Zoey und lachte. „Ich habe mitgeholfen Tutanchamun, den Goldenen Pharao, zu befreien."

Sie berührte Thomas sanft im Gesicht, wo es keine Kristallschicht gab.

„Danke", sagte er verlegen.

„Der Portier im Hotel weiß Bescheid. Er wird dir die Schlüsselkarte für die Suite aushändigen", erklärte Alexander. „Mach dir ein paar schöne Tage!"

Zoey jubelte. „Das ist der Wahnsinn! Eine Suite für mich ganz allein! Danke! Danke! Die Zeit mit euch war echt großartig."

„Wir haben zu danken und müssen jetzt auch schon los", sagte Alexander. „Mein Privatjet wird schneller sein als der Linienflieger."

„Guten Flug!", rief Zoey und winkte der Gruppe zum Abschied, als sie in den Bus stieg.

Tutanchamun blickte aus dem Fenster des Flugzeugs. Er hielt immer noch den Stein fest, um wie Zoey auszusehen. Seine Finger schmerzten schon eine Weile. Ihm war noch immer schwindelig. Aber er wollte das 21. Jahrhundert sehen und erleben.

Ich fliege, dachte er erfreut. Ich bin Amun so nahe. Es ist so unglaublich!

„Tut", raunte Judith ihm zu. „Setz dich wieder hin, wenn es dir nicht gut geht!"

Tutanchamun seufzte leise. Niemand sollte seine Jenseits-Stimme hören.

„Hier, ich stelle dir die Rücklehne ein." Judith drückte auf einen Knopf. „Dann kannst du liegen."

„Danke", flüsterte Tutanchamun. „Gibt es noch mehr Stühle, die so wunderbar bequem sind?"

„Es gibt viele." Judith lächelte. „Du wirst auch unsere Betten lieben, wenn dir schon diese Polsterung gefällt."

„Wunderbar", schwärmte Tutanchamun. „Ich freue mich auf dieses
neue Leben!"

„Ich mach mir nur langsam Sorgen um dich", gab Judith zu.

„Warum?"

„Du hast gerade geschwankt", erklärte Judith. „Das gefällt mir gar
nicht."

„Hältst du bitte meine Hand?"

Judith umfasste die kalte, trockene Hand. „Natürlich, mein Pharao.
Eigentlich müsste ich mir sofort die Hände waschen."

„So? Warum?"

Judith erklärte ihm die Regeln zum Umgang mit Mumien ausführlich.

„Ich fühle mich komisch", gestand Tutanchamun ängstlich. „Alles
dreht sich um mich. Ich möchte einfach jemand Lebendigen fühlen."

Er schloss die Augen und drehte sich leicht auf die Seite.

„Hast du Schmerzen?", fragte Judith besorgt.

Tutanchamun nickte.

„Wo?" Sie war alarmiert.

„In meinem linken Fuß", klagte Tutanchamun. „Auch mein Rücken
tun furchtbar weh."

„Ich wollte eigentlich von neuen Schmerzen wissen, von denen
weiß ich schon länger."

„Nein, keine anderen", flüsterte Tutanchamun. „Mir ist nur so
schwindelig."

Judith merkte, wie sich Tutanchamuns Hand zu öffnen drohte und wickelte schnell ein Tuch um die Finger und die Hand.

„Tut? Bleib bitte wach!"

„Judith, mir ist nicht gut", stöhnte Tutanchamun. „Lass mich bitte schlafen!"

„Ich weiß nicht, ob du einschlafen solltest", gab Judith zu bedenken und schüttelte ihn leicht.

„Ich weiß nicht, ob ich wach bleiben kann", murmelte Tutanchamun. „Es wird immer schlimmer. Mein Herz rast so."

„Dann solltest du dich beruhigen", meinte Judith hilflos.

Kaum waren sie gelandet, rief Judith auch schon Alexander an. Sie war sehr besorgt um ihren Schützling.

„Es geht Tut überhaupt nicht gut", informierte sie ihn. „Zeitweise ist er nicht mehr ansprechbar."

„Ich schicke dir Frank, meinen Chauffeur", sagte Alexander. „Er bringt euch beide sofort her. Tut sollte dringend von Jochen untersucht werden."

Judith stütze Tutanchamun, als sie das Flugzeug verließen und durch die Kontrollen gingen. Der Goldene Pharao sah immer noch wie Zoey aus. Judith überprüfte immer wieder den Sitz des Tuches, das sie um seine Hand gewickelt hatte. Tutanchamun durfte den Kontakt zu dem Stein noch nicht verlieren.

Frank eilte ihnen in der Ankunftshalle schon entgegen, um ihnen zu helfen.

„Er ist zeitweise schon apathisch", teilte Judith ihm besorgt mit. „Ich musste aufpassen, dass er den Stein während des Fluges nicht verliert."

„Stein?", wunderte sich Frank.

„Wissen Sie nicht, dass Okpara zaubern kann?", fragte Judith, als sie Tutanchamun auf eine Bank im Wartebereich setzten.

„Ist es noch weit?", fragte Tutanchamun, der wieder bei Sinnen war. „Ich kann nicht mehr. Ich möchte nur noch schlafen. Bitte lasst mich doch endlich schlafen."

„Wenn du dich umdrehst, kannst du schon den Ausgang sehen", meinte Judith und versuchte, aufmunternd zu lächeln.

Tutanchamun wandte leicht den Kopf. „Das ist viel zu weit weg. Soweit kann ich nicht mehr laufen."

„Ich könnte ihn Huckepack nehmen", bot Frank an. „Es werden zwar einige blöd gucken, aber was soll's."

Judith half Tutanchamun auf Franks Rücken, weil der Goldene Pharao kaum noch die Kraft hatte, sich festzuhalten. Sie achtete darauf, dass Tutanchamun den Stein nicht doch noch verlor.

„Halt den Stein fest, hörst du?", wies sie ihn an.

„Ja", antwortete Tutanchamun und atmete tief ein.

„Erst im Auto darfst du ihn loslassen", erklärte Judith.

Tutanchamun nickte schwach.

Jochen eilte durch die große Eingangshalle und den Gang, der zum Labor führte.

„Wie schlimm ist es?", fragte er gehetzt und außer Atem.

„Er ist wieder nicht mehr ansprechbar", antwortete Judith besorgt. „Die Flucht war zu anstrengend und aufgeregend für ihn."

„Hier kann ich ihn besser und gründlicher untersuchen", sagte

Jochen. „Wir finden schon heraus, was ihm fehlt oder was mit ihm los ist."

„Hallo Judith", begrüßte Daniel die amerikanische Ägyptologin.

Er war Jochen gefolgt und schaltete sämtliche Geräte ein.

„Judith, würdest du bitte draußen warten?", bat Jochen. „Oder geh doch zu den anderen. Frag einfach nach dem neuen Meetingraum des Mumienteams."

„Gut, mache ich", stimmte sie zu. „Hoffentlich könnt ihr beide ihm helfen."

Die Gruppe wartete im Meeting-Raum. Judith war von dem runden Tisch beeindruckt.

Alexander trommelte nervös mit den Fingern auf der Tischplatte herum. Ihm war die Warterei zuwider. Er blickte in die angespannten Gesichter der anderen.

Larissa hatte ihren Stuhl näher an den von Okpara geschoben. Sie lehnte sich mit geschlossenen Augen an ihm.

Hat Okpara oder Echnaton, den Arm um ihre Schultern gelegt?, fragte sich Alexander. Für den Moment schien es ihr egal zu sein.

Endlich ging die Tür auf. Jochen und Daniel stützten Tutanchamun, den sie auf den nächsten Stuhl setzen. Jochen ließ sich neben ihm nieder.

„Was ist mit Tut los?", wollte Alexander wissen, nachdem auch Daniel auf einen Stuhl Platz genommen hatte.

„Nun, wie wir wissen, sind fast alle Organe von Tut neu", begann Jochen seine Erklärung.

Alle nickten.

„Aber die meisten Blutgefäße, also die Adern sind alt, vertrocknet und mumifiziert", erklärte Jochen weiter. „Das Gehirn wird somit nicht ausreichen mit Blut versorgt. Deshalb wird ihm schnell schwindelig."

„Was schlägst du vor?", wollte Alexander wissen.

„Tut sollte viel liegen und nur in Begleitung sein Zimmer verlassen", fuhr Jochen fort. „Da wir ihn aber nicht einsperren wollen, sollte er uns jeder Zeit erreichen können."

„Kein Problem." Alexander drückte auf einem Knopf der Gegensprechanlage. „Corinna, haben wir noch ein Handy, das noch nicht in Gebrauch ist?"

„Ja, ich bringe es sofort rein", antwortete Alexanders Sekretärin.

„Ein Techniker soll ein Telefon in Tutanchamuns Raum installieren", fügte Alexander noch hinzu. „Erstelle auch eine Liste mit den Telefonnummern unseres Mumienteams und gib sie Larissa und Okpara."

„Wird erledigt", antwortete Corinna.

„Was sollen wir denn mit dieser Liste?", fragte Larissa.

„Okpara soll jeden Namen in Hieroglyphen aufschreiben", erklärte Alexander. „Es wird für Tut leichter sein sie zu lesen, wenn er etwas weniger verwirrt ist. Ich habe gesehen, wie schwer es Okpara fiel, unsere Buchstaben lesen zu lernen."

Okpara nickte zustimmend. „Ich werde die Liste übersetzen."

Corinna eilte auf ihren High Heels in den Raum und wollte Alexander das Handy überreichen, aber Jochen nahm es ihr schon ab.

„Danke, ich werde alle Nummern einspeichern", sagte der Arzt.

„Ich könnte dir meinen zweiten Nintendo DS, mit ein paar Spielen, geben", meinte Larissa zu Tutanchamun, „damit es dir nicht zu langweilig wird."

„Was ist ein DS?", wollte Tutanchamun wissen.

„Ich werde es dir zeigen." Larissa lächelte.

„Tja, Tut, anscheinend bist du gut im 21. Jahrhundert angekommen." Alexander lachte. „Du kannst jeden von uns jederzeit anrufen. Jochen wird dir die Handhabung des Handys erklären."

„Ich hatte doch schon mit Dan ... wie sagt ihr, ... telefoniert", meinte Tutanchamun stolz. „Wann darf ich schlafen? Ich bin total erledigt."

„Wir bringen dich gleich auf dein Zimmer", versprach Alexander. „Es liegt übrigens Toms direkt gegenüber."

„Das ist schön", murmelte Tutanchamun. „Das ist wirklich gut."

Ihm fielen die Augen zu.

„Ich werden hin und wieder nach ihm sehen, wenn ihr wollt", bot Thomas an.

Jochen nickte nur.

Das erste Weihnachtsfest der Altägypter

24. Dezember

Tutanchamun saß am riesigen Esstisch. Er trug mittlerweile Schuhe, die die unterschiedlichen Längen seiner Beine ausglichen und beobachtete Okpara stirnrunzelnd. Der junge Amun-Priester ließ sich die Haare wachsen.

„Okpara, kannst du dir nicht wieder den Kopf kahl rasieren?", fragte Tutanchamun. „Ein Amun-Priester sollte nicht so haarig herrumlaufen. Das gehört sich einfach nicht!"

„Nein, Larissa gefällt es." Okpara sah von dem Buch auf und strich sich über die kurzen, schwarzen Haare.

„Mit gefällt es auch", warf Sagira ein, die neben Okpara saß. „Er sieht so viel besser aus."

Okpara hatte das Lesen zu seinem Hobby gemacht und Sagira las in demselben Buch, das er hielt, mit. Leider las Okpara nicht so schnell wie sie und sie musste immer warten, bis er umblätterte. Die beiden tuschelten miteinander über die Geschichten, was Tutanchamun oft störte.

Im Moment war es eine Anthologie über Drachen, in der eine von Larissas Kurzgeschichte veröffentlicht worden war.

„Ich mag Drachen", flüsterte Sagira. „Sie sind wie ich mystische Wesen und genauso allwissend."

„Du hast keine Flügel", widersprach Okpara.

„Haben manche Drachen auch nicht." Sagira hob stolz den Kopf.

„Es gibt keine Drachen", brummte Okpara.

„Bis du dir da ganz sicher?", fragte Sagira und grinste. „Sphinxen gibt es doch eigentlich auch nicht." Sie lachte.

Tutanchamun schüttelte den Kopf.

Immer wieder diese Gespräche, dachte er.

Vor ein paar Tagen hatte Jochen ihm endlich die Magensonde entfernt. Nun konnte er wie die anderen normal essen. Er starrte verärgert auf das Cover, das einen Drachen zeigte.

Echnaton ging ungeduldig im Raum auf und ab.

Da es ihr erstes Weihnachtsfest war, sollten sie hier im Esszimmer warten.

„Was machen die anderen nur so lange?", fragte Tutanchamun schließlich. „Was ist an diesem Weihnachtsfest so besonders?"

Er konnte auch wieder mit seiner normalen Stimme sprechen.

„Wie haben dir die Adventskalender gefallen, die Larissa und Dan für uns gebastelt haben?"

Sagira sah von Okparas Buch hoch. „Ich fand sie so toll!"

Ihre Augen leuchteten. „Jeden Tag haben wir ein kleines Geschenk bekommen. Das war wirklich schön. Ich bin so neugierig wie man Weihnachten feiert. Okpara und ich haben ja schon etwas darüber gelesen."

Sie grinste.

Okpara nickte nur und las weiter.

„Tutanchaton hat seinen Kalender schon nach zwei Tagen geplündert", brummte Echnaton.

„Was heißt hier geplündert?", beschwere Tutanchamun sich empört. „Er gehörte doch mir, also ist es kein Plündern, sondern ein vorzeitiges Leerräumen."

„Schäm dich, Larissa und Dan haben sich so viel Mühe gegeben!", tadelte ihn Sagira. „Okpara, warte, die Seite habe ich noch nicht gelesen!"

„Entschuldige, normalerweise bist du schneller als ich", sagte Okpara.

„Mir ist ständig langweilig", zischte Tutanchamun. „Dauernd muss ich warten bis mich jemand abholt und dann soll ich immer noch viel liegen."

Er seufzte theatralisch.

„Dann such dir doch ein Hobby", schlug Sagira vor. „Lesen kam man auch im Liegen wunderbar machen."

„Diese Buchstaben sind mir zu anstrengen", gab Tutanchamun zu.

„Es gibt zwei Buchstaben mehr, als in der einfachen hieratischen Schrift, die ihr gelernt habt", meinte Sagira, „aber sie sind einfacher als die Hieroglyphen."

„Genug, ich will nichts mehr lernen", rief Tutanchamun und schlug auf den Tisch. „Ich habe langsam keine Lust mehr zu warten."

Er stand auf, doch Echnaton drückte ihn wieder auf den Stuhl.

„Wir warten noch auf Larissas Familie", warf Okpara ein. „Heute lerne ich ihre Eltern kennen!"

„Und du hast Angst", meinte Tutanchamun mit einem Grinsen.

Okpara war in der kurzen Zeit sein Freund geworden, auch wenn der junge Amun-Priester nicht wie Chaths war und sich dazu auch noch sehr ruhig verhielt, mochte Tutanchamun ihn sehr.

Plötzlich wurde die Tür aufgerissen und ein kleines, vierjähriges Mädchen stand mit geweiteten Augen wie erstarrt da. Dann rannte es weg.

„Sie ist vor mir weggelaufen, oder?", fragte Tutanchamun traurig.

Ihm wurde mal wieder bewusst, wie schlimm er mit der alten, vertrockneten Haut, die überall an seinem Körper abblätterte, aussah.

„Möglich, aber sie könnte auch vor mir Angst gehabt haben", meinte Sagira. „Ich sehe vielleicht wie ein Monster für die Kleine aus."

„Auch Geister sind angsteinflößend", warf Echnaton ein.

„Und ich bin sehr groß." Okpara sah wieder von seinem Buch auf, „und die braune Haut ... naja."

„Du sitzt doch", rief Tutanchamun, „aber Monster und Geister lasse ich durchgehen."

Larissa stand mit einem breiten Lächeln in der Tür. „Weder das ein noch irgendetwas anderes. Ihr seid ein Haufen Fremder für die kleine Michelle. Auch wenn ihr wie niedliche Elfen aussehen würdet, hätte sie wohl Angst vor euch bekommen."

„Oh", machten alle im Chor.

„Michelle, ist aber ein süßer Name", warf Tutanchamun ein und grinste.

Er hoffte, nicht zu schrecklich auszusehen.

„Das ist meine Schwester Sandra", stellte Larissa die Frau, die die kleine Michelle auf dem Arm genommen hatte, vor.

Michelle versteckte ihr Gesicht an der Schulter ihrer Mutter.

„Und das hier ist Patrick." Sie schob einen siebenjährigen Jungen in den Raum und stellte die vier aus dem alten Ägypten stammenden Freunde der Reihe nach vor.

„Wow, wie cool!", rief Patrick und blieb vor Echnaton stehen. „Bist wirklich ein Geist? Darf ich dir in den Bauch boxen?"

„Patrick!", schimpfte Sandra erschrocken. „Du sollst dich doch benehmen!"

„Schon gut", wehrte Echnaton ab und lachten. „Mach ruhig, Junge!"

Patrick schlug auf den durchscheinenden, nackten Bauch ein. Seine Faust glitt durch den Geister-Pharao hindurch.

Echnaton lachte über das verdutzte Gesicht des Jungen.

„Boah, ist das cool! Darf ich noch mal?", bettelte Patrick. „Hey, was soll das?"

Echnaton hatte seine Faust beim zweiten Schlag abgefangen und hielt sie fest. Er lachte wieder.

Ein älteres Ehepaar blieb hinter Larissa stehen. Die Frau war fast einen Kopf kleiner als Larissa und sah Tutanchamun mit strahlenden Augen an. Sie schob sich an Larissa vorbei und ging auf den Goldenen Pharao zu.

„Ich bin Bettina, Larissas Mutter", stellte sie sich vor und reichte Tutanchamun die Hand.

„Ah, hallo." Tutanchamun ergriff die dargebotene Hand, „und ein Fan des alten Ägypten, so wie ich gehört habe."

Bettina lachte verlegen: „Ja, das stimmt. Sie haben aber kalte Hände."

„Sag du und Tut zu mir." Tutanchamun lächelte, als Bettina rot wurde. „Es ist ein langer Weg zurück ins Leben. Meine Hände sind noch etwas tot."

Sagira lachte. „Oh, was für eine Weisheit und das aus deinem Mund, Tut! Sie müssen sich gleich die Hände waschen, Frau Engelhardt."

„Oh ja. Das hat Larissa mir schon erklärt", sagte Bettina, „aber einmal dem Golden Pharao die Hand zu geben, ist so unglaublich."

Tutanchamun lachte.

Der ältere Mann mit Bauchansatz stieß Larissa an.

„Das ist mein Paps", stellte sie ihn vor. „Ullrich."

Okpara wurde blass und sein Lächeln gefror. Gern hätte er sich hinter dem Buch versteckt. Ihm wurde heiß und kalt.

„Hallo", sagte er leise und stand auf.

Seine Knie zitterten. Er hatte das Gefühl nicht mehr richtig laufen zu können. „Schön Sie endlich kennenzulernen."

Er reichte Ullrich seine Hand und fühlte sich unter dem Blick der blauen Augen klein. Ullrichs Händedruck war kräftig.

„Ich … ich bin Okpara", stotterte er und wurde immer nervöser, da Ullrich seine Hand nicht loslassen wollte.

„Wie ich sehe, sprichst du ein gutes Deutsch", lobte Ullrich ihn. „Ich würde mich gern mit dir bei einer Flasche Bier unterhalten, aber du darfst kein Alkohol nicht trinken, stimmst?"

Was meint er denn damit? Okpara sah ihn verwirrt an.

„Im Moment soll Okpara noch keinen Alkohol trinken, Paps", warf Larissa ein. „Er soll sich erst einmal ganz erholen."

Sie wollte die leichte Feindseligkeit ihres Vaters mildern.

Tut, gibt es da nicht einen Gott oder Göttin des Biers bei euch alten Ägyptern?, fragte sie den Goldenen Pharao telepathisch.

Okpara und ich sind nicht alt, beschwerte Tutanchamun sich gedanklich.

Er grinste. „Wir werden, wenn Okpara Bier trinken darf, unserer Biergöttin Tjenemit huldigen, oder Okpara?"

Der junge Amun-Priester sah ihn verwirrt an und nickte nur.

„Ihr habt eine Biergöttin?", rief Ullrich erfreut.

„Ja, du bist dann herzlichst eingeladen! Vielleicht kennst du eine Biersorte, die sich besonders gut eignet ihr gebührend zu huldigen."

„Dieser Göttin werde ich in Zukunft bestimmt auch des Öfteren huldigen", meinte Ulrich und lachte. „Es gibt so viele Biersorten. Wir könnten eine Bierprobe machen, um es herauszufinden."

Oh nein, dachte Larissa besorgt. Das wird in einem Saufgelage enden. Mein Vater wird Tut und Okpara einige schmutzige Lieder beibringen, die ich mir dann wochenlang anhören darf.

„Okpara ist ein Amun-Priester", fügte Tutanchamun grinsend hinzu. „Er kann aus dieser Bierprobe ein besonderes Zeremoniell machen, mit Gebeten und Gesängen."

„Gebete, naja? Gesänge sind okay! Eine kräftige Brotzeit gehört auch dazu!", rief Ullrich. „Dann wäre es doch perfekt."

„Egal, was das ist", sagte Tutanchamun. „Es hört sich gut an und füllt anscheinend den Bauch."

Und am Ende liegen alle unter dem Tisch und sind blau, dachte Larissa besorgt.

„Blau?", wunderte Okpara sich über ihren Gedanken. „Blau oder

Grün sind nur die Götter."

Endlich ließ Ullrich Okparas Hand los und schlug ihm auf die Schulter. „Junge, du gefällst mir! Blau sind nur die Götter."

Er lachte. „Muss ich mir jetzt auch die Hände waschen?"

Okpara hat das ganz anderes gemeint, dachte Larissa und schüttelte lächelnd den Kopf.

„Nein, meine Hände sind nicht mehr mumifiziert", erklärte Okpara.

„Ich gehe mal dem Weihnachtsmann helfen", verkündete Sandra und stellte einen Rucksack an die Wand. „Sonst gibt es heute keine Bescherung mehr."

Michelle machte ein erschrockenes Gesicht.

„Also, ich möchte hier nicht umsonst gewartet haben!", rief Tutanchamun. „Also hilf ihm schneller zu werden."

Sie reichte Michelle an Larissa weiter und eilte davon.

Toll, da hat sie sich mal wieder elegant aus der Affäre gezogen, dachte Larissa. Wie immer!

Okpara grinste sie an.

Michelle versteckte ihr Gesicht nun an Larissas Schulter, doch schielte sie immer mal wieder scheu auf die vier Ägypter.

„Dauert es denn noch lange?", wollte Tutanchamun wissen.

Michelle blickte Tutanchamun an.

„Der Weihnachtsmann ..." Sie versteckte sich wieder an Larissas Schulter. „... bringt viele Geschenke."

„Das war sehr undeutlich, Michelle", rügte Larissa sie leise. „Vielleicht hat dich niemand verstanden."

„Das ist mein erstes Weihnachtsfest, erzähl doch mal", bat

Tutanchamun.

Michelle sah ihn mit großen Augen an. „Noch nie Weihnachten gefeiert? Du bist doch schon groß!"

„Na, da wo wir herkommen gibt es kein Weihnachten", erklärte Tutanchamun und versuchte, ganz traurig zu gucken. Seine Gesichtsmuskeln waren noch etwas steif. Er schaffte es nur teilweise.

„Ist da immer Winter wie in Narnia?", wollte Michelle wissen.

„Wo liegt denn Narnia?", entgegnete Tutanchamun. „Am Nord- oder am Südpol?"

„Das ist eine wunderbare Geschichte, die ich euch mal vorlesen könnte", schlug Larissa amüsiert vor. „In Narnia war hundert Jahre lang Winter, aber nie Weihnachten."

„Nein, wir hatten immer Sommer", meinte Tutanchamun.

„Oh, dann konntet ihr immer Eis essen!", rief Michelle begeistert.

„Eis kannten wir auch nicht", widersprach Tutanchamun traurig.

„Das ist ganz, ganz schlimm!" Entsetzt schlug sich Michelle die Hände vor den Mund. „Kein Weihnachten, kein Eis!"

„Michelles Hauptnahrungsmittel im Sommer ist Eis." Larissa schmunzelte.

„Ah, dann muss ich es auch ausprobieren", fand Tutanchamun.

„Wenn wir lange warten, kriegen wir doch mehr Geschenke vom Weihnachtsmann, ja?", fragte Michelle Larissa.

Larissa lachte. „Dieses Jahr bekommt ihr wirklich mehr Geschenke, weil sich jemand ein wunderschönes Weihnachtsfest mit Kindern gewünscht hat."

Michelle sah sie erschrocken an. „Ich will nicht verschenkt werden. Mama ist dann ganz traurig."

Larissa lachte wieder. „Er möchte gern mit Kindern Weihnachten feiern. Behalten will er euch nicht."

„Kennst du Plätzchen, Tuut?", fragte Michelle Tutanchamun.

„Ja, ich habe schon welche probiert", antwortete Tutanchamun stolz. „Welche sind denn deine Lieblingsplätzchen?"

„Die pinken Herzchen! Willst du eines essen?" Sie ließ sich von Larissa auf den Boden stellen und eilte zum Rucksack, in dem einen Dose mit Plätzchen steckte.

„Hier." Sie schob die Dose auf den Tisch.

„Gib mir lieber eines." Tutanchamun streckte ihr seine Hand entgegen. „Meine Haut ist so bröckelig. Siehst du."

Er rieb sich über die Stirn. Kleine Fetzen fielen herunter.

„Gehst du kaputt?", fragte Michelle erschrocken und versuchte, die Dose zu öffnen.

„Nein, meine Haut ist nur sehr alt", erklärte Tutanchamun. „Ich hoffe, dass sie das bald nicht mehr ist."

Larissa öffnete die Dose und Michelle legte vorsichtig ein Plätzchen mit pinkem Zuckerguss in die ausgestreckte Hand.

„Danke, meine Kleine", sagte Tutanchamun und biss in das kleine Herz. „Mh, das ist aber sehr lecker."

„Haben Mama, Patrick und ich gebacken", erklärte Michelle stolz.

„Echt?", rief Tutanchamun. „Die sind richtig toll geworden."

Michelle hielt sich die Hände vor den Mund und kicherte.

„Ich hoffe, ich kann nächstes Jahr auch backen", seufzte Tutanchamun.

„Das wird bestimmt eine Sau ..." Sagira räusperte sich. „Ich meine

eine Leckerei."

In diesem Moment kam Sandra zurück. Sie lächelte, da Michelle etwas umgänglicher geworden war.

„Ihr könnt jetzt ins Wohnzimmer kommen!"

„Na endlich!" Tutanchamun stützte sich auf seinen Stock. „Ich bin so gespannt auf euer Fest der Liebe."

„Bist du schon sehr alt?", fragte Michelle.

„Michelle!", mahnte Sandra entsetzt. „Entschuldigung, dass tut mir schrecklich leid."

Tutanchamun lachte und winkte ab. „Ja und nein, einiges an mir ist sogar jünger als du."

Er grinste. Alte Haut rieselte von seinen Wangen auf den Boden.

„Echt?" Michelle sah ihn verwirrt an. „Das geht nicht. Du lügst!"

Sie gingen alle in die große Eingangshalle. Kirchenglocken von einer CD schallten ihnen aus dem riesigen Wohnzimmer entgegen. Alle hatten feierliche Mienen.

„Fröhliche Weihnachten!", rief Alexander. „Schön, dass wir so ein familiäres Fest haben."

Er strahlte über das ganze Gesicht.

Larissa stellte alle vor.

„Das habe ich mir vom Weihnachtsmann gewünscht", verkündete Alexander.

„Ich gehe später aber nach Hause", murmelte Michelle und drückte sich an ihre Mama. „Du darfst mich nicht behalten. Ich gehöre zu meiner Mama."

„Oh, so habe ich das nicht gemeint." Alexander lachte verlegen.

„Aber wir feiern jetzt zusammen schön Weihnachten, oder?"

Michelle nickte.

Die Kinder standen staunend vor dem riesigen Tannenbaum, unter dem die Geschenke auf sie warteten. Auch Daniel und Thomas freuten sich über die strahlenden Kinderaugen. Ein kleines Stück Kristall fiel Thomas vom Mund herunter. Daniel hob es schnell auf.

„Damit sich niemand an den Splitter verletzen kann", flüsterte er dem Kristallmann zu, der nur nickte.

„Patrick willst du die Geschenke verteilen?", fragte Alexander. „Das fehlt irgendwie noch zu einem perfekten Weihnachten. Ein Kind, das die Geschenke verteilt."

„Echt? Okay! Ähm, ich meine natürlich!" Patrick bückte sich und nahm das erste Geschenk in die Hand.

Er las die Namen auf den Päckchen und Paketen holprig vor und staunte nicht schlecht, als Tutanchamun eine Playstation auspackte.

Auch Okpara hatte eine Spielekonsole bekommen.

Am lautesten jubelte Patrick, als er eine Switch in den Händen hielt.

Michelle freute sich über die Puppenküche, die sofort von Daniel und Alexander aufgebaut wurde. Sie kochte Kaffee und Tee. Alle mussten natürlich probieren. Sagira bekam eine Maschine, in der man ihr Bücher einlegen konnte, sodass sie auch ohne Okpara Lesen konnte.

Okpara seufzte traurig und lehnte sich an Larissa.

Michelle stellte der Sphinx einen Teller vor die Nase. „Bitte, Tee für dich."

„Oh, vielen Dank, kleine Maus", sagte Sagira.

„Da ist noch eins ... mh ein ... wie nennt man das." Patrick kroch unter den Baum und holte eine vergoldete Truhe hervor. „Auf dem Namensschild sind komische kleine Bilder statt eines Namen drauf."

„Wer hat das denn unter den Baum gelegt?", fragte Alexander und blickte zu Daniel, der nur mit den Schultern zuckte.

Patrick zeigte es Larissa.

„Das sind Hieroglyphen, eine Schrift aus dem alten Ägypten", erklärte sie. „Okpara, lies doch bitte vor!"

„Das ist für dich, Tut", sagte Okpara und reichte das Geschenk weiter.

Verwundert nahm Tutanchamun den Kasten entgegen. Vorsichtig öffnete er den Verschluss und hob den Deckel an. Ein Zettel aus Papyrus war um eine Flasche gewickelt.

Tutanchamun las die Nachricht, die in hieratischer Schrift verfasst war, vor:

„Mein lieber Pharao Tutanchamun,
hiermit übergebe ich dir deinen Mörder. Er ist ein Geist. Du kannst mit ihm durch einen Wunsch verfahren, wie du magst. Handel aber bitte weise.
Isis, Königin der Götter."

Tutanchamun hob die Flasche an und blickte durch das leicht getrübte Glas. Ein kleiner Mann, der nach der Mode der alten Ägypter gekleidet war, stand im Inneren und schaute ängstlich nach draußen.

Er hat sich überhaupt nicht verändert, dachte Tutanchamun. Ist er kurz nach mir gestorben?

„Nein, bleib weg, du Monstrum", rief der Mann auf Altägyptisch und hob abwehrend die Arme. „Bitte, lass mich in Ruhe."

„Wow, jemand hat dir einen Flaschengeist geschenkt!", rief Patrick, als er Chaths sah. „Wie cool ist das denn?"

„Sei gegrüßt, mein Chaths", raunte Tutanchamun.

Okpara und Echnaton erstarrten.

„Was hat Tut gesagt?", wollte Larissa wissen, die sich an Okpara gekuschelt hatte.

Chaths fragte aber gleichzeitig: „Tut, bist du das?"

„Tut, sagte sowas wie, hallo mein Ende", übersetzte Okpara.

„Er ist mein Mörder." Tutanchamun hielt die Flasche hoch.

Echnaton wollte in die Flasche eindringen, prallte aber an dem Glas ab.

„Eine Geister-Falle", meinte er und rieb sich über den Kopf. „Ich hasse diese magischen Sperren."

„Das können wir uns gut vorstellen." Alexander lachte.

Larissa stand auf und kniete sich neben Tutanchamun hin, um in die Flasche sehen zu können. „Was willst du mit ihm machen?"

„Ist doch klar!", rief Patrick dazwischen. „Er wird sich etwas von ihm wünschen."

„Patrick, sei leise", rügte Sandra.

„Ich weiß es noch nicht", gestand Tutanchamun. „Es ist seltsam ihn wiederzusehen."

„Das glaube ich dir gern", sagte Larissa und streichelte ihn über den Arm. „Jetzt haben wir schon zwei, die ihre Mörder bei sich haben."

Tutanchamun legte die Flasche in die Truhe zurück.

„Meinen möchte ich nicht wiedersehen", brummte Thomas.

„Chaths war mein bester Freund", erklärte der Goldene Pharao traurig. „Ich habe ihm vertraut und er sabotierte meinen Streitwagen."

Larissa strich ihm über die Schulter. „Das tut mir furchtbar leid für dich, Tut."

„Oh, schau mal!" Larissa zeigte auf ihre Nichte, die mit ihrem Kopf auf Sagiras Brust lag und schlief.

Okpara zog seinen Pullover aus, um deckte das kleine Mädchen, das ihre neue Puppe im Arm hielt, damit zu zu.

„Wir hätten auch eine Decke mitnehmen sollen", flüsterte Larissa. „Du frierst doch so schnell."

Sie saßen noch eine ganze Weile zusammen. Larissa kuschelte sich wieder an Okpara, als ihr Lieblingsweihnachtslied aus den Lautsprechern kam: *All I want for chrimas is you* von Mariah Carey.

Leise übersetzte sie Okpara den Text.

Okpara küsste sie zärtlich.

„Das wäre auch mein Wunsch gewesen", flüsterte er. „Ohne dich wäre dieses Weihnachtsfest nur halb so schön."

Das Who is Who der ägyptischen Götterwelt

Ammit

Die Fresserin der Sünder; sie wird in diesem Roman nur erwähnt; nachdem Herz des Toten gewogen worden ist und diese Prüfung nicht bestanden hat, wird der Sünder von ihr gefressen und somit einer Weiteren Existenz verwehrt.

Amset

Sohn der Horus; ein Sterngott und der Himmelsrichtung Süden zugeordnet; er ist der Schutzgott der Kanopen; ihm wird die Leber anvertraut.

Amun

Der Sonnengott, manchmal auch Amun-Ra genannt. Nach den alten Ägyptern fuhr er mit seinem Schiff (die Sonne) über den Himmel um das Land zu beleuchten, doch nachts musste er durch einen unterirdischen Kanal, um wieder in Osten aufsteigen zu können.

Anubis / Anub

Gott der Totenriten und der Mumifizierung; früher war er der einzige Totengott, wurde dann von Osisis abgelöst. Er führt die Toten in die Unterwelt (Duat oder Tuat) und wiegt ihr Herzen gegen die Feder der Wahrheit auf. Anub war der Name bei den alten Ägyptern, erst als die Griechen in Ägypten waren, wurde er als Anubis bekannt. Er wird entweder als Schakal oder als Mensch mit einem Schakalskopf dargestellt.

Er ist eigentlich kein böser Gott. Nur hat es in dieser Geschichte hat es gut gepasst, das er sauer war.

Apohis / Apepi

Die Chaosschlange ist etwa 63 Meter lange. Jede Nacht greift sie Ra an, der auf seiner Sonnenbarke durch die Duat fahren muss, um im Osten wieder als Sonne aufgehen zu können.

Aton

Gott der Schöpfung; er sollte durch Echnaton der einzige Gott in Ägypten werden; wird als Sonnenscheibe dargestellt.

Duamutef

Sohn der Horus; ein Sterngott und der Himmelsrichtung Osten zugeordnet; er ist der Schutzgott der Kanopen; ihm wird der Magen anvertraut; er wird mit einem Schakalkopf dargestellt.

Hapi

Sohn der Horus; ein Sterngott und der Himmelsrichtung Norden zugeordnet; er ist der Schutzgott der Kanopen; ihm wird die Lunge anvertraut; er wird mit einem Paviankopf dargestellt.

Hathor

Göttin der Liebe, obwohl sie auch eine Totengöttin ist, aber auch des Tanzes, der Musik und der Kunst;

Sie wird entweder mit einem Kuhkopf oder sie trägt Kuhhörner zwischen den eine Sonnenscheibe befindet.

Horus, der Jüngere

Gott des Himmels, des Lichtes auch Sonnengott; Sohn des Osiris und Isis; er wird meist mit einem Falkenkopf dargestellt.

Isis, die Ältere

Göttin der Geburt und Wiedergeburt; Schwester und Gemahlin des Osiris. Auf Sarkophage wieder sie oft mit Flügeln unter den Armen dargestellt. Sie wird manchmal auch als die Königin der Götter bezeichnet

Kebehsnuf

Sohn der Horus; ein Sterngott und der Himmelsrichtung Westen zugeordnet; er ist der Schutzgott der Kanopen; ihm wird der Darm anvertraut; er wird mit einem Falkenkopf dargestellt.

Ma'at

Göttin der Wahrheit, der Ordnung und der Gerechtigkeit. Anubis wiegt die Herzen der Toten gegen die Feder der Ma'at. Wenn es schwerer ist, wird es Ammit zum Fraß vor geworfen. Ein Weiterleben wird dem Toten versagt.

Nephthys

Ihr Name bedeutet so viel wie Herrin des Hauses; sie ist die Schwester der Isis und ist die Mutter des Anubis; sie repräsentierte das Gegenteil von Isis. Sie bildet mit Isis den Kreis des Seins.

Osiris

Totengott; Bruder und Gemahl der Isis; er ist einer der höchsten Götter; sein Reich ist das ägyptische Paradies Iaru

Selket

Göttin der Heiler und der Zaubersprüche; auch Skorpiongöttin genannt da sie einen Skorpion auf dem Kopf trägt. Sie ist die Tochter des Ras.

Seth

Gott des Chaos und des Verderbens. Er tötete Osiris und stahl Horus das Licht. Eine Weile war er der Gott des Südens und Horus der Gott des Nordens. Er wird oft mit roter Haut dargestellt oder als Hundeköpfigen mit langem Schwanz. Er ist einer der beiden Kämpfer.

Tjenemit / Tenemit

Göttin des Bieres und Schöpfungsgöttin

Toth

Gott der Weisheit, der Gerechtigkeit, Gott des Wortes und der Schrift; er ist ein geschickter Schreiber; er wird oft mit einem Ibiskopf dargestellt.

Die Charaktere

Alexander von Rittershain: gibt sich im ersten Teil als Reporter aus ist aber ein Milliardär.

Ali: Er ist der Diener von Runihura; für kurze Zeit war er der Assistent von Doktor Naser.

Astaroth: er ist einer der sieben Erzdämonen; er sieht aus wie ein hässlicher, missglückter Engel mit grauen Flügeln.

Bettina Engelhardt: Sie ist die Mutter von Larissa.

Chaths: Freund von Tutanchamun und Neffe von Eje; Chaths bedeutet: Ende.

Cindy Bachmann: Sie machte zum Zeitpunkt von Tutanchamuns Erweckung in Kairo Urlaub; sie ist ein großer Ägypten und Tutanchamun Fan aus Deutschland.

Corinna: Alexanders Sekretärin.

Doktor Daniel Schmidtke: Bio-Chemiker. Er untersucht die Mumie von Okpara.

Donkor: Anubis-Priester und Einbalsamierer im alten Ägypten; er ist Okparas Vater; Donkor bedeutet: demütig.

Echnaton: er war Pharao in Ägypten von etwa 1353 – 1335; heutzutage Geist; geboren wurde er als Amenophis IV. Heutzutage wandelt er als Geist umher. Echnaton bedeutet so viel wie: der Aton wohlgefällt.

Eje: Er war, als Tutanchamun Pharao war, Wesir und Hohepriester; er folgte dem Goldenen Pharao auf dem Thron.

Frank: Alexanders Chauffeur.

Gaffarel: er ist ein Dämon, der im Fegefeuer ein und aus geht; er giert nach reinen Seelen;

Doktor Jochen Holzschneider: Arzt; er behandelt Okpara in der Klink in Bonn

Johann Konrad Dippel: er wurde im Jahr 1673 geboren; er war ein angesehener Arzt; Alchemist und Theologe bis sich etwas erlaubte was seinen Ruf ruinierte; 1729 wurde er von den Superintendenten von Lüneburg und Clausthal des Landes verbannt; er verabreichte Thomas eine Flüssigkeit, die dessen Körper kristallisieren ließ; er diente die Vorlage von Viktor Frankenstein aus Mary Shelley Roman Frankenstein

Doktor Judith Cunningham: Ägyptologin aus den USA.

Kleopatra: eigentlich Kleopatra VII; die letzte Pharaonin von Ägypten; sie vergiftete sich.

Larissa Engelhardt: Hobbyautorin von Fantasy-Geschichten. Sie besitzt nach den alten Ägyptern eine Isis-Seele; sie weckt Okpara.

Michelle Engelhardt: Sie ist die Nichte von Larissa.

Doktor Mustafa Naser: Leiter des Ägyptischen Museums in Kairo; Ägyptologe.

Nofretete: Sie war die Frau von Echnaton und regierte mit ihm zusammen über Ägypten.

Okpara: Amun-Priester im alten Ägypten; er ist der Sohn einer ägyptischen Zauberin und kann auch Magie benutzen; in der heutigen Zeit Mumie auf dem Weg ins Leben; Okpara bedeutet: Erstgeborener

Patrick Engelhardt: Er ist Larissas Neffe.

Runihura: tritt im alten Ägypten als Hohepriester des Gottes Amun in Erscheinung; heutzutage als Geist und Anhänger des Anubis; will ein Gott werden

Sagira: die Schlangensphinx; sie ist Okparas beste Freundin Sagira bedeutet: Kleine.

Sandra Engelhardt: Sie ist Larissas ältere Schwester. Sie ist alleinerziehend von zwei Kindern.

Thomas Rudolf Kühn: er war Schreiber und Buchhalter bei Leopold Jensen. Er ist die Kristallmumie.

Ullrich Engelhardt: Er ist der Vater von Larissa.

Uriel: einer der Erzengeln aber auch der Flammenengel; Seine Flügel gleichen denen eines Phönixes.

Viktor Schneider: Deutscher Botschafter in Kairo.

Yanara: sie war eine Zauberin im alten Ägypten; sie ist Okparas Mutter; Yanara bedeutet: Licht.

Zoey Bekker: sie ist die Assistentin von Judith; Amerikanerin.

Über die Autorin

Nicole Gabrys wurde 1975 in Duisburg geboren und hatte schon immer eine blühende Fantasie. Schon in der Grundschule schrieb sie an ihrer ersten Geschichte. Seit 2015 veröffentlicht sie ihre Kurzgeschichten in verschiedenen Anthologien und Verlagen. Sie ist Mutter von zwei erwachsenen Kindern und hat ein Enkelkind.

Aus der Reihe:

„Der Traum von einem Leben nach dem Tod"

bis her erschien:

Band 1 Okpara

Band 2 Die Kristallmumien von Lüneburg

Okpara

ISBN: 978-3-7407-1131-3

Der junge Amun-Priester Okpara wünscht sich nichts sehnlicher als seine Familie besuchen zu dürfen, aber bevor er seinen Lehrmeister fragen kann, wird er von ihm in den Tod geschickt.

Im Ägyptischen Museum in Bonn wird Okparas Seele ausversehen von der arbeitslosen Hobbyautorin Larissa in seinen Körper zurückgeholt. Aus Angst vor der erwachsenen Mumie flieht sie, obwohl er sie braucht.

Wenn Larissa schläft, zieht Okpara ihren Geist in die Duat, wo sie auf den wütenden Anubis trifft.

Nicht nur der Schakalgott ist hinter ihr her, weil sie in seinen Augen ein Seelendieb ist, sondern auch der Geister-Hohepriester Runihura, der seit vielen Jahren jemanden wie sie gesucht hatte und plant, sie für seine dunklen Ziele zu opfern.

Ohne Larissa kann Okpara nicht weiterleben. Er muss sie um jeden Preis beschützen und dabei über seinen Schatten springen.

Die Kristallmumien von Lüneburg

ISBN: 978-3-7407-2707-9

Lüneburg 1729: Thomas Kühn wird unschuldig verhaftet und zu einem heruntergekommenen Bauernhof gebracht. Durch eine Flüssigkeit wird er und später auch Jakob, der wahre Frauenmörder, in Kristallmumien verwandelt.

Alexander erfährt von dem Fund der beiden Kristallmumien und erinnert sich an den jungen Altägypter Okpara. Er möchte ein Team gründen um Larissas Fähigkeiten zu erforschen und fährt mit Larissa und dem zukünftigen Team nach Lüneburg um sich die beiden Kristallmumien anzusehen.

Bei der Erweckung fällt Larissa ins Koma und wandert durch das Fegefeuer. Dort trifft sie nicht nur auf die beiden Männer, sondern auch auf Dämonen.

Okpara beschließt seine Seele von Larissas zu lösen, damit sie wieder aus dem Koma erwachen kann, doch dieser Schritt bedeutet sein Ende. Ohne ihre innere Kraft kann er nicht weiterleben.